石头的记述

寻访史前岩画随笔

汤惠生　著

西北大学出版社
·西安·

图书在版编目（CIP）数据

石头的记述：寻访史前岩画随笔／汤惠生著．—西安：西北大学出版社，2023.10

ISBN 978-7-5604-5189-3

Ⅰ．①石… Ⅱ．①汤… Ⅲ．①随笔—作品集—中国—当代 Ⅳ．①I267.1

中国国家版本馆 CIP 数据核字（2023）第 142000 号

石头的记述：寻访史前岩画随笔

SHITOU DE JISHU：XUNFANG SHIQIAN YANHUA SUIBI

汤惠生　著

出版发行　西北大学出版社

（西北大学校内　邮编：710069　电话：029-88302590　88303593）

http：//nwupress.nwu.edu.cn　E-mail：xdpress@nwu.edu.cn

经　销　全国新华书店
印　刷　西安奇良海德印刷有限公司
开　本　889 毫米×1194 毫米　1/32
印　张　12.5

版　次　2023 年 10 月第 1 版
印　次　2023 年 10 月第 1 次印刷
字　数　285 千字

书　号　ISBN 978-7-5604-5189-3
定　价　98.00 元

目 录

金沙水拍云崖暖：云南金沙江岩画考察（上）

考古人都是有梦想的，都有发现和发掘一座精绝古城或图坦卡蒙法老墓那样的伟大梦想，而我的梦想就是寻找中国旧石器时代的岩画。2017年，这个梦想成为现实——2月12日至22日考察金沙江岩画。

金沙江，一江碧水向南流

正月十五刚过，中国人习惯上还在过年的气氛当中，我们便来到金沙江的深山老林中寻找原始文明。这里的天空景致分明，看青天白云，绝不含混，地上的风景也美，碧水青山。我们却无暇欣赏，要匆匆赶路。

第一个岩画考察地点是洛吉河口的岩波洛岩画点。岩波洛是一个村的名字，岩画点去岩波洛村的距离并不远。但途中的那种丛林小道非常难走，因为你要应付的不仅仅是脚下，还有迎面而来的草木竹枝。虽然是走路，但上肢运动甚至比下肢运动还要激烈。

岩波洛岩画点的动物图像中最引人注目的是现已在该地区灭绝的动物——貘。貘的形态特征很明显，即上唇较长，一般不会弄错。貘的图像由桑葚色（mulberry color，紫红色）轮廓线加以绘制，其上覆盖着薄薄一层碳酸盐。岩画绘制在一个由石灰岩裂隙形成的岩棚（也叫岩厦，shelter）中。该岩棚阔 12 米、高 25 米、进深 10 米，也可以被智人用作居住营地。

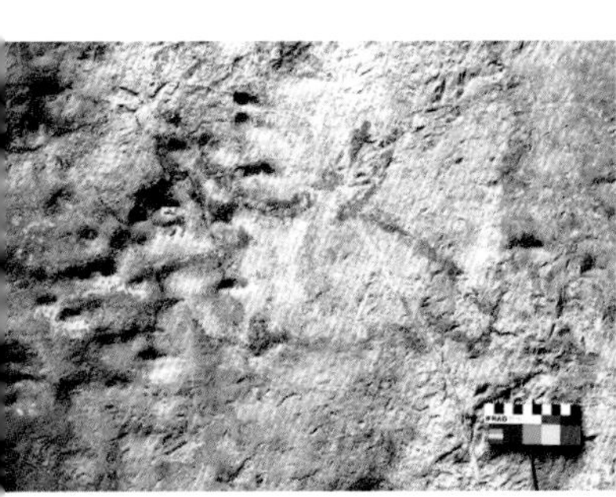

大干坪子岩画点中的貘图像。貘是奇蹄目哺乳动物，与马和犀牛是近亲。图中岩画中的貘应该是马来貘，目前分布在东南亚地区。云南曾经也生活着貘，但在 8000 年前灭绝了。岩画中出现现已灭绝的动物，说明这些岩画肯定是在这些动物灭绝之前绘制的，也即至少是 8000 年以前绘制的

既然是动物道路，行走就应该像动物一样，手脚并用

不过岩波洛的考察之旅似乎只是一个下马威，真正让人感到金沙江岩画考察艰辛的是对妖岩的考察，其艰难程度远远超过了我的想象。主要是路太难走了，不，应该说岩画点周围根本就没路，我们通常是随着动物的足迹前行而已。总结起来就 8 个字：山高、坡陡、路滑、林密。去妖岩岩画点只有 13 公里，却走了近 4 个小时！不是平地，是爬坡，来回 26 公里！需要强调的是，根本无路可走，只能在灌木丛或竹林中拨开一条路，慢慢爬行。

20 世纪 90 年代我访问过法国和意大利的旧石器时代洞穴彩绘岩画，也从照片上见过印度尼西亚苏拉威西岛的 4 万年前的豚鹿和野猪图像，但在看到妖岩岩画点的用红黄双色绘制的巨大野牛时，我被震撼到了！其色彩之艳丽、线条之流畅、造型之生动，让人很难相信这是 1 万多年前旧石器时代的人类作品。崖壁上有各种多次

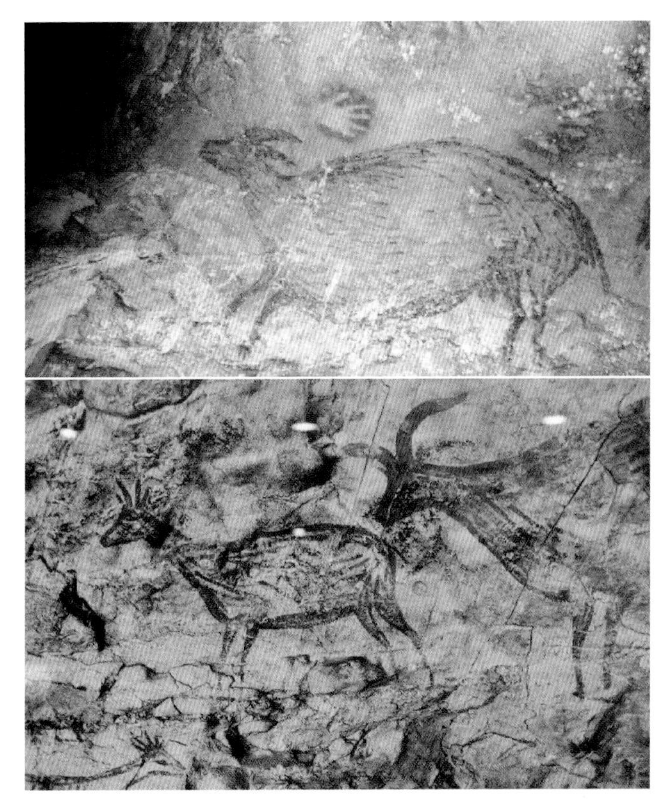

印度尼西亚苏拉威西岛 4 万年前的野羊图像（上）和金沙江岩画中的野羊图像（下）

反复绘制的动物图像重叠在一起，看着像个关牲口的畜圈，这是经典的旧石器时代艺术的布局和结构特征。虽然动物都以静态的方式加以表现，但以重叠和挤压的方式将它们系绊在数米见方的空间中，便有了千军万马般的奔腾气势和神态。虽然还没测年，但这种带有经典旧石器时代艺术特征的野性动物形象，我感到已经破壁而出，排闼而来。我只能呆滞地凝视着，不知该干什么。一如这个岩画点的名字叫妖岩，我也感到了妖异。也许当地人正是因石壁上这些陌生的野生动物图像感到了某种妖异，故而为其取名妖岩。由此来看，当地人对于岩画的认识和发现应该很早了，远远早于我们现在所认为的是20世纪80年代有个叫树宝的猎人第一次发现了金沙江岩画。不过肯定是猎人树宝第一次将岩画的信息报告给了政府的文物部门，从而金沙江岩画引起了岩画学家的注意，这一事实是明确无误的。

第三天考察花岩岩画点。从山底到山顶的直线距离只有1公里，但其间根本无路，迂曲盘桓而上，竟然用了2个小时才到达。下山更是艰难，无人不是连滚带爬。种瓜得瓜，种豆得豆，是这个世界的定律。我们考察的终点对得起我们一路的连滚带爬——我们在花岩岩

妖岩岩画中用红黄双色绘制的巨大野牛图像

我们队伍里的头号帅哥张海伟此时正在对覆盖在岩画上的碳酸钙采样

金沙江花岩岩画中的野猪图像

画点看见了中华第一猪。两只野猪一左一右重叠绘制在一起，乍一看似乎是一只野猪左右两个头。野猪线条绘制清晰，颈上鬃毛根根毕见。不要小看这两只野猪，其表现风格和印度尼西亚的苏拉威西洞穴岩画中的野猪几乎一模一样，而后者经铀系断代是距今 4 万年的旧石器时代的作品。仅风格像印度尼西亚

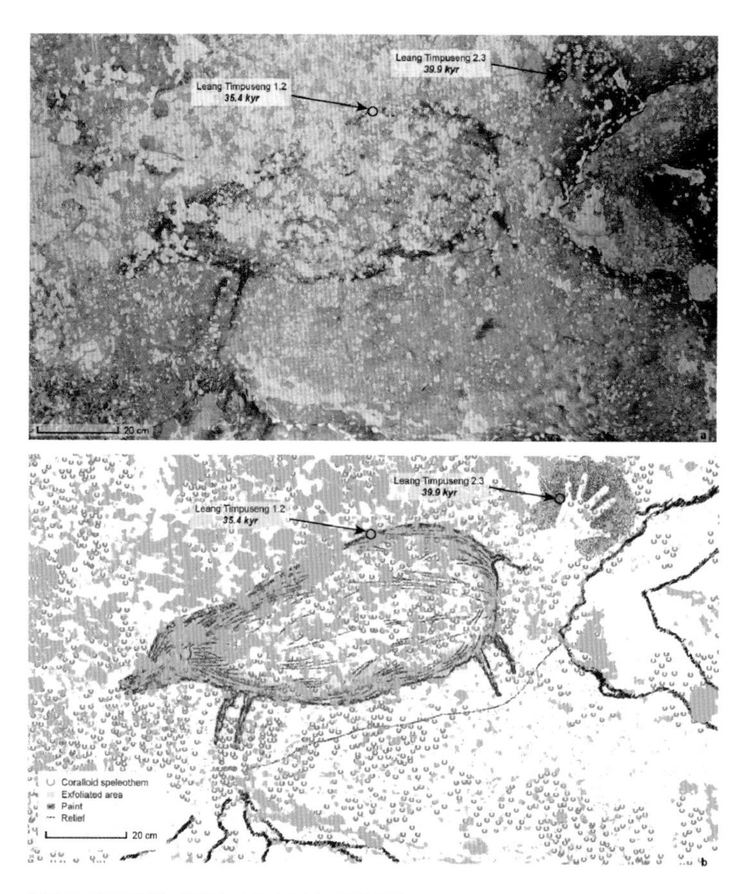

印度尼西亚苏拉威西岛 4 万年前的野猪图像

旧石器时代岩画还不行，还需现代科技手段确认。我们这次考察的目的正在于此。

洛吉河口（也叫木圣土村）的村民基本上是纳西族。纳西族人仍住吊脚楼式的二层楼，上层住人，下层养畜，人畜兴旺。房屋墙体仍是版筑土墙，屋内冬暖夏凉。

早上上山之后本以为中午能回来，但到了下午 4 点才回来，纳西族向导为我们准备的午饭变晚饭了。不过，准备的饭菜不仅丰盛，且别致可口，居然有野猪肉！是花岩岩画点的那头吗？似乎有些不忍下嘴。

考察大干坪子岩画点时，向导说今天的路比昨天好走，距离也近一些。我们心里顿时有了安慰。殊不知到了岩画点后才发现，距离与前天一样，难走程度与昨天一样，回到旅馆连上楼梯都迈不开腿！金沙江森林里哪有好走的路？向导特别是导游的这种鬼话，以后千万不能信。

在大干坪子岩画中发现了猴子，这在以往的发现中是非常少见的。岩画中的猴子应该是熊猴。熊猴的栖居生境相对较高，在西藏东南部和云南西北部，其栖居生境的海拔多在 2500 米左右。熊猴的鸣叫声与猕猴不同，很像狗吠，又带有嘶哑的声音。熊猴被列为国家二级保护野生动物。

鉴于前几天大家都累坏了，考察队队长李钢说休息一天。所谓休息就是不爬山，只走平路。大家欢欣雀跃，不爬山竟成了一种红利。可见幸福是很容易获得的，只要认真活着。今天去四川境内的金沙江畔看普米人或摩梭人的岩画。

风景依然美丽，道路依然险阻。不要羡慕我们行走在风景之中，其实我们已经累得迈不开步。今天的路途是最长的，来回 30 公里，途中还要穿过 3 个沟壑与山梁。不过路途并不是唯一问题，还有满是荆棘榛莽的路况

岩画中的熊猴图像。现在依然有熊猴生活在金沙江流域的森林里。我们在路上看到了几只，在山崖上，但太远，无法拍照，只看到它们在山崖间奔跑跳跃。这时才真正理解什么叫捷若猿猴

这种木桥被称作“伸臂桥”或“握手桥”，简单实用，成本小

中午吃的猪肉来自农人养的真正的黑猪

今天岩画显然是陪衬，在抓子村（这个村在地图上查得到，有“鸡鸣闻三省”之称）我们看到了现代摩梭人在崖壁上绘制的金翅大鹏鸟

猜猜看，她是哪个民族的?

“金沙水拍云崖暖”，第一次知道金沙江这个名字是从毛泽东的诗词里；记得小时候看过一部电影，叫《金沙江畔》。金沙江两岸如刀切斧凿，壁立千仞，直立陡峭，充分显示了上亿年间江水对山体的缠绵和摩挲。柔情似水，但也是一种驯化与改造。

虎跳峡上下，金沙江水流湍急，水量充沛，益于修建水电站。在这个流域规划了8个水电站，但在建造了3个之后，发现电卖不出去，于是其他5个就停了。这倒成了好事。

中午在梨园电站旁的一家农家乐吃午饭，所有食材都是店主自己种植和养殖的。这里是“鸡鸣闻三省”的地方，居住着普米族、纳西族、藏族等民族的人。店主是来自木里的普米族人。早春2月居然能吃到青胡豆（蚕豆），让我们这些北方佬欢喜不已。午饭还有一道菜叫鸡杂汁，也就是把鸡的心、肝、肺、肠子等生捣成汁状，佐以调料。这可能是普米族人的食谱，味道和口感都很特别。

最后一个要考察的岩画点是比子岩布山岩画点。去比子岩布山岩画点的路上除了险峻、陡峭的山岩外，主要是对付竹子。在竹林里无路可走时，必须采用霸王硬上弓的方式分开竹子，通过竹林。杜甫说：“新松恨不高千尺，恶竹应须斩万竿。”名言总是有道理的。

其间抵达一个很有气势的岩棚，这应该是旧石器时代人类理想的居住地方。这里有宽敞深凹的岩棚可挡风避雨，前面有一个宽敞的活动平台，平台之外是万丈悬崖。平台边缘有一棵已经枯朽的大树，表明这里曾经一定是宜居的风水宝

虽然竹子是我们行进路上的障碍，但在攀登过程中特别是在坡陡路滑的地面，竹子的确是最好的用来拉拽的植物，因为它扎根深且非常可靠

地。平台左右两边也只有一径相通，建以栅栏，猛兽进不来，一人当关，万兽莫开。平台地面上有大量羊粪及其他动物粪便，也就是说各种各样的动物也都到这里来避雨或歇息。羊粪里有大量的跳蚤，考察队很多人被咬得浑身疙瘩。不过我们只关注石壁上的动物，也就是岩画。这里有两只羚羊，什么时候画上去的？这才是我们的兴趣所在。

比子岩布山岩画施于一石灰岩裂隙之中，裂隙高 40 米、阔 20 米、进深 30 米。在裂隙的岩壁上绘制有牛、羊等野生动物。其绘制风格除了以复线绘制动物轮廓外，还有其他典型的旧石器时代自然主义艺术特征与技法，即仅绘制动物头部或前肢、大小套叠（一个小动物绘制在大动物身体内）、强

比子岩布山岩画中的羚羊

调细部的同时省略大部等。遗憾的是，该岩画点的碳酸钙发育不发达，没有采集到合适的样品。

这次考察由洛吉乡的文化干事邹继媚做向导。在考察过程中，她上山爬坡丝毫不输男士，如履平地，而且常常主动探路，走在队伍最前面。询之，她说小时候就在这里放羊，满山满坡地跑惯了。她奶奶是纳西族人，爷爷是汉族人。她有一个姐姐，小时候家里不让上学，令其放羊；而她小时候因姐姐已经放羊了，就让她去上学。但最终结果是放羊的想上学，上学的想放羊。这里的居民有纳西族、普米族、藏族、彝族、傈僳族。不管什么民族，一般说来，若只有一个女儿的话，都不让上学，因为放羊更重要。

放一张全家福。我身边的女士就是洛吉乡的文化干事邹继媚

这里的大牲畜除了猪、羊、牛外，还有一种很有名的云南矮种马，也称滇马、蛮马等。宋范成大《桂海虞衡志》记载："蛮马出西南诸藩……大理马为西南藩之最。"西洋的高头大马固然威风凛凛，但在这亚热带密林深处却毫无用处。云南矮种马虽然没有速度，但耐力极好。历史上南方古丝绸之路和滇藏茶马古道上随处可见云南马的身影。这种马以肌腱发达、性格机敏、善于爬山越岭、长途持久劳役、耐粗饲等特点见长。

松林中有很多松树被剥皮，割得浑身斑驳，询之方知这是那些造假商贩为割取树胶来制造假蜜蜡和假琥珀造成的。现在香格里拉和丽江的旅游产品市场充斥着蜜蜡和琥珀，它们大都是用这种松胶制作的。看看这些被割松胶的松树，感到一阵疼痛：我曾经花了几万元买了一件所谓的蜜蜡摆件，一直很得意，会不会也是现代松胶制成的？

在松林中每每看到松树被剥皮割出这样的痕迹，大家猜猜是为什么。其数量之多，可以说几乎所有大的松树都被割成这样

下午去孔家坪考察一幅近代岩刻画。一路上很轻松写意，沿着清凌凌的一渠溪水走路，竟如野游般享受。

走了约4公里之后，到达岩刻画地点。在一

块平整的石头上，刻着几幅无法辨识的图案。当地人说，这是一幅藏宝图。这是中国文化的定式，往往解释不了的东西，都会用一个神秘现象来解释。我们在考古中经常会碰到藏宝图、金娃娃、金马驹等。不过考古学家的悲哀是往往把假的当作真的，同时又会把真的当作假的。譬如最近炒得很火的张献忠江口沉银遗址，最初没有几个考古学家认为那是真的，后来的发掘证明居然是真的！

这幅藏宝图我无法辨识，特贡献出来看哪位有识之士能够辨认。

孔家坪近代岩刻画，据说是一幅藏宝图

白云生处无人家：云南金沙江岩画考察（下）

2020 年 11 月下旬，云南特别是金沙江境内无瘟疫之虞，秋高气爽，一派清明，我们决定再赴金沙江，做岩画调查和测年的取样工作。11 月 22 日由于云南迪庆大雪，航班取消，我们只好改签 23 日从成都双流机场至丽江的飞机，然后再搭乘出租车由丽江迂回绕道至迪庆。老天爷的事，只能顺从，不能抱怨，更不能抗争。

23 日一早我和我的两个学生李曼、施兰英便搭乘飞机飞丽江，一切顺利，飞机按航线上天，按规矩落地，准时而驯顺。丽江至迪庆 200 余公里，出租车需 4 个小时，费用 700 元。丽江和迪庆都是旅游胜地，一次有一个足矣，现在居然一趟可以走两个地方，何其幸也。坐在出租车上，看着窗外烟雾缭绕的青山深涧和玉龙雪山，心中暗自庆幸：昨夜坠落的星辰才换来今日的阳光明媚，不是这场大雪绕道到丽江，哪有机会欣赏这沿途的风景如画。

在距迪庆 50 多公里的地方有个油罐车翻了，柴油倾倒了一地。担心引发火灾，警察将路封了。从中午 12 点一直封到

金沙江境内无瘟疫之虞，秋高气爽，一派清明

我们到达时的下午 3 点。我们等了 2 个小时依然不见道路开放，而且还不知封到几点。后来与李钢联系，他要我们走路穿过事故区，同时他派车到事故现场的另一端接应我们。但封路的目的恰恰是不允许旅客通过事故区。我们只好每人拉着 30 多斤重的行李箱，下到谷底，再翻过一道山梁，最后爬上山坡，到达事故现场的另一端。整个路程只有 5 公里，似乎不算什么。但加上下山爬坡那就 10 公里了，再加上深菁密林那就 20 公里了，最后再加上 30 多斤重的行李箱，那就超过 30 公里了！这 5 公里路我们花了整整 2 个小时才走完。到达事故路段的另一端时，两个姑娘已经是精疲力竭。不过比起日后寻找岩画的历程与艰辛，这仅仅是开始，只不过是热身而已。

晚上 7 点钟终于抵达迪庆，与李钢、马国伟以及中央电视台西藏记者站的陈琴、汪成健、李旭、张涛四人会合。为了争取时间，我们会合后便分乘两辆车奔赴洛吉，吃过晚饭后再赶赴下渣日的朱智光家。李钢说老朱杀了一头猪等着我们。要早知道就不在洛吉吃晚饭了！老朱是我们这次考察的船老板、地陪兼向导。半夜抵达老朱家，发现果然杀了猪在等候我们：院子里两个炭火盆已架好烤肉器具，两大盆猪肉块就在火盆边上。11 月夜幕下的炭火不但给人以家的温暖，也瞬间燃起了大家的食欲。

玉龙雪山

第二天（24 日）早上 8 点半，我们乘老朱的船沿水库去第一个岩画点——姆足吉岩画点。此处岩画点保存尚好。梨园水库蓄了水，可以乘船直接到达遗址边上；否则要走十几公里路，再从谷底爬上去，起码要大半天。乘船做岩画调查，感觉不是在工作，而是在游山玩水。

岩画绘制在 30 米长、6 米高的石灰岩棚上，有牛、羊、熊等动物图像。许多动物图像重叠绘制，一如旧石器时代晚期的猎人风格。最重要的一幅岩画为多图像重叠绘制，其中的动物图像多达十几个，有些仅有轮廓，有些绘制得则很精细，甚至绘制出鬃毛。详审图像之间的打破叠压关系后，发现短线平涂风格的图像似为时代最早者，复线轮廓者次之，暗红色轮廓者最晚。李曼分出 7 层叠压关系。

中午在老朱家的老家羊圈吃午餐。午餐仍为烧烤，颇有野餐的味道。饭后已近下午 4 点，本拟再看一个岩画点，但老朱担心天黑航行危险，故作罢。晚上下榻中国华电的招待所，居然有热水洗澡，顿时感到如到了天堂一般！

25 日依然乘船考察。在船经过王家岩柯时，李钢建议下船看看，云此处为一岩画点，属丽江地界，但不在我们考察的计划里，因恐已被水淹。岩画点距河岸线约 1 公里，为石灰岩岩溶地带。此间由于雨水丰沛，植被蓊郁蓬勃，但石灰岩却被雨水侵蚀得如刀片般锋利，像是一把把埋在地上的石刀利刃，整个地面看上去像个捕兽的陷阱。该岩画点崖壁上的碳酸钙也极为发育。

这个岩画点据认为是金沙江地区最大岩棚和最长画廊的遗

姆足吉岩画中的野牛图像

调查姆足吉岩画点

石灰岩岩溶地带，有石头的地方很荒凉，没石头的地方因雨水丰沛，植被蓊郁蓬勃

址地点，岩棚长约 140 米、高约 80 米，画面分布长 40 米、高约 4 米。其中有两头自然主义风格的野牛，一头约 4.08 米长，另一头约 3.84 米长，被认为是金沙江岩画中个体最大的动物图像。画面同样是重重复复、层层叠叠，好几个不同时期的图像叠压在一起。根据色彩的深浅可分为桑葚色、深红色、浅红色、黄色等。在一些动物图像的轮廓上，往往使用红黄二色复线绘制。

该岩画点工作进行完已经是下午 3 点了，然后开船至陈义德岩画点的对面，靠岸吃午饭。江边野炊，吃着干粮看着对面位于万仞崖壁之上的岩画，感觉到精神对物质的碾压，从物理

王家岩柯岩画。左边是一个野牛图像，右边的图像尚未辨识，有人认为是舂米的臼

空间上意识到精神文明远远高于物质文明。吃完饭 4 点钟，李钢建议去喇嘛足古岩画点，距此不远，可顺便看看。

于是回到码头，大家分头乘车赴岩画点。车到半山腰无路可走，于是弃车步行，从停车处到岩画点居然走了 2 个小时！到达岩画点时天已完全黑了，只能打着手电筒观察岩画。山林的夜晚漆黑得如同墨染，伸手不见五指！返回时根本看不见路，其实本来就无路，好在沿途没有悬崖。摔跤是难免的，但生命无虞。大家在此起彼伏的尖叫声中连滚带爬地返回了停车处。最后清点人数时居然一个不少，而且也没少点什么，也算神奇。

到达喇嘛足古岩画点已经天黑了，只能打着手电筒观察

20 世纪 80 年代的树宝

26 日一早收拾完行李到老朱家吃早饭，吃完早饭后去拜访金沙江岩画的发现者树宝老人。树宝老人已经 80 多岁了，他于 1983 年当基干民兵时第一次发现了岩画，并将他的发现上报当地政府。据说政府当时承诺要发给他一笔奖金，但老人说至今没领到过任何奖励。他说他倒对此无所谓，但我们觉得心有不甘，意颇不平，不能这么忽悠老百姓！

10 点多出发考察尼克岩画点，乘船约需 40 分钟。蓄水以后，乘船几乎可以直接到达岩画地点，无须攀爬，以后可以开

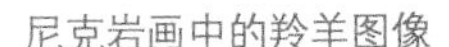

尼克岩画中的羚羊图像

调查者比被调查者还多。跟山羊一样，有点凸起的地方就能立足

发成岩画的旅游景点。此岩画点的一组羚羊图像甚为经典，造型生动，保存完好，色彩艳丽，且碳酸钙发育很好。

当晚下榻在一家公司的招待所。这家公司的名称是我见过最长的：浙江瓯能集团香格里拉市尼汝河流域水电开发有限公司。招待所有热水可洗澡，且旁边还有一家小饭馆。小饭馆的中央有一个火炉，上面的熬茶冒着热气，发出咕嘟咕嘟的声音，让人感觉温馨适意。在李钢的强烈建议下，考察队员一人买了一双解放牌球鞋。李钢说明日我们去白云湾，来回要爬 10 个小时，而我们现在脚上的旅游鞋根本无法胜任明天的长距离攀爬，故一人买了一双球鞋。球鞋很轻便，穿上感觉跑百米会快一些，但鞋底有些薄，不知明天走长途山路会怎么样。

27日去的是白云湾岩画点。据李钢说，这个是最远、最难走，同时也是最精彩的一个岩画点。澳洲著名岩画学家保罗和马克西姆于2008年12月来过白云湾。当他们花了一天时间爬到白云湾岩画点做完调查工作之后，由于路途危险，保罗拒绝从原路返回，宁愿多花两天的时间绕路回去。保罗曾亲口对我讲，白云湾是他攀爬过的世界上最遥远和最危险的岩画地点。李钢跟我反复商量去白云湾岩画点的路线和方案：A计划——最短时间和最危险的路线，来回10个小时，也就是一天之内打个来回，这样每人只需背上自己的饮水和午饭即可，不过不但山高水长、路途危险，且必须按时完成攀登和工作，否则天黑之后便寸步难行，只能露宿荒郊野外；B计划——不用赶路，花三四天时间，带够几天的食物，备好露营装备，安全行走，慢慢工作，沿途看看风景，呼吸一下古老而新鲜的森林空气，体验一下野营生活。权衡之后，大家一致选择A计划。其实在每个城市囚徒的内心深处，都住着一个渴望历险的辛巴达。

20世纪末南非布伦波洞穴6万多年前彩绘符号的发现，特别是21世纪以来印度尼西亚苏拉威西岛距今4万年的智人岩画的发现，使岩画（艺术和宗教等象征符号）的欧洲起源和欧洲中心论被打破，而中国金沙江流域旧石器时代彩绘岩画的发现，有力地支持了岩画的东南亚起源说，从而形成了关于象征体系起源说的亚、非、欧三足鼎立局面。对于我国旧石器时代晚期艺术品匮乏的现状而言，金沙江岩画的意义不言而喻。

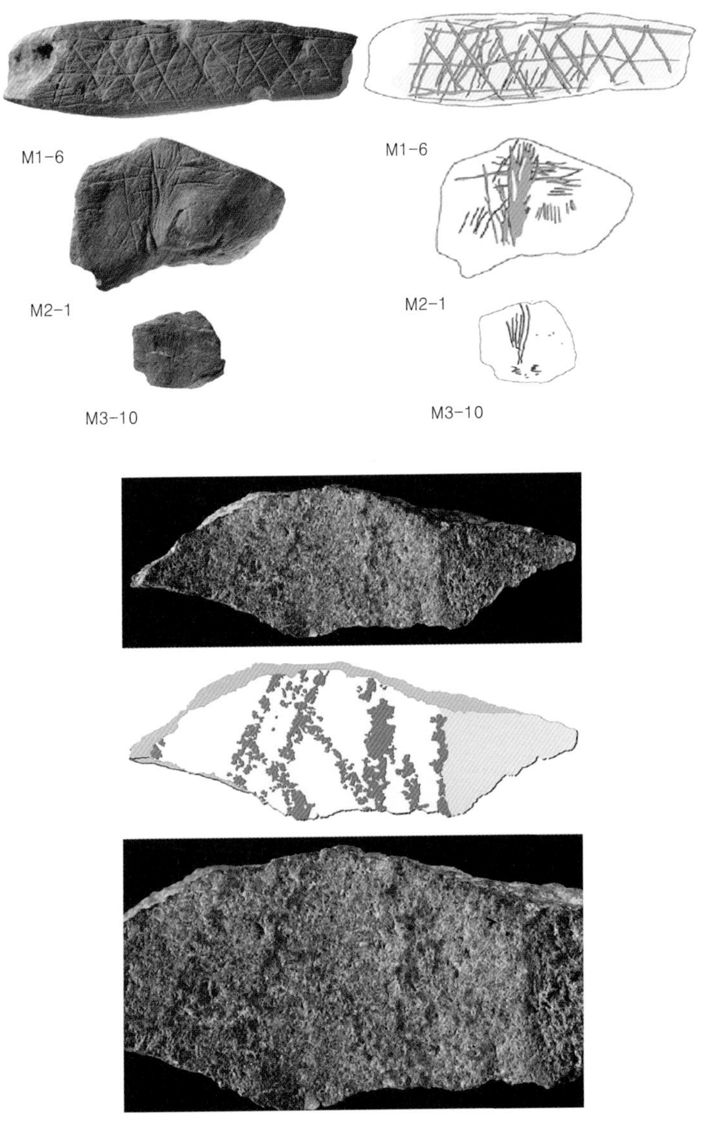

南非布伦波洞穴 6 万多年前绘制在赭石上的彩绘符号

澳洲和中国的岩画学者都是岩画的欧洲起源和欧洲中心论的坚定反对者。2008年保罗等人的白云湾之行同样是为了岩画测年。保罗的测年数据：铀系列的最小年龄为距今（2300±250）年，最大年龄为距今（9400±6000）年；放射性碳的最低年龄为距今（4475±57）年，最大年龄为距今（10335±97）年。无论是铀系法还是碳14，其测年数据都是需要校正的。铀系法测年需要进行230Th校正，但结果肯定是差很大，所以保罗最终没有采用；而碳酸盐的碳14测年由于碳酸盐中超过5万年无法通过放射性碳测定年代的死碳很多，我们假设死碳的数量在地层中是恒定的，那么用校正曲线来校正（10335±97）年的碳14年代的话，给出的最大年龄范围应该是距今5738～4694年。保罗最终采用的是碳14测定的年代。但是这个年代即便是准确的，也只能说是金沙江岩画年代中的某个时期，绝不是最早，但有可能是最晚的。我们在金沙江岩画的动物图像中辨认出一种叫貘的动物，根据考古资料来看，金沙江地区的貘早在距今8000年时就已灭绝。岩画中依然保留着貘的形象，这说明岩画至少是距今8000年的遗物。此外，从岩画主题、内容和艺术风格来看，金沙江岩画与苏拉威西4万年前的岩画是一致的，甚至和欧洲旧石器时代晚期岩画也是极为相似的，以至于岩画学家们统称其为“自然主义风格岩画”。那么为什么金沙江岩画的年代只有不到5000年，只有苏拉威西等地岩画年代的1/10？这就是我们为什么要再赴金沙江，再上白云湾。

世上万物，越是不易得手，越是珍贵，俗话叫物以稀为贵。有了李钢的铺垫和保罗的故事，考察白云湾岩画成了我们

金沙江岩画中旧石器时代晚期自然主义风格的动物形象：仅绘局部，多线条平行的动物轮廓，多动物叠压，线条平涂法

心中的梦想，同时自然而然成了这次考察的压轴戏。

早上 5 点就起身。因为今天要去金沙江最远的一个岩画点——白云湾，而且一天之内要赶回来，故要早点出发。老朱延请了三位背夫和向导，一是帮我们背设备器材，二是如果有人需要搀扶，也可帮忙。去这个岩画点根本无路，用李钢的话说：没有道路，只有方向。

在黑夜中行船让人心惊胆战，全凭船老大的行船经验，在黑暗中摸索前进。7 点 20 分左右天亮了，我们一直沿江逆流而上。8 点左右到达上山地点，我们舍船登陆。刚开始沿着河岸滩高高低低的岩石前行，8 点 30 分左右开始爬山。登山的路极其难走，不，根本就无路可走！有几处峭壁的光秃秃的石壁，必须在山民向导的牵引或帮扶下才能通过。特别是陈琴和施兰英，两人有点恐高，像蜗牛一样蠕动前行。陈琴是中央电视台驻西藏记者站的站长，年轻漂亮，工作认真，性格要强，坚韧不拔，几乎没有缺点，唯一的缺点就是恐高。她常常在两个向导的搀扶下询问：下一步我该迈左脚还是右脚？我的学生施兰英同样，年轻漂亮，工作认真，性格要强，坚韧不拔，唯一的缺点也是恐高。我们队伍中90%以上的尖叫、惊呼都是来自她。我和李钢制订计划 A 时就规定好了每个路段所需的攀爬时间，如果不能按时完成，我们就无法按时到达终点。一开始看到陈站长和施兰英两个人严重拖了大部队的后腿，心中焦躁，但陈站长作为合作单位的代表，我是绝对不能说她的，我只能"杀鸡给猴看"。我对施兰英说："不行，你这个速度拖大部队后腿了，把你的背包给我，你无负担会爬得快一些。"我知道她是不会给我的，她是我学生，她 35 岁，我 65 岁。果然，从此施兰英没有了尖叫，陈站长没有了左右迈步的询问，"鸡"和"猴"都在忙于赶路。

爬了近 5 个小时，将近下午 1 点，我们终于到达白云湾岩画点。会当凌绝顶，一览众山小。此处岩画位于高山之巅，其规模宏大、动物图像众多，但主要还是野牛和羊。所有的图像保存得不是很好，可能是山顶风大的缘故。不过残留的岩画依然气势宏伟，色彩斑斓的自然主义动物岩画可与欧洲的阿尔塔米拉和拉斯科的洞穴岩画媲美，又若苏拉威西岩画的翻版。这

根本就没路，向导要不断寻找比较好走的地方

里碳酸钙发育也很好，覆盖很厚。这里显然是一个放牧者或狩猎者遮风避雨的好地方，在岩棚的地面上，堆积着一层厚厚的动物粪便。在有的崖壁上尚可发现牧人或猎人举火留下的烟炱痕迹。在法国肖维洞穴岩画中有很多用黑色线条绘制的犀牛和野马图像，岩画研究者认为这些黑色线条的图画就是智人用烧过的木炭绘制的。金沙江岩画点只发现了原始人生火的遗迹，而岩画中尚未发现用木炭黑色线条绘制的动物图像，不过有朝一日也可能发现也未可知。

尽管岩画精彩，风景也美如（岩）画，但我们不敢耽搁太久。工作了一个小时后我们便开始往回走，因为必须在天黑之前到达船上，否则就得忍受晚间的寒冷在山上露宿一晚。天一黑就不能走动了。这里溶岩如刀，任何方式的跌倒都会受伤。这里悬崖百丈，任何一个失足，都跟飞机失事一样，会直接跌落在汹涌的金沙江上。回去途中还有一个叫硝长洛的岩画点，所以我、李曼、马国伟、老朱四人轻装先行，先赶到硝长洛采样。最后在下午 6 点之前全体人员完好无损地到达船上，7 点多赶回驻地。

金沙江岩画是我国岩画宝冠上的那颗璀璨明珠，而金沙江岩画考察是我岩画研究上的一个新起点。如同金沙江岩画的寻找之路，金沙江岩画的研究也才刚刚开始，路正长，向远方。

松柏杜鹃斜横竹，
春夏秋冬皆酷暑，
金沙碧水美如画，
白云岫岩藏古图。

山高云深未知处，
路遥行险不吟苦，
攀藤附葛捷若猿，
崖壁且作连臂舞。

白云湾岩画：一个巨大的牛头，叠压在三个羊头上。左图是原照，右图是用图像增强软件 decorrelation stretch（D-stretch）进行色彩强化后的黑白图

山曲浅凹囚豚鹿，
石穴深陷绘山猪，
张弦已逾两万载，
中矢之兽犹奔突。

欧洲中心已倾覆，
哪里堪称源艺术，
休言你家时代早，
材料更新待考古。

有很多的石坎，跟障碍越野一样

人类精神文明的起源在哪里

“人类历史上最伟大的发明既不是石器，亦非铁剑，而是由最早的艺术家所发明的象征性表达。”这是美国版《国家地理》（*National Geographic*）2015 年 1 月刊中《第一个艺术家》（“THE FIRST ARTISTS”）一文的开篇语。

人类史前思想是如何起源的？人类的精神文明是如何诞生的？艺术和宗教是如何出现的？人类早期的象征性表达是如何形成的？这不仅是史前研究或认知考古学的一个热门话题，也是关涉早期人类文明的核心问题。史前思想（prehistoric intellectual）也就是史前人类的象征体系（symbolic system）。象征体系不仅是艺术表现、丧葬仪式和社会系统，而且作为人的特征而存在。不过这个话题的

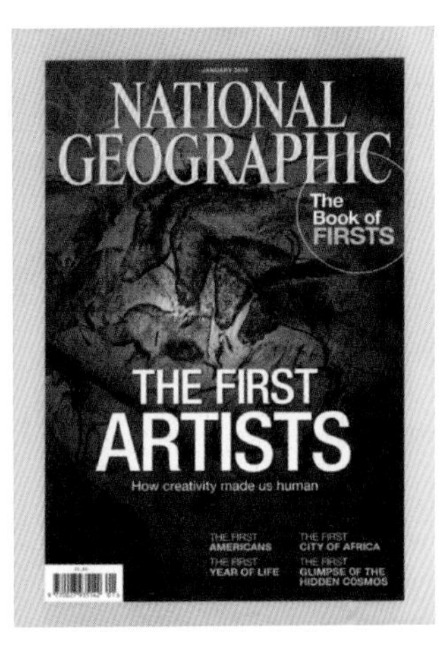

美国版《国家地理》2015 年 1 月刊封面

话语权往往被欧洲所操控，特别是被在旧石器时代晚期洞穴岩画的数量和分布上占主导地位的法国和西班牙所掌握。

旧石器时代晚期的艺术和岩画，虽然在整个远东地区特别是我国似乎是一个被忘怀的学术领域，但在世界的其他地方却是最受关注的考古学课题之一。西欧南部坎特布里安山脉的洞穴岩画不仅是世界上时代最早、规模最大的旧石器时代晚期的人类艺术作品的聚集地，同时一直被认为是人类艺术和象征思维的起源地。人们总相信“这盏灯一直闪耀在创造力的光芒璀璨夺目的欧洲”，这也是“欧洲中心论”的根源。不过“欧洲中心论”的地位近年来随着考古材料的新发现开始遭到挑战。2007 年，澳大利亚格里菲斯大学的奥伯特（M. Aubert）等人对东帝汶的动物岩画进行了铀系测年，时代在距今 2 万多年。21 世纪初，奥伯特等人又对印度尼西亚苏拉威西岛的廷普森洞穴（Leang Timpuseng）里的动物和手印岩画进行了铀系测年，获得了距今 4 万年之久的古老数据。2019 年，还是奥伯特等人，对苏拉威西岛斯鹏 4 号（Leang Bulu' Sipong 4）洞穴中的人类最早狩猎岩画又做了铀系测年，结果获得了更为惊人的距今 43900 年的古老数据。

这个测年的意义不仅在于证实了亚洲地区旧石器时代晚期岩画的古老性，还打破了在艺术和精神文明起源问题上的欧洲中心论。正因如此，美国版《科学》杂志将印度尼西亚苏拉威西更新世洞穴壁画的发现与年代的测定列为 2015 年十大科技突破的第三位。虽然亚洲岩画时代的古老性已被确认，但新的问题也随之而来：毕竟在数量上，欧洲南部的旧石器时代洞穴

苏拉威西廷普森洞穴岩画中 4 万年以前的野猪图像

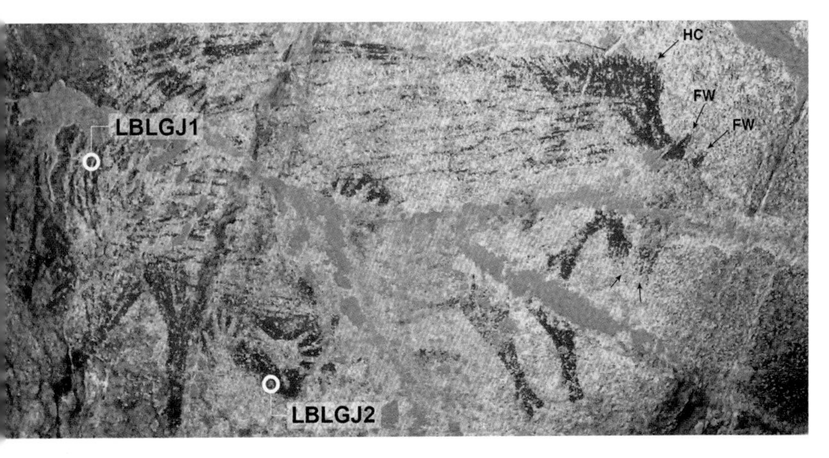

苏拉威西廷普森洞穴岩画中的野猪图像。注意猪身上表示皮毛的线形涂抹法，与金沙江同类岩画如出一辙

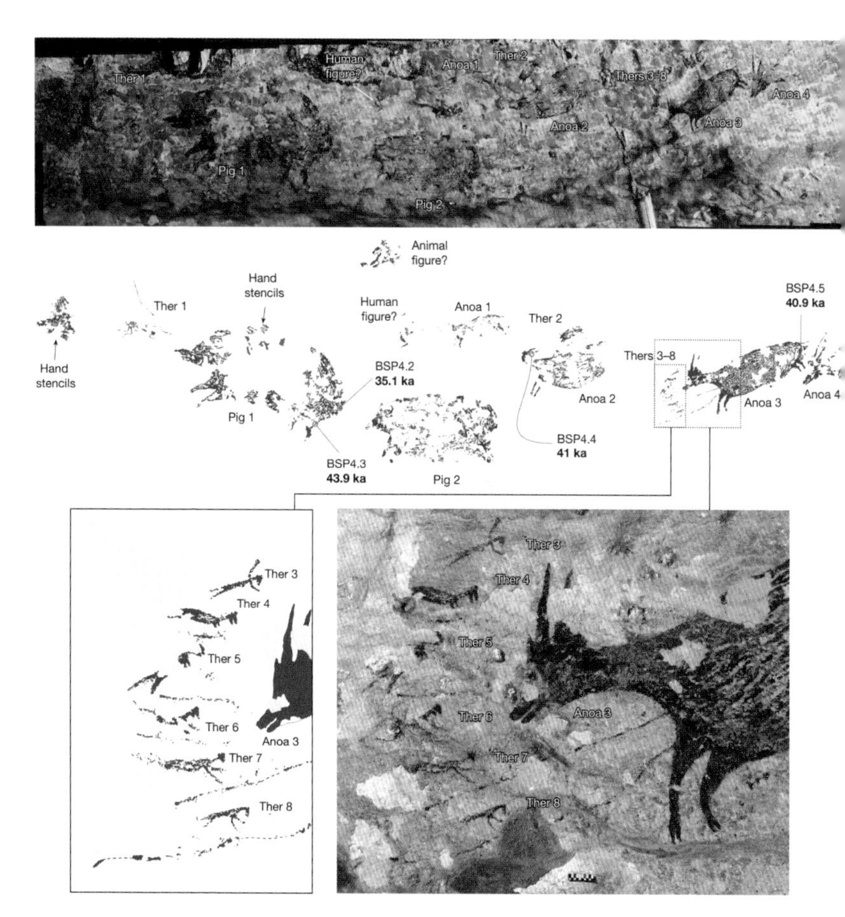

苏拉威西岛斯鹏 4 号洞穴岩画中的 43900 年前的狩猎场景。上面的是照片，中间的是线描图，下面的是狩猎场景局部的线描图（左）和放大图（右）：被狩猎的野牛体型巨大，野牛前方有一个人和几只猎犬（原报告认为也是人），以及套在野牛身上的绳子或插在野牛身上的长矛

岩画有上百处之多，东南亚地区的十几处旧石器时代晚期岩画能否与之抗衡？既然亚洲和欧洲一样古老，那么谁影响谁？抑或欧洲与亚洲都是流，另外还有一个更为古老的源，只是尚未被发现？奥伯特等人倾向后者。我们也同意奥伯特等人的看法，而且进一步认为这个更为古老的源很有可能在中国的云南。这主要基于 2017 年我们对云南金沙江彩绘岩画的大规模发现和最新的铀系测年数据，以及南岛语族扩散（Austronesian dispersal）的人类学理论而提出。

金沙江彩绘岩画首先在风格上，与欧洲坎特布里安地区洞穴岩画特别是印度尼西亚苏拉威西岛 4 万年前的旧石器时代岩画中的动物形象非常相似；此外，在两地岩画所表现的动物种类上也有更多的亲缘性，如野猪、豚鹿、貘、羚羊、牛等。澳大利亚学者保罗等人于 21 世纪初便注意到金沙江岩画与欧洲旧石器时代自然主义风格岩画之间的相似性，他与我国云南文物考古研究所的考古学家合作撰写了《自然主义：中国云南金沙江岩画的风格与性质》的文章，发表在英国的《剑桥考古学杂志》上。他将金沙江岩画和欧洲南部旧石器时代洞穴岩画进行风格比较，引起了国际学术界的极大兴趣。由于金沙江岩画中出现了云南地区新石器时代早期便已灭绝的动物，如貘，所以岩画的古老性也是毋庸置疑的。金沙江岩画自 1988 年首次被发现以来，迄今已发现了 80 多处。[①]2012 年，保罗等人与

① 李钢. 金沙江岩画发现与研究大事记［M］//李钢，和力民. 金沙江岩画发现与研究：发现与调查 · 研究与探索 · 合作与交流 · 保护与管理. 昆明：云南科技出版社，2017：420-426.

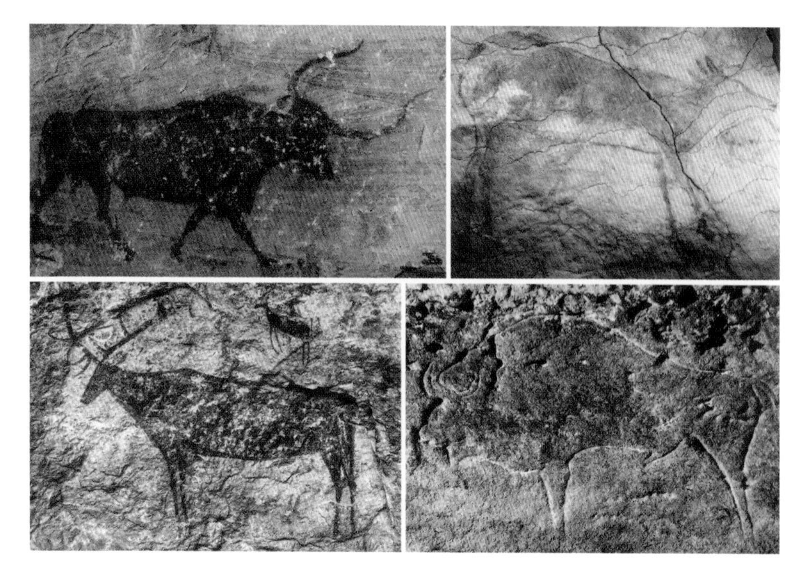

欧洲南部旧石器时代晚期洞穴岩画中的自然主义风格动物图像：西班牙昆卡（Cuenca）发现的距今 1 万年左右的野牛（左上）；西班牙穆尔西亚（Murcia）发现的距今 1 万年的鹿（左下）；西班牙阿尔塔米拉洞穴岩画中距今 17000 年的驯鹿（右上）；法国多尔多涅省格勒泽（La Greze）发现的距今 31000 多年的公牛（右下）

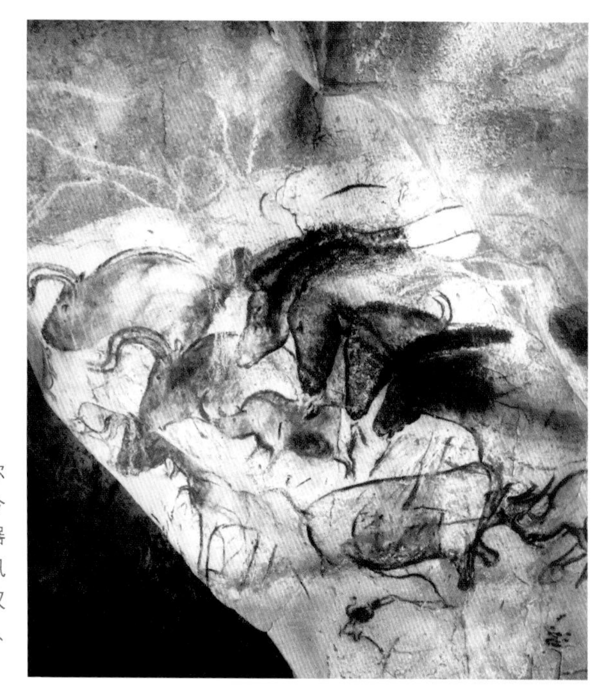

法国肖维–蓬达尔克洞穴中距今 36000 年的旧石器时代晚期岩画风格：图像重叠，仅绘制动物的头部、前肢或局部

云南文物考古研究所合作对金沙江白云湾彩绘岩画进行了铀系测年，测年报告发表在美国《考古科学杂志》上，题为《中国西南岩画的铀系测年》，其时代在距今 5738 年。

2016 年至 2018 年，由河北师范大学国际岩画断代中心、云南省迪庆藏族自治州文物管理所、云南省迪庆文物保护学会、西安交通大学 4 个单位组成的联合岩画考察队，对云南香格里拉金沙江流域的 7 个彩绘岩画点进行了考察，并对其中 5 个岩画点进行了铀系测年的样品采集和年代分析。尽管测年报告的文章尚未发表，但仅从目前的实验室数据来看，金沙江流域彩绘岩画的时代当在旧石器时代晚期无疑，其中 4 个数据的年代在 1 万～3 万年之间，令人鼓舞：岩波洛岩画点的测年时代在距今（14733±783）年、距今（14980±637）年，岩多谷等两个岩画点的铀系测年甚至为距今 2 万多年！

旧石器时代艺术品的发现在我国寥若晨星，即便是像人体装饰品这样在欧洲常见的艺术品在我国亦属凤毛麟角，更遑论岩画。国际岩画界一度认为艺术的策源地可以是非洲，可以是欧洲，甚至可以是西伯利亚，但就是不可能在东南亚，更不可能在中国。然而印度尼西亚苏拉威西岩画和金沙江岩画（就目前的实验室数据而言）却证明东南亚和中国不仅存在旧石器时代晚期的艺术品（包括岩画），而且有可能是世界艺术和象征思维的策源地之一。

1988 年金沙江彩绘岩画的发现，引起了学界的密切关注。就其艺术风格来看，与欧洲旧石器时代洞穴岩画有诸多相似之处，譬如动物主题和自然主义的风格。特别是与印度

比子岩布山岩画中的动物图像。注意其中两个野牛图像叠加在一起、复线轮廓绘制的方法，以及动物头部（中间小牛图像）线形涂抹的绘制风格，与欧洲和苏拉威西的旧石器时代晚期岩画如出一辙

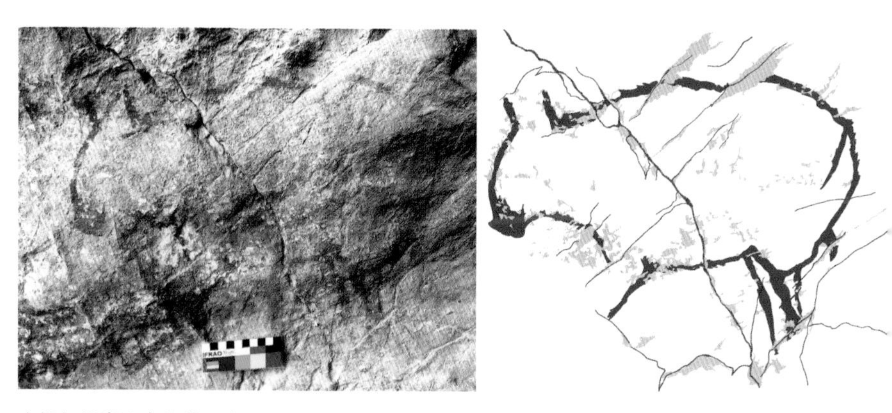

大坪杆子岩画中的貘图像

岩波洛岩画中的羚羊图像

尼西亚 4 万年前的旧石器时代彩绘岩画相比，更有着惊人的相似之处：除了自然主义风格的动物主题和动物种类外，还有绘制技术、手法与模式（如单线或复线的侧面轮廓表现法、几只动物重叠在一起的绘制法、清晰的猪鬃毛表现法、线形涂抹法等）等。

但原来仅凭艺术研究和人文研究，始终无法解决其年代问题，所以多少年以来金沙江岩画的研究一直没有进展。2014 年苏拉威西旧石器时代岩画测年发表以后，人们不仅意识到东南亚也可能是人类艺术和象征思维的策源地之一，还认识到在苏拉威西和欧洲坎特布里安洞穴岩画之前可能还存在着一个更为古老的艺术起源地，这些使我们探寻艺术起源的目光又一次瞄准了金沙江彩绘岩画。金沙江彩绘岩画不仅是旧石器时代晚期的艺术作品，而且更有可能是整个世界的艺术之源。印度尼西亚旧石器时代岩画的发现仅仅是动摇了艺术起源的欧洲中心论，但毕竟只有十几个地点的旧石器时代岩画，数量上太过单薄，根本不足以与为数上百的欧洲坎特布里安洞穴岩画相抗衡。但金沙江流域目前已发现 80 余处彩绘岩画点，其时代一旦确认，便能在数量上与欧洲旧石器时代岩画形成对抗，从而打破艺术起源的欧洲中心论。

金沙江岩画是指分布于青藏高原东南缘、川滇藏交界处的金沙江及其支流沿岸，主要由史前狩猎-采集人群所作的，以彩绘岩画为主，兼有凿刻、喷印等技法的岩画群。金沙江岩画多用描绘的技法、写实主义的风格表现野牛、鹿、岩羊、山羊、野猪、麂、獐、猴、野马、野驴、熊、虎等动物图像，刻画准确，用笔熟练，形态生动，此外还有人物、弓箭、手印、符号、几何图案等。有的地点的图像显示出用不同颜色勾勒的痕迹，互相叠压，可以据此分析岩画的分期。金沙江岩画是目前有绝对年代数据测定记录的中国最古老的彩绘岩画。金沙江岩画是不同于中国其他地区岩画的一个独特的岩画种类，而与欧洲法国、西班牙以及东南亚所发现的旧石器时代狩猎–采集岩画相类似。金沙江流域自古以来就是人群迁徙交流的重要通道，今天这里居住着汉、藏、纳西、傈僳、普米、彝等民族。金沙江地区地理地貌、气候环境、植被林木的多样性，包括人类族群的杂居错居，导致了早期岩画数量上的庞大和形式上的多样性。金沙江岩画的发现，为欧亚大陆史前现代人迁徙、人类精神文明和象征思维的发轫、宗教艺术的起源等，提供了珍贵的考古学证据。

在南岛语族扩散的人类学理论语境下，我国云南金沙江和印度尼西亚的岩画在文化属性上应该是有渊源或亲缘关系的。南岛语族扩散的人类学理论认为在东到位于太平洋东部的复活节岛，西到位于印度洋的马达加斯加，北到夏威夷和中国的台湾岛，南到新西兰，其间包括中国的台湾岛、马来西亚、印度尼西亚、美拉尼西亚、密克罗尼西亚、波利尼西亚等，这个地区里的民族所使用的语言虽然多达 1000～1200 种，但同属一个语系，即南岛语族。澳大利亚学者贝尔伍德、已故著名华裔美籍学者张光直等人已从语言学、考古学、现代分子学等方面研究南岛语族的起源、扩散与分布。学者们一般认为，南岛语族最早起源于中国东南沿海的河姆渡、良渚文化，或跨湖桥文

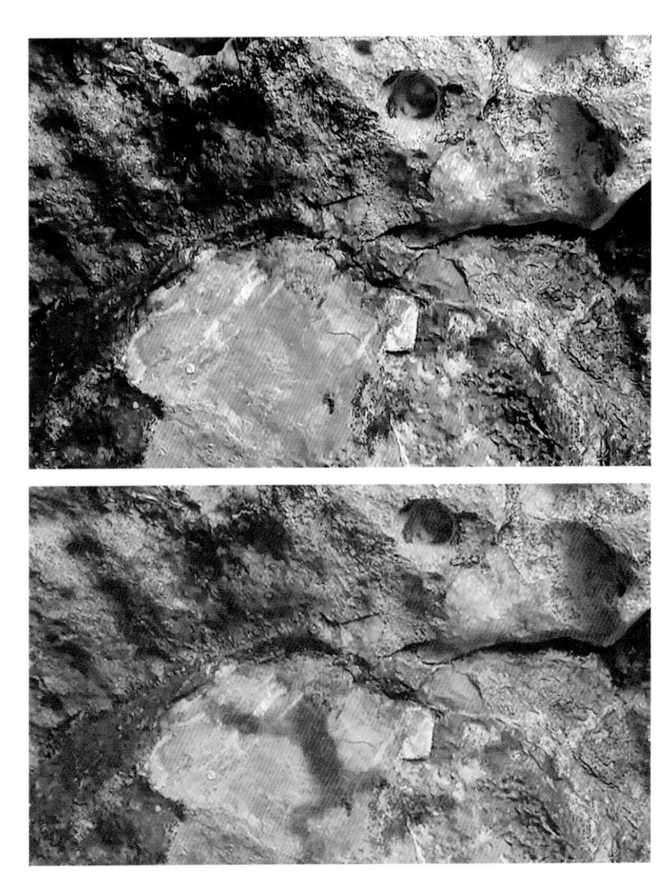

最近在海南昌江黎族自治县王下乡发现蹲踞式人形岩画，似乎是对南岛语族顺着中国东南沿海向东南亚或通过中国台湾向太平洋诸岛扩散理论的证实

化，全新世开始顺着中国东南沿海向东南亚或通过中国台湾向太平洋诸岛扩散。金沙江旧石器时代晚期岩画的发现，不仅从岩画的角度证明了南岛语族的扩散的历史事件的真实性，而且其时间更早，其范围也更为广阔。也正是依据南岛语族的扩散学说，我们不仅将金沙江岩画与苏拉威西洞穴岩画关联起来进行对比，亦可将其视为一个整体作为艺术和象征思维的东南亚

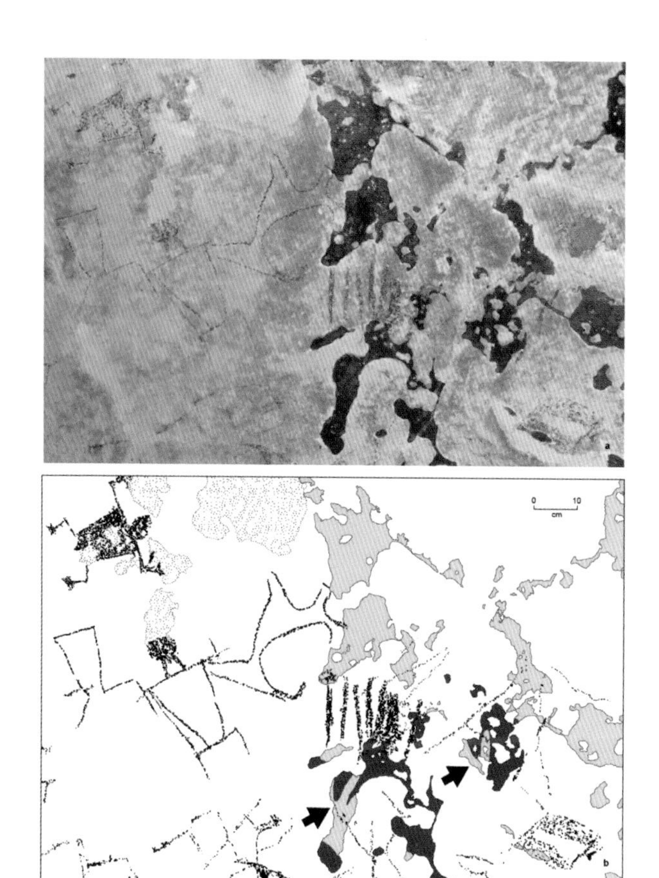

苏拉威西岛发现的距今 5000 年的蹲踞式人形岩画

起源的材料证据和理论支撑。人们很容易认为，与狩猎–采集有关的广泛的自然主义岩画传统，可能曾经从西欧延伸到印度，并延伸到中国东南部。但这种全球范围的人类迁徙和文化传播，仅有人文的理论研究是不够的，在目前的高科技时代，需要各种科学数据的佐证和支持。

纳木错环湖岩画考察之一：桑耶寺

2021年8月的一个下午，飞机原定15：40从西宁曹家堡机场起飞，后来说改到18：30，后来又不停地改动，16：30、17：10等，最终17：20起飞。两个小时之后飞机抵达拉萨上空，但盘旋五圈无法降落，贡嘎机场上空有雷雹！拉萨周围的备用机场都不能临时降落。良久，飞机上传来空姐令人心惊胆战的通告：塔台命令降落成都双流机场！话音刚落，机舱里就“炸”了：不，我们不去成都，我们回西宁！成都江津是疫情高风险地区，双流机场亦然，只要一经停成都，绿码立即变黄码！西藏明文规定，黄码旅客不能进入西藏。行程码黄了，西藏之行也就黄了！贡嘎上空有雷雹，的确不能降落，周围的备用机场除了成都机场也没有可降落的，怎么办？能跳机吗？这时传来机长的救命之声：“大家别紧张，在双流机场只是临时停机，我们不下飞机，也不上客，待拉萨雷雹过去，我们就再次飞往拉萨。不过在双流机场经停期间大家不要开手机，大数据就不会显示到过成都，你的绿码也就不会变黄。”好睿智的机长！大家顿时乖乖地服从，不再吵闹。飞机降落成都后，第一次看不到惯常那种旅客们纷纷迫不及待地打开手机处理“国家大事”，迫不及待地打开舱门拿出行李，抢先站在过道上等待下机的情形。机舱里一片祥和，旅客们心照不宣地坚定着自己的信念：就不开机，看你怎么办！半个小时后，飞机再次起飞，00：30 抵达拉萨贡嘎机场。这时大家才迫不及待地打开手机：行程码是绿的！绿的真好，帽子不能绿，但行程码必须绿！

20 世纪 80 年代我经常来西藏，来拉萨。记忆中那会儿的拉萨一半藏人、一半外国人，拉萨是一座真正的国际大都会，是一座艺术之城。全世界酷爱户外、酷爱登山、酷爱藏族风情的运动员和艺术家都集中到这座城市。住在这里只有语言不同，似乎没有国别和种族之分。大昭寺门前满满的都是磕长头的人，八廓街到处是寻找他乡风情的旅人和艺术家，布达拉宫拥挤着各路寻求精神信仰的朝圣者和羌塘草原上放逐心灵的流浪者……人们都是为了精神梦想来到拉萨。这是一座宗教之城，是一些人的精神之都。30 多年过去了，拉萨变化了的不仅是城市建筑，还有时代精神。加之最近疫情的扩散，已体验不到往日人们游牧般的放浪和随风而去的漂泊。

抵达拉萨的第三天一早，与张建林教授等一行一起去桑耶寺和山南博物馆。途中经过松噶尔石塔。石塔共 5 座，均为整块花岗岩巨石雕刻而成，日月塔刹，较为瘦削的十三天相轮，覆钵较小，塔基为阶梯方形，有的为折角方形。该塔群距桑耶寺西约 15 公里，其时代与桑耶寺一致，据说是寂护大师所建造。5 座石塔因由花岗岩整体刻凿，故至今保存完好。整座石塔涂以白色，衬托在蓝天之下，与白云交相辉映，除了有一种

石塔整体雕刻，涂以白色，衬托在蓝天之下，与白云交相辉映，除了有一种对比搭配的视觉美感外，还有一种飞翔的空灵感：洁净、洗涤和清爽。在石塔周围，现代藏民用小鹅卵石和石块叠摞出一个个的小石堆，或在石壁上用石灰绘以天梯，以象征登天或通天

对比搭配的视觉美感外，还有一种飞翔的空灵感：洁净、洗涤和清爽。

在石塔周围，现代藏民用小鹅卵石和石块叠摞出一个个小石堆，或在石壁上用石灰绘以天梯，以象征登天或通天。这种用小石块叠摞起来的小石堆在印度中央邦的禅贝尔山谷(Chambal Valley）也有很多。相传这些梯子可以通往天堂，所以至今我们依然可以看见印度次大陆宗教对藏区意识形态的影响。在西藏每当有亲人去世，家人都会在山上为亲人用白灰画上天梯，以帮助亲人早日到达极乐世界。实际上早在吐蕃时期就记载称，吐蕃赞普通过“攀天光绳”下凡，入主人间。从《西藏王臣记》《拔协》《汉藏史集》等藏文史籍记载的神话传说看，吐蕃的首批赞普都是从天上下凡到人间的神灵之子。他们下凡

印度中央邦的禅贝尔山谷的叠摞石

藏民在石壁上用石灰绘以天梯，以象征登天或通天

时，有时是通过攀天光绳，有时是通过木神之梯来进行的。还有的神话传说称这一天梯是烟柱、光柱或者是高耸入云的圣山。当他们下凡成为赞普以后，那根天绳便不会离开这些赞普，并一直停留在他们的头上，天绳成为联结天、人、地的媒介。在赞普生命的末日，其灵魂化为一道光，融化在木神之绳中回到天上。

藏族关于攀天光绳的古代传说，事实上也是以一种通俗的形式来表述光明的观念，首先是对光明的崇拜，因为它是肯定因素中最有形的象征，象征着所有好的意义。人神之间的区别，仅在于神可以通过“攀天光绳”进入“光净天”。这种神话在西伯利亚南部和阿尔泰地区也非常流行。

不过这次在松噶尔石塔处最大的发现是凹穴岩画。在围绕着这五座石塔转经的路上，有一块其上布满直径15～20厘米、深超过10厘米的深坑一样的凹穴的巨石，凹穴数量在40～50个之间。其左上角一个最大、最深的凹穴中还置放着一把凿击凹穴的石锤。凹穴是一种非常古老的“通天”仪轨。最早的凹穴出现在旧石器时代晚期，那个时期的凹穴如同任何形式的钻孔一样，都会涂以红色（赭石），这个传统在藏区延续至今。打凿凹穴是一种“敲山”形式，借以告知天上诸神，我有事相求：有吃有喝，无妄无灾……有的在凹穴中涂以酥油、撒以糌粑等。凹穴与佛塔、叠摞石、天梯共存一处，其“通天”之意味不言而喻。

看完松噶尔石塔后，继而参观桑耶寺。桑耶寺，我20世纪80年代也来过，那会儿要渡雅鲁藏布江，需要坐渡船，而

在花岗岩上打制出来的凹穴（也是岩画的一种），不知这是否从吐蕃时期一直敲击到今天

现在则可以驱车直达。虽然寺院内仍是老样子，但佛像日新，壁画日颓。桑耶寺得以自豪的 18 世纪以来的壁画，许多已经脱落、漫漶、起甲等，无可奈何花落去。眼睁睁地看着它们衰败下去，无可补救，如见亲人老去一样，让人感伤。

桑耶寺，藏文意思是无边寺、超出意象等，全名为桑耶敏久伦吉朱白祖拉康，意思是不变自成的桑耶寺。汉译寺名曾有桑叶、桑岩、桑木耶等。公元 8 世纪中叶（750），吐蕃第三十八代赞普、文殊菩萨化身的赤松德赞为施主，迎请萨霍尔（孟加拉国）国王古玛特其之子大堪布寂护和乌仗那（今巴基斯坦境内）莲花生大师入藏，三人共同设计、堪舆和兴建了西藏历史上第一座寺院——桑耶寺。

从桑耶寺的建筑风格和格局来看，该寺模仿了古代印度著名寺院乌旦达波日（飞行寺）。寺庙中央主殿的建筑结构为三层三样式：底层殿和塑像为西藏风格，中层殿为汉地风格，上层殿为印度风格，融合吸收了古代印度、汉地、藏地以及西域寺院建筑的风格特征和营造手法。桑耶寺是严格按照佛教密宗的曼陀罗坛城而建造布局的。例如，位于全寺中心的乌孜大殿，象征位于宇宙中心的须弥山；乌孜大殿四方各建一殿，象征四大部洲；四方各殿的周围，各建两座小殿，象征八小洲；主殿左右两侧又建小殿，象征太阳和月亮；主殿的四方又建有红、绿、黑、白四色神奇宝塔，以镇服一切歪道邪魔。为防止天灾人祸的发生，在寺院围墙上修建 108 座小佛塔，在佛塔的周围设立金刚杵，每个金刚杵下置一舍利，象征佛法坚固不

模仿古代印度著名寺院乌旦达波日（飞行寺）的建筑风格与格局建造的桑耶寺

摧。桑耶寺的其他建筑还有护法神殿、僧舍、仓库等。最后在这些建筑周围又围上了一道椭圆形围墙，象征铁围山。围墙的四面各开一座大门，东门为正门。

围墙外还有为三位王妃所建的三界铜洲殿（现为农场粮库）、遍净响铜洲殿（被毁）、哦采金洲殿（现为乡小学）。桑耶寺东南为西藏四大名山之一的哈布日山，山背后有大堪布寂护的灵塔和小型佛殿。寺院北方有长寿修行处聂玛隆沟，其东北山地为隐居修行之地——青朴。

关于桑耶寺的兴建历史，除藏族史书《拔协》和《桑耶寺志》专门记述外，《贤者喜宴》《西藏王统记》《西藏王臣记》《莲花遗教》《铜洲遗教》《五部遗教》《遍照护面具》等教史也都有记载。《西藏王统记》记载，国王松赞干布为了庆贺大昭寺兴建完工，应众大臣及不同阶层人士的请求分别下令绘制了一批壁画作品。如史料说："于四门画坛城国，令喇嘛等喜悦；殿柱画金刚橛形，令咒师喜悦；四角画万字卍纹，令苯教徒喜悦；又画网格纹，令藏民喜悦。凡所许人之风规，皆实践诺言，故护法龙王、药叉、罗刹等无不欣喜。"不过需要指出的是，早期的壁画已经不复存在，第斯·桑吉嘉措时期，遵从七世达赖的嘱托，于 1770 年对桑耶寺又一次进行了大规模的修缮和扩建工程。因而，早期壁画的原作已难看到，我们现今欣赏到的壁画明显带有元明清时期的壁画风貌。

桑耶寺壁画内容极为丰富，尤以东大门左侧回廊的壁画最为精美生动。其中，比较有独特风格的壁画题材有桑耶史画、西藏史画、宴前认舅、莲花生传、舞蹈杂技等内容。特别是

桑耶寺壁画前供奉在玻璃箱里的白公鸡模型

关于白公鸡的传说，成为桑耶寺壁画中最富个性而被传诵和膜拜的桥段与形象。据说在修建桑耶寺期间，每天清晨都有一只白公鸡按时叫鸣，当时建寺的 6 万名乌拉（支差者）听到鸡鸣后，便起床上工。也许是感念“白鸡报晓，催人上工”的所谓恩德，僧人们把这只白公鸡绘在乌孜大殿外围转经回廊的壁画中。现在又有了升级版本：在这幅壁画前的一个玻璃箱里供奉着一只白公鸡模型，受人朝拜。任何参观桑耶寺的游客别忘了在这只白公鸡前驻足，与白公鸡凝视一分钟，你会感到来自千年前“一唱雄鸡天下白”的振奋。

此外，在乌孜大殿内围墙中层的廊壁上绘有长达 92 米的巨幅壁画作品——《西藏史画》，这是藏族艺术史上的宏伟之作。壁画按时间顺序依次描绘了藏族历史上每一次重大和重要

壁画中的文成公主进藏图

的事件，以连环图的形式分别描绘，但彼此又互不关联。这是一幅以长篇壁画书写的藏族文化史。从远古的神话开始，首先描绘了藏族先民罗刹女与神猴婚配，继而繁衍人类的故事。接着描绘了雅隆诸部落的崛起；吐蕃第一位赞普聂赤赞普的生活；佛经自天而降传入西藏；松赞干布统一西藏，琼结藏王墓示意图，迎请尼泊尔赤尊公主和唐文成公主，大昭寺的兴建；唐朝金城公主进藏图，宴前认舅；莲花生、寂护入藏，桑耶寺的修建；朗达玛灭佛；阿底峡入藏；萨迦王朝、嘎玛王朝、帕木竹巴王朝的兴衰；宗喀巴创立格鲁派；等等。实际上，恰恰是这些宗教之外的民间故事给桑耶寺壁画增添了光彩，使桑耶寺有了与众不同的亮点和特色。这里面闪烁着藏民族的智慧、狡黠，甚至民族的幽默和价值观，更能引起民族间的心理共鸣和情感共鸣。

桑耶寺乌孜大殿的回廊是一个两壁绘满精美壁画的建筑，这是拜桑耶寺的藏族人必去的地方。在这漆黑的回廊中走着走着，会忽见白昼，两墙壁画煌煌烨烨，若西天胜景，仿佛肉体与灵魂相遇的一瞬。此时我突然想起苏童的一篇小说《在一座陵墓，撞见南京的灵魂》。

桑吉林大殿一般容易被忽略。该大殿的壁画年代为11～12世纪，其上人物具有吐蕃风格，保留吐蕃服饰特征，应该是桑耶寺目前保留的时代最早的壁画。在桑吉林大殿门口的抱厦矮墙上发现与青铜时代岩画中同样风格的涡旋纹，不知是何象征与意义，姑妄录之以备后用。

桑吉林大殿门口抱厦矮墙上的涡旋纹

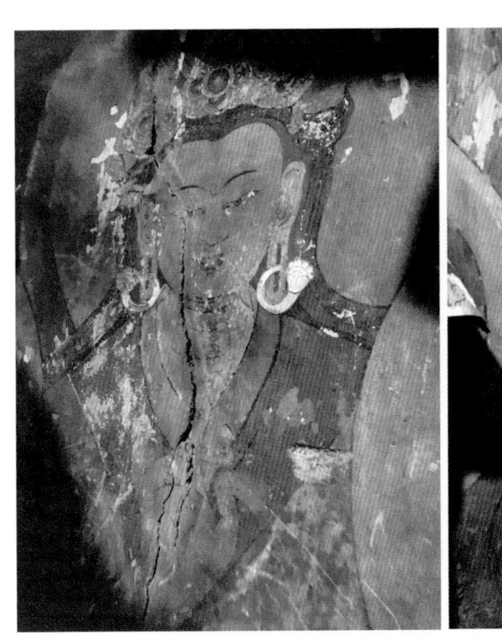

桑吉林大殿的 11 世纪壁画中穿戴若吐蕃服饰的人物像

不过今天参观桑耶寺的最大收获是在进门处发现一尊具有早期印度风格的菩萨石雕像。询之和尚，无人能告知出处，猜想这可能是最近寺内动土而获，也有可能是其他地方新发现的而送入寺内保存。该石像雕刻技术娴熟精湛，风格古雅，异域气息扑面而来，洵为绝品，当可遇而不可求。

桑耶寺门口秣菟罗风格的菩萨石雕像

纳木错环湖岩画考察之二：扎西半岛

上午 9 点，七辆越野车浩浩荡荡从拉萨出发奔赴纳木错。根据以往的经验，考察队规模越大，效率越低。一个和尚挑水吃，三个和尚没水吃，这是人力定律，没有例外。七辆越野车加油就得一个多小时，一字排开，我担心油站的油都不够加。领队陈琴站长永远在打电话，安排吃喝拉撒一切琐碎的事情，加之最近疫情严重，动辄要核酸检测、要通行绿码等，弄得为人和蔼、笑容阳光的她一脸冰霜。

下午 3 点，我们抵达要下榻的中国科学院青藏高原研究所纳木错多圈层综合观测研究站。今后的四五天里，我们都吃住在这里。在藏北羌塘地区能有地方提供食宿，还能洗热水澡，那就跟天堂一般。

可能仍是对高海拔的反应，我第二天早上 5 点多就醒了。由于在山南博物馆见到希腊酒神狄奥尼索斯及其随从的银盘，故 6 点爬起来读柏拉图的《会饮篇》，希望能找到相关的资料。早上这里的气温只有 6 摄氏度。走出工作站，一位牧羊女赶着一群羊从我身边经过，我出于礼貌向她和它们挥挥手，但

西藏第二大湖泊——纳木错。一翻过那根拉山口，就可以看到像一粒蓝色宝石一样镶嵌在远处天边的纳木错。藏语纳木错的意思就是天湖

牧羊女和羊都没理我。草原上来自念青唐古拉山的清冷的空气从鼻腔进入肺里，顿时让人感到高冷。

纳木错，位于西藏自治区中部，是西藏第二大湖泊，也是中国第三大咸水湖，面积约 2000 平方千米，湖面海拔 4730 米。纳木错为藏语，蒙古语名称为腾格里海，都是天湖之义。腾格里、唐古拉在蒙古语里都是天的意思，只是被译成了不同的汉语，就像在匈奴语中天被称为昆仑、祁连、贺兰、窟窿等一样。如果天气好，从我们的驻地就能看见念青唐古拉山。都是唐古拉家的山和水相守相望，将藏族文化中的神圣概念具象成日常熟悉的山川湖泊：尽管高冷，但可感可知。

说是咸水湖，可我尝了尝，至多有一点微咸，不像青海湖那样咸到苦涩，根本不能入口。如果用纳木错的水做饭，恐怕还需加点盐。

纳木错湖盛产高原的细鳞鱼和无鳞鱼类。湖中的鱼类主要是鲤科的裂腹鱼和鳅科的条鳅。其中裂腹鱼在自然条件下，一般可长到一二千克，最大的可长到七八千克甚至几十千克。

晚上收工后沿着纳木错湖南岸东行，望见念青唐古拉山俯视着纳木错。高原上的念青唐古拉山远远没有印象中万山之山的高大雄伟。海拔 7100 多米的雄奇险峻的主峰躲在前排的青山之后，似乎有些羞涩，但仍能感受到它发出的神秘光芒，熠熠生辉，令人神往。蓦然间想起《玛尼情歌》的唱词：

近处的鱼群和远处的念青唐古拉山。从这个角度看几乎是半湖水半湖鱼。如此清澈的湖水中有如此庞大的鱼群，颠覆了“水至清则无鱼”的哲理

思念的唐古拉山。据雍仲苯教资料所言：念青唐古拉山是藏地三大神山（冈底斯山、念青唐古拉山、玛积雪山）之一，也是九大神山之一，更是十三大神山之首。传说纳木错与念青唐古拉曾经是一对恩爱夫妻——这个传说我绝对相信。念青唐古拉山默默地守望在纳木错湖畔，多少万年的深情守望，换来了山穷水尽：在藏北羌塘草原上，唯一如雷贯耳或人们唯一熟知的山水也只有纳木错和念青唐古拉山。

根据雍仲苯教护法经、家族史以及神山祭祀文等苯教典籍，念青唐古拉山是雍仲苯教的神山之一，是母子护法的四大眷属之龙度唐古拉，也是古藏文化史记中较有影响力的著名神山，而纳木错为雍仲苯教五骑羊护法母子的圣地，也是念青唐古拉神山的明妃。念青唐古拉山与纳木错是修行之人的主要修行圣地。我们此行要寻找岩画中关于苯教的记录，要从岩画的角度来证实文献记载的真实性。

扎西半岛位于当雄县和班戈县之间，在纳木错的东南端，向北延伸到湖中。该岛约 10 平方千米，出乎我意料的是整座岛由石灰岩构成，这在青藏高原并不常见。石灰岩高原本是在海洋环境或者湖泊环境中，在动植物的作用下，形成了一层沉积物，后转化为石灰岩，然后经地壳的抬升作用，形成高原，比如我们所熟悉的云贵高原。扎西半岛中间是几十米高的小山，最北端纷杂林立着无数石柱和奇异的石峰，峰林之间还

深蓝色的纳木错湖和白雪覆盖的念青唐古拉山主峰。相传念青唐古拉和纳木错为夫妻，可即便是夫妻，它们之间也有一条青山相隔。难怪《玛尼情歌》唱词说：思念的唐古拉山！岂止思念，简直是望断秋水，朝朝暮暮！

有自然连接的石桥。由于曾长期被天湖水侵蚀，所以岛上分布着许多幽静的岩洞，形成了独特的喀斯特地貌。岛上的石灰岩山洞和岩棚中分布着众多古代彩绘岩画。

扎西半岛上有很多突兀孤立的石灰岩巨石以及很多喀斯特溶洞，根据其形状及位置，被命名为迎宾石、合掌岩、善恶洞等，也就是所有景观石都被赋予了相应的文化内涵。神话（人物）、动物、山川地貌的融合不仅创造了西藏的古代文化、社会与人群，也造就了西藏精神文明的特质，以及宗教实践。寺院里有佛祖和菩萨，山水之间有各种鬼怪和神灵，所以藏族人很忙：物质的生产与生活只是生命中的一小部分，他们把更多的时间与精力花在精神生活上，敬神拜佛、转山念经等。

在藏族人的观念中，世界上没有自然之物，凡事不是人为就是神力，所以在藏族人看来，这些巨石充满神性，理应朝拜。藏族人将石子裹在哈达中，像扔炮儿绳一样将哈达尽可能高地挂在悬崖峭壁上。信仰是一个力气活，也是一个技术活。到了藏区才知道，原来信仰可以被高高抛起悬挂在山间崖壁，信仰须以看得见的形式飘扬在高处。

种得梧桐树，引得凤凰来。正是扎西半岛上独一无二的石灰岩溶洞，才使这里出现了别具一格的彩绘岩画

羊群后面的两座山丘就是扎西半岛的东岛和西岛

通天是所有宗教的最高主旨和最终目的，藏传佛教也是如此。死后灵魂需要升天，活着的时候人们的精神亦需要通往高处：山上的喇嘛寺院、飘扬在风中的经幡、过山口时撒向空中的弄他（风马旗）、扔向峭壁的哈达、飞在天上的鹰鹫、凿刻在岩石上的凹穴、绘制在崖壁上的天梯……这一切都是引领人们的精神通往高处进入天堂的媒介与象征。向上，通往高处，不仅是宗教的旨归，也是我们精神文明的归宿。

望天门，天门开。感谢考察队队员庞颖教授将两座平淡无奇的直壁石峰拍摄出了天门阊阖的效果（庞颖摄）

矗立在扎西半岛参观路线进口处的迎宾石，本来是自然景观，但哈达令其看上去像一处人文景致。久而久之，这些悬挂在石壁和堆积在巨石周围的哈达反而成了夺人眼球的景色

要把哈达悬挂在尽可能高的地方，越高越好，这不仅需要虔诚，还需要技术。把沙石包在哈达里拴起来，然后采用扔炮儿绳的方法将其旋转，再适时甩出去。好在这项技能藏族人包括妇孺老幼都会

《考古》1994 年第 7 期载郭周虎、颜泽余、次旦格列《西藏纳木错扎西岛洞穴岩壁画调查简报》一文对扎西半岛岩画的描摹图

扎西半岛岩画是古人用赭石作为颜料而绘制在石灰岩壁上的各种图像，其时代从距今 3000 年至今，一直绵延不绝。就上图 a）中这幅岩画而言，便包括了距今 3000 年的（左边的牦牛和鹿）、公元 7 世纪以来的（右边的佛塔）、近现代以来的（上部用单线条绘制的奔马）各种图像。基本上，扎西半岛岩画中的所有图像均与宗教有关：早期是苯教，也就是佛教传入藏地之前的本地宗教，或者佛教（藏传佛教）。譬如上图 a）、b）这两幅岩画中所显示出来的对生命树的崇拜与祭祀，当为吐蕃时期之前的苯教内容。

扎西半岛岩画最早见诸郭周虎的报道，即郭周虎、颜泽余、次旦格列《西藏纳木错扎西岛[①]洞穴岩壁画调查简报》（载《考古》1994 年第 7 期）。他们将岩画分为三期：早期岩画的时代当在吐蕃王朝建立以前，中期岩画的时代约相当于吐蕃王朝

①即扎西半岛。

时期，晚期岩画的时代可能为吐蕃王朝灭亡以后。

纳木错是西藏的三大圣湖之一，也是古象雄佛法雍仲苯教的第一神湖，还是著名的苯教修行圣地之一，所以美国学者文森特（John Vincent Bellezza）将扎西半岛岩画称为苯教岩画。2000年刊登在《岩画研究》（*Rock Art Research*）上的文森特《纳木错苯教岩画：西藏北部古代宗教一瞥》（"Bon rock paintings at Gnam Mtsho：glimpses of the ancient religion of northern Tibet"）称，根据统计：岩画被发现于纳木错湖东南、北面和西面等6个地点的36处洞穴和壁龛中，其中一些地点较为偏远。这些地方总共有约450个清晰可辨的图像，有大量的铭文和雍仲符号，还有一些较小的不完整的岩画以及不易分辨的线条、斑点和标记，图像总数远远超过2000个。迄今为止，文森特对扎西半岛的岩画研究得最深入。

他认为："羌塘岩画艺术的文化影响非常复杂，其主要文化传播中心不止一处。羌塘岩画艺术中的古老主题与西伯利亚南部和蒙古的有蹄类动物岩石雕刻传统有着密切关联，有观点认为其出现不晚于新石器时代。之后影响了青铜器时代的印度与伊朗文化，铁器时代的萨卡和塞西亚部落（以位于羌塘的萨卡－塞西亚岩画艺术为例，参见索朗旺堆）。有观点指出，从内蒙古开始，岩石雕刻艺术向西北传播，至新疆阿尔泰山脉，向西、南传播到西藏日土县和那曲县[①]，还包括羌、匈奴和塞西亚受到这些早期文化的影响。

① 即那曲市色尼区。——本书作者注

玛尼堆与白塔（陈琴拍摄）

纳木错岸边的石头（玛尼堆）垒起来的是人们向上的精神

尽管羌塘岩画艺术与草原艺术在主题(主要是动物和狩猎)和风格（随意而充满活力的艺术表现）上有着密切关联，但它们之间也有基本的差异。羌塘岩画艺术中并没有充分体现草原文化的5个显著特征，即人物形象、动物形象、成对的食肉动物、骆驼和战车。这些岩画中的动物形象体现出不同的风格，故羌塘岩画艺术不应该笼统地概括为北部草原地区的一个区域类别。大概这些区域差异的最典型特征就是羌塘岩画艺术中缺少轮式车辆。战车对于公元前2000年—前1000年的草原文化发展有着深远影响，但这一影响可能没有传播到羌塘地区。”

不过文森特的这篇文章是20世纪发表的，而据现在或我们这次考察的材料来看，文森特所说的“羌塘岩画艺术中并没有充分体现草原文化的 5 个显著特征，即人物形象、动物形象、成对的食肉动物、骆驼和战车”的结论可能要修正。我们在扎西半岛就发现了骆驼和人物形象，在日土发现了数量众多且形制不同的战车以及成对的食肉动物……

藏民今天的信仰与古代一样虔诚，而岩刻在今天也与古代一样受人膜拜。

虽然我们此行名义上是纳木错环湖岩画考察，但我们在扎西半岛上同时还经历着宗教之行和精神之旅，而且是从古代，到今天。岛上的寺院、佛塔、经幡哈达、岩画、刻石、玛尼堆等，都在执拗地提醒我们这些非宗教徒需要考虑一下：缺乏了精神内涵和宗教情怀的生活是多么物质、多么乏味而枯燥！

向上的不仅仅是石头和山脉，还有湖水。
在纳木错遇到百年不遇的“龙吸水”

纳木错环湖岩画考察之三：纳木错

因有事，李永宪教授未能与我们一起出发，本拟过两天与我们在拉萨会合，但由于疫情日趋严重，似乎从作为疫区的成都来拉萨，几为不可能。首先拉萨削减了很多雪顿节的项目，缩小了雪顿节的规模，最后干脆一了百了地取消了雪顿节。继而那曲取消了赛马节，当雄也取消了赛马节的很多传统项目，

我们就像一群终日奔波在草原上寻找水草的藏野驴，从你的朝霞，到我的黄昏

好像疫情已日益迫近。从成都直接来拉萨是不可能了，李教授只能“曲线救国”，从成都飞格尔木，然后从格尔木乘火车赴那曲与我们会合。殊不知，订好的飞机票和火车票都因疫情一而再再而三地取消，似乎整个交通计划的变更都是为了阻截来自疫区成都的李永宪教授入藏！客观情势已铁定不允许李教授从成都赶来与我们会合了，虽然仅仅是因为晚出发了一两天。这对于本次考察项目的主要策划人之一李教授来说，该是多么沮丧！但没想到的是，李教授最终还是辗转与我们在当雄会师了。还是古人说得好：精诚所至，金石为开。一旦有了信念，无远弗届！

我们是一个非宗教社会，大多数人没有宗教信念，只能用各种世俗精神以鼓舞人心。譬如以人命名的精神，有雷锋精神、铁人精神、孔繁森精神等；以地方命名的精神，有大庆精神、大寨精神、高原精神等；还有以行业命名的精神，譬如考古精神等。尽管各种精神名目繁多，但核心内容都大同小异，都与奉献和吃苦有关。奉献是宗教精神的本质，而吃苦则是世俗精神的内核。考古精神亦然，吃苦和奉献是其核心。考古行业流传着这样的说法，女的当男的用，男的当驴用。所以当你在考古工地上看到女考古队员时，千万不要认为她是女人，其实她只是一位长得像女人的考古队员，没有性别之分。据说考古学家石兴邦先生曾对搞考古的人进行了精辟的总结：考古考古，发掘吃土，调查受苦。一句话，尽管是在将近 5000 米的高海拔地区长时段地连续工作，但我们基本上没有表现出任何应该出现的高原反应。正是因为考古精神的激励，我们甚至觉

观察、记录、拍照、讨论，亦学亦研，调查小组不折不扣地在践行“吃土”与受苦的考古精神。其中几个看着像女性的考古队员并非女性，只是长得好看而已

得 It’s supposed to be（就应该是这样）！以至于别人殷勤关切地询问头疼不疼、有没有高原反应，怕人失望，我们总是虚伪地说有一点，不严重。然后听到对方居高临下地叮嘱什么能做什么不能做时，我们知道回答对了。

我们在扎西半岛进行了 7 天高强度的野外调查。每天日出而作（早 8 点），日入而息（晚 8 点），从早到晚马不卸鞍、人不解衣地工作 12 小时，对扎西半岛岩画进行地毯式调查记录。

美国探险家、考古学家文森特对扎西半岛洞穴岩画曾记录有 36 处，西藏三普调查有 25 处，而我们这次的调查则多达 50 余处。尽管很多岩画洞穴已被报道与研究，但我们这次是全面调查与深入研究，希望在三个方面有所补益：

看到这尘满面、鬓满霜的车队，突然想起纳兰性德的诗："一帽征尘，留君不住从君去"

人多好种田，人少好过年，人众可学研

第一，资料著录的完整性和准确性。完整性指的是岛内所有岩画全部著录，而不是像在肉铺里买肉，挑好肉割；准确性指图像位置的精确性与描摹的准确性。这是结合近些年来科学技术的发展，对诸如GIS（地理信息系统）及其他tracing（追踪）软件技术的运用，从而能够精确定位、追踪、还原岩画。

第二，断代的科学性。与我国其他地区的岩画研究一样，以往扎西半岛岩画的断代都是采用艺术和人文研究的方法来进

考古出土丝绸上的含绶对鸟，与扎西半岛岩画上的含绶鸟纹风格一致。鸟脖子上的绶带（pativ，罗马尼亚语）反映出中亚或斯基泰人的影响

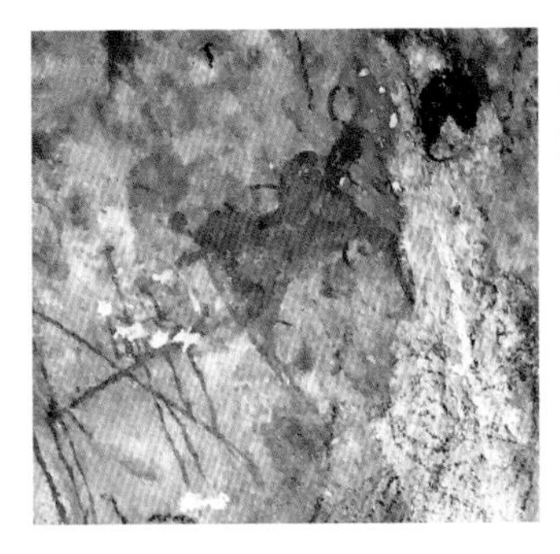

以瘤牛的风格绘制牦牛，正是扎西半岛岩画通过阿里或拉达克受到南亚岩画艺术风格影响的佐证

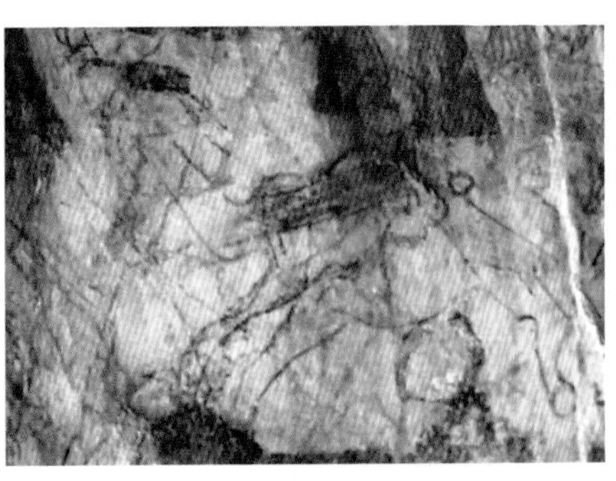

画面上有一只动物，猜猜这是什么动物

行。所谓艺术的方法就是通过图像比较的方法，或者被考古学家称作交叉断代的方法；人文的方法即指与文献或民俗的比附方法，譬如文森特对扎西半岛岩画的断代。而我们这次则主要采用科学的断代方法，即使用碳14和铀系法对岩绘画进行测年，采用微腐蚀分析法对岩刻画进行测年，用数据事实说话，而不是推论和猜想。

第三，内容诠释的多样性。内容诠释的多样性建立在内容的丰富性及其文化因素多元化的基础之上。文森特将扎西半岛岩画定性为苯教文化，郭周虎等人将其定性为北方草原文化等，但这些都不够。除此以外，我们这次调查还从中辨识出中原汉族文化因素（唐代仕女、戴硬脚幞头的骑马官吏）、中亚文化因素（含绶鸟、骆驼、持刀粟特祭师等）、南亚文化因素（瘤牛、单峰驼等）。

含盐量超过1‰的湖就叫咸水湖。扎西半岛周围湖水的含盐量为1.05‰，已经达到称为咸水湖的科学标准。但0.05‰的

扎西半岛上的一些洞穴至今有人居住

湖畔有很多洞穴，为人类和各种生物的天然庇护所；很多洞穴面积大、进深长、堆积厚，曾在不同时期被各种生物占领。尤其是洞口处，有很多岩画和题记，是不同时代的印记。有画必有人，无画也有人；有人未必有画，无人肯定无画。你就当绕口令读吧

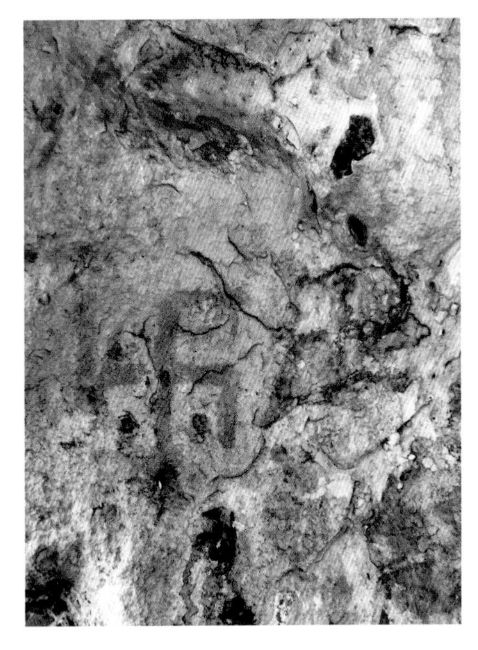

顺时针旋转的是藏传佛教万字纹（右），逆时针旋转的是苯教万字纹（左）。两个旋转方向不同的万字纹反映出佛苯之争：苯教万字纹最先被绘制在崖壁上，后来藏传佛教万字纹被绘制在左边，以示抗争或镇压

含盐量，没有狗的舌头是分辨不出来的，所以很多尝过湖水的游人认为纳木错是淡水湖。说这么多其实只是为了说明一件事：纳木错的水自古至今都是可以直接饮用的。正是这一汪可以直接饮用的湖水，加上湖边数以百计的可以容身栖居的石灰岩洞，多少年前在一个善解人意的日子里，洞穴庇护或掩护了那个饱受风雨之寒的猎人，作为对神的感恩，猎人将自己的狩猎经过和猎物绘制在洞穴壁上以酬神。这里有水，有猎物，又有可住宿的洞穴。又多少年后，那些苯教的高僧大德们受风气所惑，纷纷占据这些因绘制着早期图像而被视为神圣之所的洞穴中进行修行。声气所敷，这种栖居成了一种潮流，这些修行者们同时也把有助于自己修行的文字与图像绘制在洞穴墙壁上。当然，后来也有一些藏传佛教徒来此修行，同样，他们也会将那些有助于自己修行的图像和文字刻凿在洞穴墙壁上。看到苯教徒早先刻在洞壁上的左旋万字纹等符号，藏传佛教徒会加以铲除破坏或在其旁边刻右旋万字纹加以镇压。

转山不只是旅游，还有朝圣

扎西半岛已经被辟为旅游胜地，参观门票为210元，主要用于大巴交通费。藏族人来扎西半岛朝圣不要钱，他们每每举家盛装而来，按顺时针方向环岛徒步走一圈，约3公里。他们在扎西半岛的每一处他们认为神圣的地方都要捐钱、涂抹酥油，或用头碰触。对于藏族人来说，转扎西半岛一方面是旅游度假，但更重要的是朝圣。朝圣干吗？这是没有宗教信仰特别是没有宗教情怀的人可能会问的问题。因为没有宗教信仰或情怀的人不会有精神层面的追求，只关注物质，只追求现实目的。朝圣是为了祈福。没有宗教情怀的人一定会认为祈福是为了本人及其家人，其实不是，藏族转山或朝圣祈福的内容是全人类的福祉和全世界的和平。

我靠在车门处正在刷手机，一位美丽的少妇背着孩子走上前来：你有矿泉水吗？卖我一瓶好吗？我给孩子喂药。说话字正腔圆，我想着应该是北京人。我打开车门取出两瓶矿泉水递给她，她身后的一位老者递给我五元钱。我才注意到老者穿一身藏袍，原来这个少妇竟是个藏族人。这时我注意地看了她一眼，惊艳于她的美貌，更惊奇于她纯正的普通话！我不要钱，她连声谢谢。我其实更陶醉于这种感谢之中，假装自己一直就是一位做好事不留名的慈善家。不，我应该感谢她，在这为世界和全民祈福的神圣地方，她给了我一个施舍的机会，使我这颗没有宗教的凡人之心，顿时被小小的施舍升华脱俗了，使我的慈悲心肠有了安放之地。在佛祖眼里，即便是两瓶水的慈悲亦有着舍身伺虎和割肉贸鸽的感动，“毋以善小而不为”，正是此意。

信仰是一扇门，打开是一片天

与展开的鸟翅和向上的石堆、立石（多林）一样，牛角也被认为是通天的象征。将其放在赭石色的玛尼堆上，更是为了突出向上的生命力（沈云瑶拍摄）

信仰是人生的高地，当挂在空中。书之以帜，以风来者

镜画缘：对着镜头讲岩画

扎西半岛的自然风光自不待言，其宗教情怀与民族特色更值得关注。此外，其历史遗存也需要宣传，这主要指的就是岩画。

日复一日，扎西半岛宗教活动的多次集结终于形成了文化和名气，加之其本身就位于南亚廊道的必经之路，所以古往今来，扎西半岛吸引来了南来北往的商贩、官吏、宗教徒、牧人，甚至文人骚客等。

最终，扎西半岛成为一个文化包裹，里面装着诸多的文化因素，而岩画就是这个文化包裹的包袱皮。这个包裹我们已经收到，正等着我们打开。

扎西半岛考察结束以后，我们移师班戈县。班戈县最著名的岩画是其多山岩画。这也是一处洞穴彩绘岩画，也是由郭周虎等人第一次报道，2013 年被评为国宝单位。

其多山岩画位于纳木错湖的北岸，洞穴很小，只能容一个人。洞前繁茂的各种不知名小花一直延展到湖滨。有高人授我新知识：在青藏高原上，但凡你不认识的花都叫格桑花。洞穴北距纳木错约 80 米，高出湖面约 30 米。洞虽小，却容纳了最多的岩画，共 300 余幅。

多易山岩画位于班戈县青龙乡八村（阿雄村）的多易山南坡上。南坡高约 25 米，海拔为 4750 米。南坡上散落着很多砂岩，其中的 173 块砂岩上刻有岩画，我们编号亦为 173 号。工作程序为先由多人以两米间隔拉网式寻找岩画，发现岩画便

在青藏高原，只要是你不认识的花，都叫格桑花

插一红布条，然后由罗布和达娃打点、编号，再由记录小组分组记录拍照。晚上 7 点半工作结束，鸣金收兵。因为多易山岩画刻凿在微粒砂岩上，缺乏大颗粒的石英，故很难进行微腐蚀观测。

多易山岩画大致可分为早晚两期，早期仍属北方草原岩画体系，晚期则为吐蕃时期，有大量的佛教和苯教内容的形象，其中一幅可能是不动明王的岩画图像，非常有趣，值得一提。在玛尼石岩刻体系或铜像中,不动明王已经是司空见惯的造像：右手持利剑，左手持罥索，足踩一人性“恶障”。与玛尼石岩刻体系或铜像中的不动明王像相比，多易山岩画中的不动明王像画技稚嫩，没有愤怒，倒似有些欢快，风格童稚，像人而不像神，很接地气——因为刻在石头上！从风格上来看，岩画中

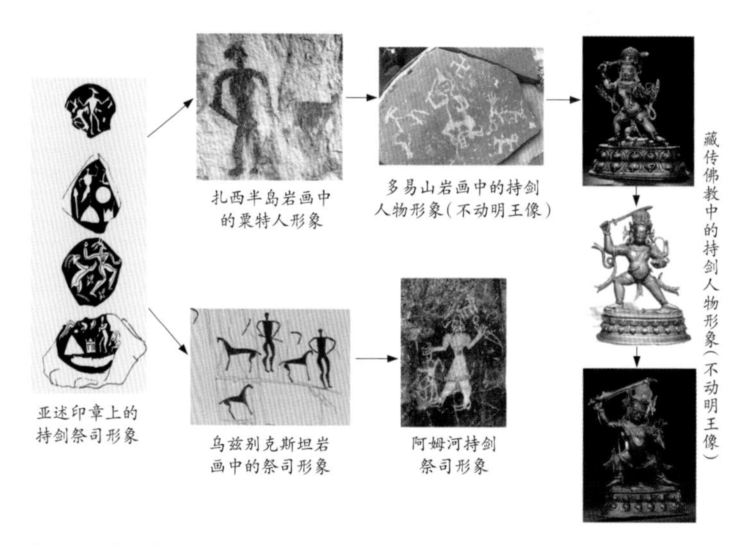

持剑，神的姿态，从西方到东方

的这位执剑人物图像应该就是最早的不动明王形象，虽然其时代目前还不能精确认定，但应该在吐蕃晚期是大致不误。我们在这里感兴趣的是执剑这个姿势。从晚期的藏传佛教我们可以明确无误地知道：执剑，是一个神的姿势。我们再回过头来看看扎西半岛岩画中的粟特人形象，也是一个执剑的姿势，是神的姿势；其旁边还有只食草动物，应该是祭献牺牲。李永宪教授敏锐地将这个粟特人形象与印度河上游的奇拉斯（Chilas）岩画中相同的持剑人形象联系在一起。从人物的衣饰装束上可以看出，奇拉斯岩画中的持剑人物是阿契美尼德风格（Achaemenid style）的岩画，伴以神话动物，而人物的穿着呈现出波斯风范，即流苏边的长袍、系在腰间的腰带（anaxurides）和剑以及绑腿（或靴子），跟阿姆河宝藏（the Oxus trasure）出土的金牌饰上的人物几乎一样。1877 年至 1880 年在阿姆河发现了属于公元前 400 年的阿契美尼德时期的波斯宝藏。这些金器被认为是公元前 6 世纪至前 4 世纪的艺术品，但硬币显示的时间范围更大，其中一些被认为属于公元前 200 年左右。

藏语中的羌塘是羌则塘的简称，意思是北方广阔的地方，翻译成藏北草原也是达意的。我曾经在西伯利亚草原，慨叹其广阔与浩瀚。这次来到羌塘草原，除了广阔与浩瀚之外，多了一种亘古、荒蛮和遥远的感受，浩瀚草原的起伏看上去像是地球板块的运动。

在西伯利亚无边没腰的草原上会突然出现一条清凌凌的大河，顿时会让你感到生命力的流动；而在羌塘群山绵延的巨大荒原上会突然出现一些花岗岩巨石，一下子会让你觉得

世事沧桑，生死无常，这是主谋时间作案后留下的蛛丝马迹

形成于白垩纪的花岗岩是羌塘地区的特色景观之一

任何生命唯一的专注和最高目的就是生存。在这一点上，动物远比人类纯粹

回到了恐龙时代，亘古而荒蛮。也就是说除了空间，还能感受到时间，让你能感受到一种时间的古老性，英语antiquity一词差可涵其意。你所看到的群山的错落，实际上都是时间的律动。形成于白垩纪的花岗岩是羌塘地区的特色景观之一，饱经沧桑的风化之后，棱角分明的花岗岩变得很圆滑，显示出时间的行迹：岁月有形，流逝有痕。

踯躅在浩瀚原野上的几只藏原羚，不管不顾，只专心致志地吃草，于是心生艳羡：多好，一生只做一件事，哪怕只是吃草！即便是苦恋也行。相传念青唐古拉与纳木错是一对夫妻，不过从地理上看，它们之间还隔着一座山，它们肯定不是夫

不闻古风拂今朝，唯见蕃藏凿凹穴

妻，念青唐古拉山最多算是对纳木错苦恋多少万年而已！只要专心做一件事，久了就不朽了。此时纳木错湖面烟雨朦胧，而念青唐古拉山则风清月白一片晴朗，忽有感，口占一首：

烟雨纳木错
风流唐古拉
相守千万载
未能成一家
岭高覆冰雪
水深载浪花
相守不相即
溪流可作伐

最后调查夏桑岩画遗址时，又一次发现大量的凹穴岩画。但对此凹穴岩画，当地居民有一种新的说法：凹穴岩画并非人为，而是鬼怪在见不得人的晚间所为。曾有村民在凹穴岩画旁过夜，眼睛里看不见任何东西，却听见各种叮叮当当的敲击声，甚至有马脖子上的铃铛声不绝于耳，于鸡叫时分，戛然而止。这显然是藏文版的《聊斋志异》，不过它至少说明一个实事：久矣夫！凹穴岩画的时代。

凹穴是一种岩画，更是一种时间的印记。从远古时代全世界的人都开始制作凹穴岩画，最早可从旧石器时代晚期开始，但能坚持到最后、坚持至今仍在刻凿凹穴岩画者，只有藏族。

纳木错环湖岩画考察之四：尼阿底遗址与加林山岩画

今天，8月18日，是一个值得铭记的日子。在这个刻骨铭心的日子里，我们从班戈县赶赴申扎县，途经非常著名的尼阿底遗址。

在一般人眼中，青藏高原，特别是羌塘高原，除了海拔高，还有其文化的神秘性，这也是一个吸引人的地方。高原虽然氧气奇缺，但风景奇美、风俗奇绝、风气奇致、风貌奇观、风物奇秀、风采奇异、风尚奇迈、风马奇妙、风云奇变、风流奇幻……一个“奇”字，可以囊括西藏的全部特征，但同时，怎一个“奇”字了得！藏传佛教的陌生和游牧部落的游移不定都是其文化神秘性的来源。此外，地域的浩瀚和交通的不易到达，也是导致其神秘的主要原因之一。未曾被人了解的如此厚重广袤的土地上仅出产动植物和矿产显然是不符合文化的发展规律的，不产生点神奇的故事，肯定是一种浪费。这些神奇故事中最具知识性、最富科学意味、最为学术界关注的就是人类起源问题。

青藏高原上风云奇变、风流奇幻、风景奇美

人类起源于哪里？实际上这更多是一个好莱坞式的问题，而不是一个科学问题。设问就是为了强调其神秘性，所以回答时这个地点如果是香港、伦敦、巴黎等地，便没有神秘性，也就毫无意义了。如果我们的想象还没超凡到回答南极和北极，那么最理想的起源地就是非洲和青藏高原，保持跟设问一样的基调，充满神秘性。

不过青藏高原人类起源说并非是毫无根据。从 20 世纪中叶开始，喜马拉雅山南坡的西瓦立克地区（今巴基斯坦境内和印度西北部）已经发现了旁遮普腊玛古猿化石。20 世纪，腊玛古猿被认为是人类的祖先。青藏高原人类起源说的首创者是美国著名的地质学家葛利普（Amadeus William Grabau），他为此发表了不少论述。1935 年，他在斯文·赫定主编的《地质学年刊》（*Geografiska Annaler*）第 17 期上发表了《西藏和人类的起源》（“Tibet and the Origin of Man”）（第 317—325 页）一文。他认为几千万年前，喜马拉雅山山脉的间歇性抬升，使青藏高原和它北面的中亚气候逐渐变凉变干，森林逐渐收缩而草原不断扩大。环境的急剧变化迫使原先生活在森林里的古猿改变习性，下地行走并逐步适应开阔地带的生活，它们终于变成人类。而喜马拉雅山以南地区的气候环境则没有发生类似的变化，那里的猿类仍可在森林里生活而不必改变原有的习性。他强调指出：当时世界上没有哪一个地区具有上述青藏高原那种独特的生态条件，因此西藏就是人类的摇篮。他的假说也被认为是“稀树草原起源说”（the savannah hypotheses）的一种。

TIBET AND THE ORIGIN OF MAN

By *A. W. GRABAU*, PEKING.

The Himalayan geosyncline is generally recognized as having been the longest enduring of any now known, for it existed not only through the whole of the Palaeozoic Era, but continued through the Mesozoic and the early part of the Cenozoic. During the continuance of this geosyncline, the old rocks, now veneered by the sands of the Indo-Gangetic plain, constituted the Old-Land of Gondwana from which the clastic material, deposited in the geosyncline, was derived.

As in normal geosynclines generally, the cross-section was asymmetrical, the slope from the old-land being the steeper, while the floor rose gently to the Tibetan Plain, which constituted the marginal plain of the geosyncline on which the wedging edges of the sediments repeatedly over-lapped.

The folding of the geosynclinal strata and the birth of the Himalayas occurred at the end of Oligocene time, when the Gondwana Old Land was depressed to form the new geosyncline.[1]

Before the Himalayan revolution, much of Asia, at least as far north as the Siberian border of today, must have had a relatively simple topography and a climate of sufficient moisture to permit extensive forest growth. In all probability it resembled the prairie country of North America, before the destruction of the forests by fires.

The Oligocene coal series of Fuchun in Manchuria and other regions of North China, have furnished the remains of the conifers *Sequoia* and *Glyptostrobus* and of various deciduous trees such as *Populus*, *Carpinus*, *Alnus*, *Dryophyllum*, *Fagus* and others, and there is good reason for believing that some parts of the North China plain are underlain by Oligocene beds with similar plant remains and possibly also including coal beds.

But the wide-spread distribution of browsing animals, such as the giant hornless rhinoceros *Baluchitherium* is an even better indication of the climate and physiography, for these animals could not surmount mountain barriers, and were dependent for their food supply on forest trees and similar vegetation. Originally obtained from the Bugti Hills in Baluchistan, south of the Himalyas, the remains of this animal have been found in the Turgai region of Russian Turkestan (the *Indricotherium* of Borissiak), in a number of widely separated regions in Mongolia by the Central Asiatic Expedition, and in the Ordos by members of the Geological Survey of China.

This indicates a similar wide extent of relatively uniform topography and climate in Asia.

The remains of highly specialized anthropoids still await discovery in the Oligocene strata of China, but we may confidently say, that if they existed in the region south of the Himalayas in Oligocene time, their habitat extended northward as well, and if not

[1] A. W. Grabau: Migration of Geosynclines. Bull. of Geol. Soc. of China, Vol. III, pp. [illegible] 1924. Earlier tectonic movements are known to have occurred locally, especially in Mid-Cretaceous time, but these have little or no bearing on our problem. (See on [illegible] Himalayan and Alpine Orogeny. Report 16th Int. Geol. Congress, Washington, 1933).

20 世纪在中国进行地质学调查研究的美国地质学家葛利普 1935 年发表在斯文·赫定主编的《地质学年刊》上的《西藏和人类的起源》一文，首创青藏高原人类起源说贾兰坡也同意青藏高原人类起源说。他在《有关人类起源的一些问题》①一文中所绘制的人类起源方框图中，就将青藏高原包括进去。

其实至今尚有人赞同青藏高原人类起源说，如严绍培（音译）。他 2014 年在《生物学史杂志》（*Journal of the History of Biology*）上发表了《亚洲中心主义的进化、北京人与中国中心民族主义的起源》②一文。

不过由于青藏高原的高海拔以及更新世末的冰期造成的大冰盖理论等，21 世纪以来，人们不再认为青藏高原是人类的起源地，而开始关注人类是何时移居到青藏高原，以及如何移居到青藏高原的。美国亚利桑那大学和中国“双古所”的考古学家们于 21 世纪初联合考察青藏高原的旧石器，并提出一个“三步曲”的青藏高原移居理论，几乎是精准地指明了什么时间以及各种经济类型的族群是如何进入青藏高原的：

第一，在距今 5 万～2.5 万年间，活动范围很大的食物搜寻者（foragers）开始漫游（random walk）到低于海拔 3000 米的草原地区，亦即聚集在资源较丰富的地区进行狩猎和采集。

第二，在距今 2.5 万～1 万年间，亦即末次盛冰期之后，食物种类扩大了的搜寻者开始在海拔 3000～4000 米的地区建造固定的居所以供临时的、短期的和用于特殊目的的搜寻基地。

第三，距今 1 万年之后，以驯养动物为生的早期新石器时

① 载《古脊椎动物与古人类》1974 年第 3 期第 165—173 页。

② 载《生物学史杂志》2014 年第 4 期第 585—625 页。

代的牧人为了寻找牧草开始全方位和永久性地居住在高于海拔4000米的高原地区。①

这个理论首先肯定的是，青藏高原不仅不是人类的起源地，恰恰相反，它是最后一块被人类占据和定居的地方。理由很简单，人类对居住地的选择如同水漫金山，先从低地开始，逐渐浸没高处。青藏高原是世界上最高的高原，当然也就是最晚被占据的地方。尽管在不到10年的时间内，由于尼阿底遗址的发现和发掘，"三步曲"的移居理论就被推翻了。这个学说不仅仅是建立在已有考古学材料上的，而且是基于自然选择的理论指导，即作为一个人类与动植物驯养（包括文化）在高海拔环境适应的全部过程，因此对于今后青藏高原考古研究仍富有引领方向和启示的意义；其关键之处还在于，它突破了以建立考古文化时空框架为宗旨的研究范式。尼阿底遗址调查报告的题目——《藏北尼阿木底遗址②发现的似阿舍利石器——兼论晚更新世人类向青藏高原的扩张》，就非常明确地反映出这种新研究范式的影响。

尼阿底遗址位于藏北申扎县雄梅镇多热六村，坐落在色林错南岸，北距色林错约2000米，海拔在4600米左右。在遗址东西宽400～500米、南北长达2000米左右的范围之内，

① JEFFREY B P，GAO X，OLSEN J W，et al.. A Short Chronology for the Peopling of the Tibetan Plateau［M］//MADSEN D B，CHEN F H，GAO X. Late Quaternary Climate Change and Human Adaptation in Arid China. Amsterdam：Elsevier，2007：129-150.

② 即尼阿底遗址。

我右手边的张建林教授是尼阿底遗址调查报告的作者之一，左手边的李永宪教授是最早研究青藏高原旧石器和细石器的考古学家之一

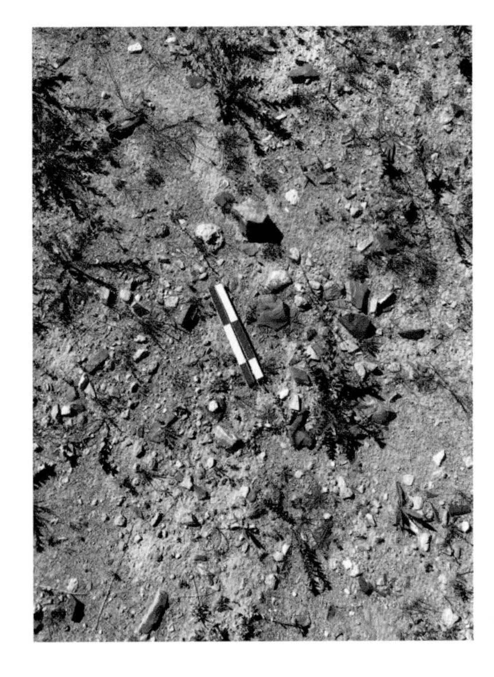

尼阿底遗址上的石片俯拾皆是

石制品密密麻麻地散落地表，俯拾皆是。这是一处规模宏大的旷野石器遗址。尼阿底遗址调查报告选用了一个考古学家罕用的修饰词“规模恢宏”来形容尼阿底遗址，其规模之大、地表石器之壮观，可以想见！

我坐在尼阿底遗址上，面对着一望无际的荒原，远处蓝幽幽的色林错湖泛着仿佛外星球才有的光芒，思绪一马平川地驰骋出去：4 万年前这里为什么会成为规模如此宏大的石器加工厂？人类为什么要打制如此多的石器？人们用这些石器来加工什么？换句话说，有什么东西值得原始人要打制如此多的石器来加工？在这一望无际的荒原上为什么没有房屋遗迹？为什么没有留下原始人生活过的其他任何遗迹遗物？留存在地表上的大多是石片和石片石器，他们用这些石片加工鱼吗？宰鱼还是刮鱼鳞（高原裸鲤无鳞）？若是，为什么纳木错等其他有鱼的高原湖泊岸边未发现大规模石器遗址？这么大规模的遗址定然不是临时或季节性的居住地，即便是专门来此采石料，进行石片制作，也不可能来无影、去无踪，他们难道是外星人？我只有在瞎想的时候，才会与非考古学家的一般人想到一起去。其实考古学家特别是传统考古学家不考虑这些，他们考虑的尽是些一般人不考虑的、社会不考虑的，就连历史学家也不考虑的问题，譬如打制技术问题、文化传统问题、石器形制问题、器物名称问题等。他们对石器的研究不要说一般人看不懂，就连历史学家也看不懂。别问我为什么，因为我要是进行专业解释的话，你还是听不懂。所谓专业，就是怎么说你都不懂，必须花几年工夫从头学起。

石器可以简单地分为石核和石片。石片是从石核上剥制下来的。石核没什么用（有的还可以再加工作为其他用途，但很少），原始人用的是石片，或直接当作刀片来用，或镶嵌在骨或木柄上当刀使用。考古学家认为尼阿底遗址上剩下来的石片都是原始人不要的垃圾，好的或合格的石片都已被安装在刀柄上带走了。也就是说，现在尼阿底遗址上的石片都是不合格的次品，都是原始人遗弃不要的垃圾。如果是这样，那么尼阿底遗址就是一个石器加工厂。但问题又出现了，因为合乎石片剥制的黑色硅质板岩并非产自这里，也就是说东西宽 400~500 米、南北长达 2000 米左右的石制品分布范围并不是黑色硅质板岩的原生产地。此外，制作这些石器的人是从哪里来的？石器的技术传统显示来自喜马拉雅南麓，尼阿底遗址调查报告说“晚更新世末期时①，来自印巴次大陆方向的早期占领者，沿着喜马拉雅山脉、冈底斯山脉和昆仑山脉三条东西走向的巨大山系之间的通道，自高原西南方向开始向高原腹地扩张”。后来我们在甲谷乡政府附近和夏桑岩画遗址的对面新发现了两个细石器遗址，在其中一个遗址中还发现了两件勒瓦娄哇尖状器，这也是个印巴次大陆方向西来的指示器。但是他们来干吗？如何来的？之后又去哪里了？为什么后来这个技术传统消失了？

根据对青藏高原地区古湖泊的研究，距今 4 万 ~2.8 万年时期，高原上湖群广布，河湖之间相互连通。从东北到西南，

① 也就是几万年前。

在夏桑发现的勒瓦娄哇尖状器

湖面扩张，存在着数个面积达万余平方千米的大湖，这时多数古湖面积达到史上最大值，即大湖期。“南羌塘高原古湖岸线分布广泛，从最高古湖岸线看，大湖期湖泊面积比现代湖泊面积大数倍，甚至10余倍之多。根据不同地区10余个湖泊的沉积测年数据分析，大湖期的年代大致相近，以40~25 kaBP[1]之间居多，有的可能延续至20 kaBP[2]。”距今4万年时，高原湖泊水位高到甚至色林错和班公湖是连在一起的，距今3万年时两个湖才分开。中科院青藏高原研究所拉萨站的站长王君波研究员曾在当惹雍错湖旁指着远远高出现代湖面的古湖岸线，对我们进行现场教学说：即便全新世以来，也就是距今七八千年的大暖期，湖面也比现在高出183米！现在的尼阿底遗址高出邻近的错鄂湖湖面只有22米，如是，距今4万~3万年的尼阿底遗址一定是在水下，那么这个遗址是如何产生的？他们是

① 即距今4万~2.5万年。——本书作者注

② 即距今2万年。——本书作者注

在尼阿底遗址发现的石片与石核

在水下杀鱼吗?

在旷野上，我的瞎想毫无边际，于事无补，完全是在消磨时间，只能说明通过考古发掘出来的问题往往比考古能解决的问题多得多！还是引用著名的旧石器时代考古学家高星研究员的话作为尼阿底遗址的结语吧：“这些石器的制作者是何人？他们来自何方？目前还无法得出准确的结论。在尼阿底遗址采石做器、吹奏过征服高原号角的人群是最早的‘藏民’吗？答案不能确定。在西藏广袤的土地上有很多尚未被探考过的区域，那里可能埋藏着时代更早、价值更大的勇敢的远古开拓者的遗物、遗迹，在等待着科学工作者前去寻找、发掘。尼阿底遗址的发现与研究揭开了古人类征服雪域高原神秘面纱的一角，也预示了新一轮青藏科考项目光明的前景。”①

① 高星. 4 万年前人类登上了雪域高原［J］. 科学，2019（3）：1-5.

尼阿底遗址就在错鄂湖与色林错之间，而在距今 4 万～3 万年时，这两个湖是连在一起的，尼阿底遗址所在地是一片泽国

荣玛乡是尼玛县最僻远的地方，距尼玛县约 200 公里，其间只有 1/5 的路是柏油路，其他全是土路，汽车要跑 3 个小时。这里是羌塘的腹地，现在基本上算是无人区，因为整个乡现在已经全部迁出，搬迁到拉萨附近的堆龙，共 262 户 1000 多人。

原来的一村一社变成畜牧有限公司。现在的乡政府只有留守的几个人：村医2人、警察2人、管牧业的1人。原来的村民可以在畜牧有限公司投股。首先，有人说这个乡的牧民是20世纪七八十年代才搬迁过来的，而且占据了藏羚羊迁徙的主要通道；其次，这里建设公共设施（譬如公路、电线、管理等）的成本太高，而享受之人却太少，不划算；最后，老人看病、小孩上学等极不方便。故政府决定强制性搬迁。但这里有3000年前的岩画，说明几千年前这里就有人居住，怎会影响藏羚羊的迁徙？人们在这里居住了几千年，牧民自给自足，逐水草而迁，怎会涉及公共成本？如果涉及，只能说明这种公共成本的投入就是有问题的。或许我们可以汲取一些历史经验？据说青海政协曾经有人提出对一些偏远地区可以实行羁縻制度的提案。最后老人看病、小孩上学不方便倒是问题，但不能用为解决一个问题而衍生出十个问题的办法。也有人认为，这里由于土地面积大、草原广阔，牧民极为富庶，20世纪80年代就买得起东风卡车。若真是这样，老人治病和小孩上学就不是问题，因为这些牧人完全可以将老人、小孩另外安置在如尼玛县这种有条件的地方。不过迁与不迁是一个非常复杂的社会问题，并不是通过一两件事或短期观察就可以评判的，也不是我可以妄加置评的，但思考和讨论总是需要的。

加林山岩画所在地的山脚有一户已经搬迁的牧人家，屋里还剩有很多家具以及日常生活器具，甚至摆放得整整齐齐，不知主人是有钱不屑远途运送这些家具还是盼望着有朝一日重返家园。房间的玻璃被打碎，窗户铁栏杆也被弄弯。尼玛县文化

荣玛乡已经成为野生动物的乐园

这户人家的房屋完好、家具齐全，仿佛主人刚外出，而县上的人说这里是无人区，令人感到诡异得不真实

窗户铁条被弄弯，据
说这是熊干的

局的人讲，一般人是干不出这种事的，定然是棕熊干的。不过屋里的柜子、桌椅都依然整齐，不像被暴力翻动过，什么样的棕熊会袭击一座没有食物的空房子呢？屋子完好，家具整齐，羊圈里还有厚厚的羊粪和密密麻麻的羊蹄印，可人们告诉我这是无人区！似乎是梦境一般！我突然联想到萨特的《存在与虚无》：It's hard to tell that the world we live in is either a reality or a dream（很难说我们所生活的世界究竟是真实还是梦境）。如果当时兜里有个《盗梦空间》里的那种陀螺，我肯定会掏出来旋转验证一下。

不过去荣玛乡的沿途一定会让你觉得这是一趟真实的旅行——路上太颠了！快抵达乡政府时，路右边是蓝莹莹的依布茶卡咸水湖，左边是火红色的丹霞山崖。《西宁府志》中描述西宁地理位置的语句放在这里也恰如其分：河流环带，山峡迂

从加林山岩画点远望依布茶卡湖，这里形成“红崖峙左，青海潴右”的地理风貌

回，红崖峙左，青海潴右。由于是无人区，沿途风景蛮荒壮美，且野生动物极多。藏野驴最多，对车已经是司空见惯，只有人下车要拍它们时，才会躲闪不让拍照；次为黄羊（藏原羚），跑起来像个弹跳的皮球；藏羚羊也很多，群体跑起来像一列高速行进的列车，与地面保持着平行，特别是当我们气喘吁吁有高原反应时，看到它们的高速奔跑很治愈。

我们在回尼玛县的路途中，有一只野牛（家牦牛与野牦牛的混血）站在路旁企图劫道。天已向晚，月黑杀人夜，正是作案的好时机。与岩画中的形象一模一样，野牛身躯庞大，锋锐的双角已经准备好。幸亏我们的车跑得快，但不幸我们身后庞颖教授的车被劫了。虽然我们可爱的庞教授受到惊吓，但身为人师的她不忘发朋友圈总结教训，以告勉他人：“返程的路上

就是这头野牛

差点被这头前额带血的野牛袭击了！两三米的距离命悬一线，当时心想今天得撂这儿了！所以严肃认真地告诫大家，一旦碰上野牦牛：一、绝对不能打喇叭；二、不要停车摇下车窗拍照；三、要安静、快速地通过！”以后若碰上野牛，请一定按照庞教授的忠告小心对待，万勿鲁莽行事。以自己的危险，换取别人的安全，向庞颖教授学习！

加林山岩画就在荣玛乡政府西 1 公里的地方，山上近百块石头上刻凿着青铜时代北方草原风格的岩画。加林山的狩猎岩画颇具特色，特别是栅栏式的陷阱岩画，明显带有中亚或南西伯利亚的陷阱风格。尼玛县的另一处夏桑岩画也是一个非常重要的岩刻画遗址，尤其是这个遗址中鹿和马车的图像具有断代和文化象征意义。虽然这个岩画遗址被洛桑扎西、布鲁诺和文森特报道过，但其中仍有些图像值得在这里讨论。

夏桑岩画中的鹿被布鲁诺和文森特称为大角白唇鹿（Cervus Albirostris）或藏马鹿（Cervus Elafus Walici）。其造型风格可以与青海辛店文化或唐汪陶器上的同类动物相比较，非常近似，所以根据辛店和唐汪的时代，夏桑岩画中的鹿应该也在距今 3000 年以内。

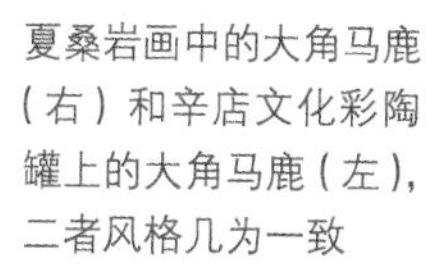

夏桑岩画中的大角马鹿（右）和辛店文化彩陶罐上的大角马鹿（左），二者风格几为一致

加林山岩画点全体考察人员合影

夏桑岩画中的车也是一个富有文化传播意义的图像。与日土或拉达克岩画中车的图像一样，洛桑扎西在《那曲尼玛县夏桑、加林山岩画调查简报》中比较了青海野牛沟和青海卢山岩画中车的图像之后，认为“根据综合分析与判断，笔者认为将此次发现岩画，尤其是车马岩画的年代上限可以大致推断为距今 3000 年，下限可推断为距今 1400 年”。我在《青海岩画》中谈道：青海野牛沟和卢山岩画中车的图像区别较大，野牛沟岩画中驾车的两匹马背背相对，似不谙透视法按照某种图式进行绘制的；而卢山岩画中的车却已按照透视法从侧视角度绘制。我曾经以为从野牛沟岩画到卢山岩画是一种进化和进步。而且根据微腐蚀测年野牛沟岩画的年代在距今 3200 年左右，根据风格比较法卢山岩画的年代在公元前后，这似乎也证明了从野牛沟到卢山是一种进步。然而现在需要检讨，这种机械进化论的看法有问题，因为这除了时代，还有个风格问题。夏桑岩画中的马车就是用透视法绘制的，但这种敲凿法的制作技术，应该与上面的马鹿时代一样，距今 3000 年左右。而那种马匹背背相对的车岩画，也有时代晚的。譬如甘肃白银信猴沟的岩画，也是驾车马匹背背相对，而挽车的马一改以前直腿的风格，变成朝前屈腿，且身上饰以“S”纹、方格纹、折线纹等，这是典型的公元前 6 世纪塔加尔文化中马匹的特征。

法国岩画学家布鲁诺在《西藏西部和内亚拉达克岩石艺术的文化适应、区域分化与青藏高原西部风格》中认为，造成青藏高原西部地区岩画中的车与青藏高原东部地区（以野牛沟和卢山为例）岩画中的马车风格不同的原因并非时代，而是来源

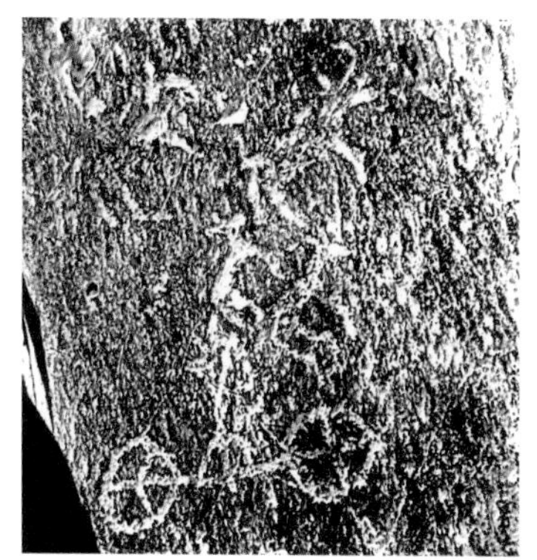

夏桑岩画中的马车图像

拉达克发现的马车岩画

青海卢山发现的马车岩画（上）和青海野牛沟发现的马车岩画（下）

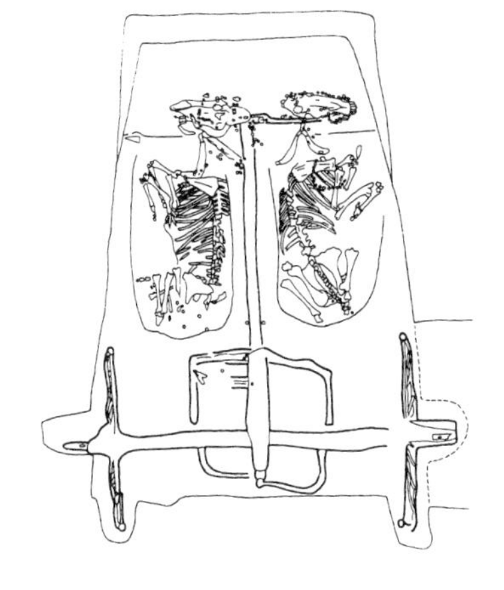

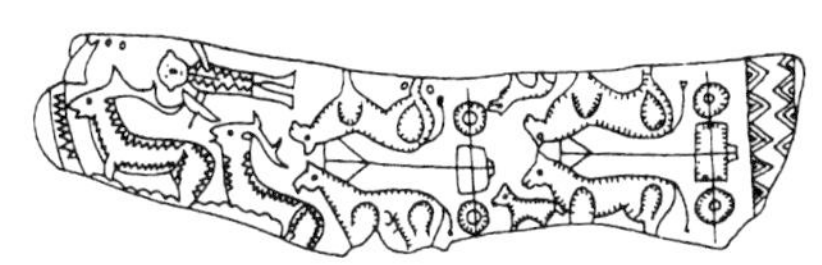

长安沣西出土的西周时期的车马坑线描图(上)和内蒙古宁城南山根出土的镌有马车形象的骨板线描图（下）

甘肃白银信猴沟的岩画，也是驾车马匹背背相对

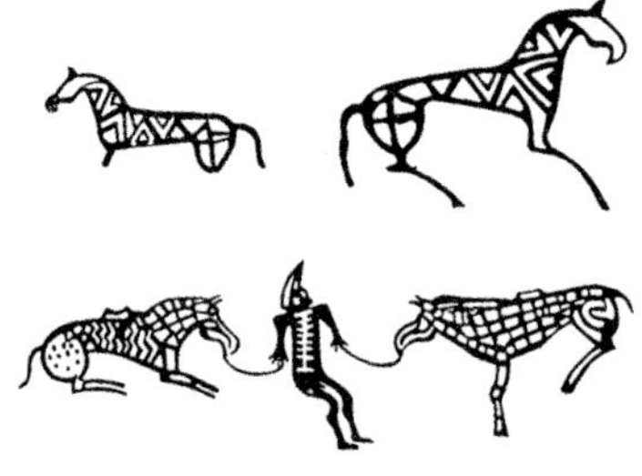

公元前 6 世纪米奴辛思克盆地塔加尔文化中的马匹形象

不同所致。在将西藏西部岩画中的马车与巴基斯坦印度河上游奇拉斯岩画中的车进行对比之后，布鲁诺认为马匹按透视法绘制的马车岩画应该来自南亚或西亚，而青藏高原东西两端的这种马匹背背相对的车岩画并非一种传播关系，而是有着各自不同的来源，东部的来自中原地区商周或晚至春秋时期的马车图像，西部的则受到来自西伯利亚、蒙古国、哈萨克斯坦、吉尔吉斯斯坦、塔吉克斯坦以及我国新疆等内亚地区的岩画影响。在时代上，藏东岩画马车图像应该稍早于藏西，藏东在距今 3000 年左右，藏西在距今 3000 年以内。①

位于达果雪山西麓脚下的苏布列石阵是我们向往已久的古文化遗址。列石阵约 16 米×18 米，以长方形花岗岩石柱埋在地下排列成行组成。花岗岩石柱最高者约 80 厘米，最矮者约

① BRUNEAU L, BELLEZZA J V. The Rock Art of Upper Tibet and Ladakh Inner Asian Cultural Adaptation, Regional Differentiation and the "Western Tibetan Plateau Style" [J]. Revue d' Etudes Tibétaines, 2013: 5-161.

20 厘米。石阵南北约 52 排，东西约 48 排，一共约 2500 根石柱。其东端有一约 4 米×4 米的方框，内竖 4 根高 1 米的祭坛石。石阵四方形，正南北坐落，海拔 4710 米。

石阵的西头有一石垄，高 1.5 米、宽 5 米、长 20 米，起初应该是堆砌整齐的石墙。现在台地南面是湿地河流；二级台地很高，约 50 米，其湖岸线很明显。石阵东部 50 米处又有一石阵，规模略小，15 米×12 米，立石稀疏。其西边亦有一石垄，长 8 米、宽 3 米、高 1.5 米。大石阵西边 50 米处有 5 个直径 3～6 米的石圆圈，疑为墓葬。

达果雪山西麓脚下的苏布列石阵

在藏西的改则等地也发现有此类石阵，但规模要小一些。由于没有发现相关的任何遗物，藏地的这种石阵年代以及性质不好判断。到目前为止，考古发掘还没有发现任何有所帮助和能加以说明的材料，但确认为金属时代应该没问题。蒙古阿尔泰地区发现很多突厥人的立石墓和石构墓，应该与此有关联。虽然阿尔泰突厥墓石构的结构稍异，规模也小，但应该是同样文化观念的产品，也就是萨满教的文化产品，都与祭天、通天、升天相关。尤其是在一个方框石构的前面，都有一个较高的圆柱形立石，似乎是方阵的领军，两者有异曲同工之妙。

达果雪山是古老的古象雄佛法雍仲苯教的圣地，也是象雄

蒙古阿尔泰地区发现的突厥人石构墓，可以与达果雪山下的列石阵联系在一起思考

地360座山峰的主脉；达果雪山下的当惹雍错是藏区三大圣湖之一，也是藏区最深的湖（243米）：它们被人们奉为神山圣湖。藏北牧民常以“上部的冈底斯和玛旁雍错，中部的达果雪山和当惹雍错，下部的念青唐古拉和纳木错”相称，将它们称为西藏的“三大神山圣湖”。朝朝暮暮，转山朝湖者络绎不绝。传说这里是古象雄诸神的聚集处。我们抵达列石阵时已经是傍晚7点。夕阳下，在地平线上整整齐齐排列的石阵蓦然映入眼帘：这哪里是石阵，这完全就是一支刚刚集结完毕的诸神部队！东南高、西北低的石阵给人一种奔浪向前的汹涌感。石阵背后是苯教的圣山达果雪山，石阵就是达果雪山匍匐的姿势。

天边的风景：珙县悬棺与岩画调查手记

由于疫情，上半年的原定计划和所有安排一概取消，只能宅在家里。在家困了长达半年之久，走在外面居然成了一个梦想！6月中旬，疫情终于有所缓解，原定计划中的珙县岩画考察遂可实施。兕出柙，虎归山，被囚半年后又一次走在田野上，心之灿烂，绚若春光！

2020年6月13日，早上8点10分，一辆中巴准时到酒店来接我们，然后一路向南，直奔川南。走成自高速（成都至自贡），中途经恐龙博物馆。离开成都后就细雨霏霏，一直在下雨，从天上到地下，一直滋润到心里。快到宜宾时，一股浓烈的酒糟曲香味扑鼻而来，不喝也醉，我们假装喝了一路的五粮液酒，早已是神迷心醉！金沙江流到宜宾后觉得需要有一个新姿态进入下一个历程，于是更名为长江，从此奔流到海，不再换名，从一而终。下午1点半抵达珙县，匆匆吃完午饭，继续赶往洛表镇，下榻宏富酒店。这是个典型的川南小镇，一切看上去、闻上去都是湿漉漉的。潮湿的空气不仅滋润着生命，也滋润着欲望。一股熟悉的味道把我带进一种岁月的记忆中，四周一望，原来是街边的一家燃面馆！一时之间，竟然垂涎已滴！

第二天一大早，在镇政府食堂吃完早饭便驱车前往麻塘坝。路上只需 20 分钟便抵达悬棺和岩画分布最集中的麻塘坝。悬棺可以说是珙县永远也无法超越和改变的地标性建筑。

多年前我曾来过，但记忆已淡忘。与广西崇左一样，这里也是喀斯特地貌，青山绿水，稻田村寨。当地苗人（被认为是僰人后裔）依然恪守着稻作经济，使这里一派田园风光。恰值白兰花开，香气袭人，镇日不歇。岩画一般都分布在悬棺周围，这被认为是僰人文化的特征，犹如四川崖墓被认为是僚人文化一样。这里两边为山崖，中间的川谷为村寨与稻田，如"U"形或马蹄形。这个"马蹄"的长度在 10 公里左右，分布着 20 余处悬棺与岩画。我们只准备调查其中有岩画分布的 14 处，而其余没有岩画分布的悬棺地点这次不进行调查。

先调查麻塘坝、九盏灯等 12 个地点。由于使用无人机近距离高清晰度拍摄，故有很多新发现。特别是某些新的岩画点，其主体风格显然与悬棺岩画不是一个体系的，倒是与广西天等县的岩画极为相似。

看到崖上寂静的僰人悬棺和崖下鲜活的各种生命，对比成幻，可谓天壤之判，生死之间。曾经为周宁教授《人间草木》写过书评《把灵魂留在高处》一文，但那只是一种隐喻修辞。当现实中真的碰到有人把灵魂留在高处时，一语成谶，竟有一种隔世久违的亲切感。人生契阔，生命无常。终归高处，无任向往。古今对读，生死感言，爰有长诗：

秀山高处我未到，想见斯人独啸歌。静赏奇云临翠巘，醉吞朗月上银河。异香染笔花间写，清影摇衣竹里过。愧无健句凌空阔，奈此天边绝景何。——［宋］方回

山上有棺，田里有鸭。生死相依，竟是如此相邻相伴！

时值白兰花开，香气袭人，镇日不歇

四周山峰上岚烟四合，挑担的农夫行走在田埂之上，间有久违了的鸡鸣狗叫声传来。一时之间，恍若隔世，似误入桃花源

人生苦短难满百，万般如意不死难。
田园将芜人不归，谁守青灯谁坐禅?
饥寒冷暖人间事，无须符箓不炼丹。
耕田也求长生诀，棺棺悬挂百丈岩。
若问归去谁家好，墓地何如山之巅。
高卧远离凡间事，闲看春花听秋蝉。
昨晚才吹风的软，今晨又沐雨的绵。
去意徊徨叹生死，孤鸿嘹唳鸣悲欢。
阴阳交泰盼交融，天地相隔未相关。
俯临川流难入土，仰观星汉可升天。
金台玉楼通璇玑，紫宫丹房登楯轩。
屈子天问话音落，陶潜又写桃花源。
向西尚待胡人舞，云雨还须上巫山。
丹砂画马可骑乘，溶洞勾连好伴玩。
宁可山上遗白骨，不供牌位庙堂宽。
僰人且喜青山碧，姮娥倍觉月宫寒。
钟乳滴水不穿石，千年只是弹指间。
记得曾经上山日，不识今夕为何年。
古峡迷雾今尚在，有人自称都掌蛮。
白练左衽裹绑腿，青衣横裙绣袂缘。
椎髻跣足腰悬刀，顶笠凿齿耳穿环。
僚人不问朝廷事，麻塘坝上好种田。

晏罢怎比晏起床，蚤朝何如蚤投簪。
史书不载僰人归，幸有岩画伴悬棺。
崖葬寂寂已失语，图像灼灼可代言。
悬棺悬案遗悬念，事生事死复事仙。
古今承袭沿一绪，生死相隔分两边。
焉得董狐马良在，录史摩画笔如椽。

有的棺木腐败跌落，但支撑棺木的木桩仍在，这份忠诚与敬业令人肃然起敬

由钟乳石形成的一处岩荫被充分加以利用成为挂棺最佳地方，此处被称为珍珠伞，是具有代表性的悬棺景观之一

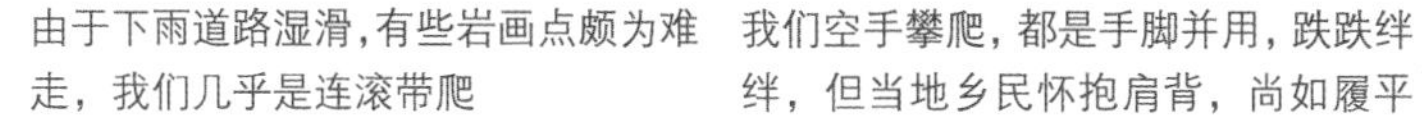

由于下雨道路湿滑，有些岩画点颇为难走，我们几乎是连滚带爬

我们空手攀爬，都是手脚并用，跌跌绊绊，但当地乡民怀抱肩背，尚如履平地。这才是一方水土养一方人

后来又调查了邓家岩等 2 个岩画点。洛表镇政府调来辆吊车，其臂长可展至 30 多米。我想靠近悬棺岩画看能否采样断代，未果，臂展不够。该岩画也正好在吊车的臂展高度处，但因吊个站人的铁框，高度就不够了。我想站在铁框边上试着采点覆盖在岩画上的碳酸盐堆积，但怕吓着下面的人，最后作罢。

九盏灯旁有一绝壁崖洞，被称为“万人坑”，距地表约 20 米。后用吊车上去察看，洞高约 6 米、阔 4 米、进深 5 米。洞内后高前低，前丰后狭。估计是崖洞葬，洞内原应有棺木，但已破坏严重，骨骸散乱，风蚀程度较深。地上有黑釉瓷碗底，应该是明清时期的。

臂长30多米的起重机可以把我们升高到悬棺旁边近观岩画。噫吁嚱，危乎高哉！

九盏灯被称为“万人坑”的岩洞

从隋唐开始，在一般的认识之中，特别是在所谓“大汉”的民族主义观念中，“僚”（獠）便与山或洞有着诸多联系。《太平寰宇记》卷八十八云：“其夷僚则与汉不同……巢居岩谷，因险凭高。著班布，击铜鼓，弄鞘刀。男则露髻跣足，女则椎髻横裙。夫亡，妇不归家，葬之崖穴。”此外尚有更早的史料，记载亦然：俚人“巢居崖处”（《隋书·地理志》）；“黄贼皆洞獠”“獠依山险”（《新唐书·南蛮》）；“亲入獠洞以招谕之”（《旧唐书·列传第四十四》）；“三山獠洞”（《陈书·本纪第

新发现的岩画点

一》)；等等。1934 年编印的《乐山县志》云：“獠洞，凿岩为洞，有阔数丈、深数十丈。有刊刻人马床榻几席备具者，盖上古穴居遗风……皆僚人所凿也，俗呼蛮洞。”

珙县悬棺矮者仅 10 余米，高者可达 80 余米。悬棺位置的高低实际上是生前社会地位的反映。调查邓家岩时，当地乡民告诉我们，此山山体外面架悬棺、绘岩画，而山中则是空的，是个巨大的溶洞。这使我想起了童恩正先生的考古科普小说《古峡迷雾》。其实真实的历史就是童先生书中描写的，秦始皇统一六国，白起拔郢后，顺势可能就将巴人（即僰人，亦濮人，一声之转）给灭了，从此以后僰人销声匿迹。但具体历史事件是如何发生的，史载阙如，语焉不详，所以童先生便根据历史线索进行推测，构想出僰人消失之谜，爰有《古峡迷雾》。

中午依然在麻塘坝旁边的农家吃饭，蔬果新鲜，农家香味。玉米、四季豆、南瓜都是现摘的，叶犹带露。特别是清水煮四季豆和南瓜以及玉米，充满植物的新鲜原味，颊齿留香！

《鬼吹灯》《盗墓笔记》一类的考古小说徒有其名，其实不能将其称作考古小说，因为这种小说除了书中使用的“考古”二字与考古有关外，其余毫无关系，连科幻也算不上，只能算是玄怪小说。童恩正先生的《古峡迷雾》才是考古小说，因为他描写和回答的是真实的历史问题，运用的是考古思维和语言。正是在《古峡迷雾》的影响下，我当初选择了考古专业。相信那时受此书影响而选择考古专业的人不止我一个。

童恩正写的正是僰人消失之谜，所有的精彩与悬疑，都发生在溶洞中。所以我国西南地区有多少喀斯特溶洞，里面就埋藏着多少人类历史之谜。

说到这里，真正的历史问题来了。僰人是否就像童恩正先生所说的那样，灭绝在溶洞之中？僰人是否为明朝所灭？都掌蛮的后人是否就是麻塘坝的苗人？所有的崖葬是否都是僚人的蛮洞？与蛮洞和悬棺相关的岩画和岩刻都属于僚人还是有的属于汉人？崖墓究竟有没有像刘铭恕所说的有“僚系”和“汉系”之分？汉代崖墓岩刻与后来的悬棺岩画以及明代僚墓石刻之间有什么关系？等等。不过这些问题都不是我这篇文章所能回答的，也许我会写一个下篇再来探讨这些问题。

童恩正的《古峡迷雾》

青海贵德岩画调查

2019 年 6 月 11 日与格桑本（青海省文化厅原副厅长）等人一行赴贵德考察。贵德西南距西宁 90 多公里，古称浇河或廓州，四周群山环抱，形成一个山间盆地，黄河很蛮横地从盆地中央穿过。贵德山高水长，气候温润，素称青海的瓜果之乡。这里的丹霞地貌不但典型，而且式样丰富、颜色多彩。途经一地质博物馆，没时间下车观看，只能透过窗户匆匆一瞥。

一个多小时之后，到达我们的第一站——青海藏语系佛学院，仁青东珠院长和宫保才让教务长在门口迎接。该佛学院是青海最大的佛学院，1984 年十世班禅在塔尔寺首创，2016 年迁至贵德，建院中央投 1.2 亿元。学院占地 95 亩[①]，拟再申请 75 亩，建尼姑院。目前有学生 280 名，教师约 40 人，其中经师（相当于教授）11 人。学院完全采用供给制，省委统战部给每个学生一天 60 元补助，学生在此学习期间一切免费。

① 1 亩≈666.67 平方米。

很多地方尽管呈现出炼狱般的灰白色，但仍属丹霞地貌

这种红色的丹霞沉积是青海东部整个河湟和黄河地区的地貌特征

学院大经堂。虽然是学院，但亦结合寺院建制，有塔、经堂等

学院的建筑风格也是汉藏结合、僧俗结合

目前设有初级和高级两个班，初级班相当于本科，高级班相当于研究生。学院目前有佛学、藏医、工巧明（制作唐卡、佛像等）、因明（逻辑）等专业。

佛学院跟一般大学一样，里面宿舍、食堂、教室、操场一应俱全。我们住在学校招待所，也在食堂与喇嘛（老师）、阿卡（学生）们一起吃。

我们刚好碰到学院的招生考试，考试有三个科目：政治、佛教理论、辩经。初级班入学年龄限制在 23～35 岁之间。照片里这位考完试往外走的阿卡一脸笑容，看来考得不错

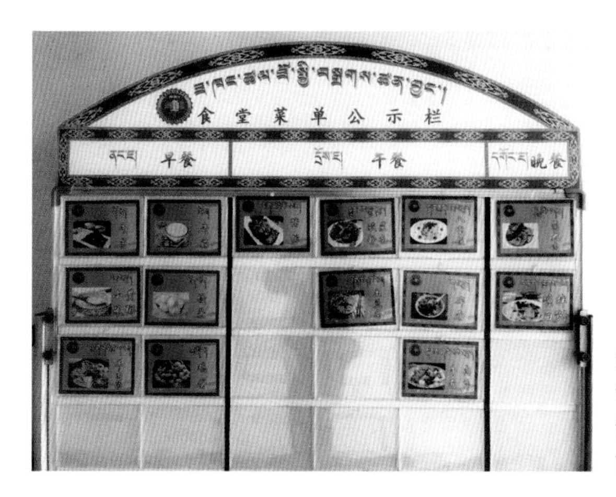

这是学院一日三餐的食谱。作为全免费的供给制食堂而言，伙食相当不错了！

猜得出这是什么河吗？你能相信这条清凌凌的碧波大河就是黄河吗？这叫天下黄河贵德清。黄河在这里虽名不副实，却显示出柔美清纯的一面

吃完午饭下午 1 点赴海南州贵德县拉西瓦镇宗果村看新发现的岩画。宗果村距贵德县 26 公里，又称仍果村。岩画位于宗果村所属的多拉隆巴地带，岩画刻制在散落在山坡上的石头上，大者数吨重，小者一个人唾手可抱走。岩画图案基本上以牛、羊、鹿等动物为主，此外尚有凹穴等图案。贵德县樊永萍副县长、文化局孙振刚局长、宫保教授等一行陪同我们观看。

这里的岩画基本上都是用敲凿的方法刻制在泥灰岩上，岩石上岩晒氧化层很厚，包括刻痕上的。一般说来，在泥灰岩上生成黑色岩晒所需的时间都要在 1000 年以上。

海南州贵德县拉西瓦镇宗果村岩画遗址外貌

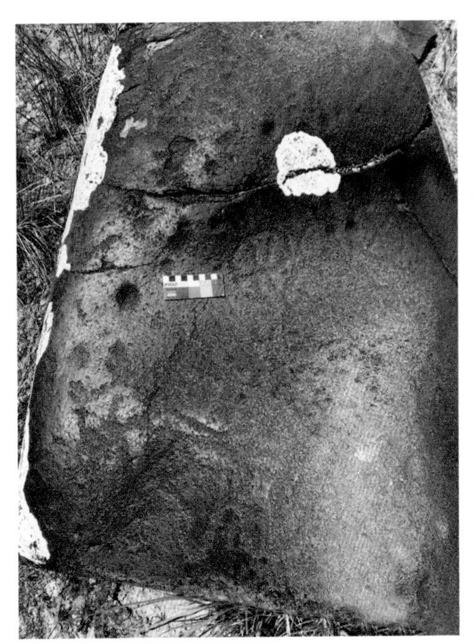

这块石头上的图像较多，有动物、有轮状图案(太阳)、有凹穴等。图像之间有打破关系，应该是多次不同时期分别刻凿上去的

这被发现者宫保教授称为“七狼围鹿图”。正中是一只体形硕大的麋鹿或马鹿，周边有七只狼或狗似正在围捕中间的鹿。鹿的造型生动，风格仍是北方草原动物岩画风格

这是一只麋鹿或梅花鹿。这种丰臀细腰的风格应该是北方草原动物岩画的风格

画面主体是上下敲凿出的两头牛，左边还有一头风格简化、抽象的牛

这是身上饰以涡纹的牛或鹿。带有斯基泰艺术风格是青藏高原岩画的一个艺术特色，同样风格的岩画在青海玉树和西藏日土很常见

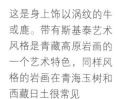

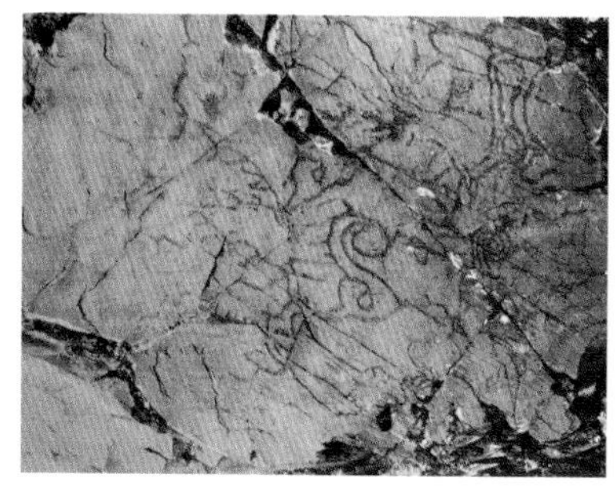

青海玉树将这类岩画称为多赛康岩画，身体部分刻以涡纹

西藏日土发现的身上饰以涡纹的牦牛岩画

岩面岩晒氧化层很厚，表明时代久远

这个地方是青藏高原草原的东缘，经济形态为半农半牧，所以这里的岩画仍属于青藏高原岩画类型，也就是以敲凿法为主要加工方式的动物形象岩画。在农牧交界的多拉河谷发现岩画，对我们确定岩画的时代和族属有着重要意义。在多拉河谷发现了极为丰富的卡约文化，如尼那、卡日、尕义香更、亚哇、仍果等史前遗址，都可以帮助我们确认仍果岩画就是公元前1000年纪前期的羌人作品。

翌日上午参观毕家寺。该寺外围有一道高达7米的夹板夯筑土墙。土墙历经风雨，沧桑古拙。据说是宋代遗迹，最早是城堡，用于驻军，明代之后改用作寺院。外墙是古迹，里面

蓝天下的白色佛塔看上去挺拔炫目

是现代寺院。

小院内清雅幽静，小路两边的月季花正在怒放，特别是一树的沙枣花，花香袭人，香得令人心醉。

稍后我们又去掌佛寺烧香。这寺院据说已有800多年的历史，不过已不可考，而所有的建筑，都是现代的。

我们一行三人，一人买了一份香供，包括一包糖、一包专供焚烧的香豆（由酥油、糌粑、柏香等制成）、一瓶酒，一共20元。我尝了尝酒，寡淡如水，味道之恶劣连我都忍受不了，不知这么多年神佛怎么忍受的。

烧完香，再到大经堂内让阿卡念一段经，禳灾除厄，祈福求安。人和动物的区别就在于：人活在信念之中。

大经堂掩映在草木之中，少了宗教的庄严，多了世俗的亲切

寺院的斗拱大门气势雄伟，不过也有点头重脚轻的感觉。这是我见过用料尺寸最大的斗拱

下午回西宁，但我想去乐都柳湾博物馆看看。据说在布新展，去年没看到，今年如愿以偿。不过新展没感到有什么质的变化，只不过位置变换了、陶器增加了而已。仍是物的陈列，没有人的思想与行为，更无社会结构与活动，亦无历史事件。总之，关于马家窑文化的认识并未改变，展览就无法产生质变和更新。不过新展览的展陈手段肯定有所提高，像这种大体量密集展示陶罐的方式，还是有一定冲击力的。不过也可能过犹不及，这种集中陈列更像商店货物柜。

这是一个墓葬的复原，同样是许多陶器的集中，但这里通过器物我们看得见人类的思想和社会的结构。不过灯光太过诡异，让人觉得不是墓葬而是 T 台

新展览的展陈方式，把陶罐像货物一样堆放起来，完全追求一种视觉效果，忘了教育和展示知识

展陈中有一种海贝，叫子安贝。子安贝是印度洋的特产，在我国最早出现于马家窑文化，定然是来自印度次大陆的文化产品。像这样具有马家窑特色的文物应该辅以更多的展陈说明和手段，否则便淹没在众多的彩陶中了。

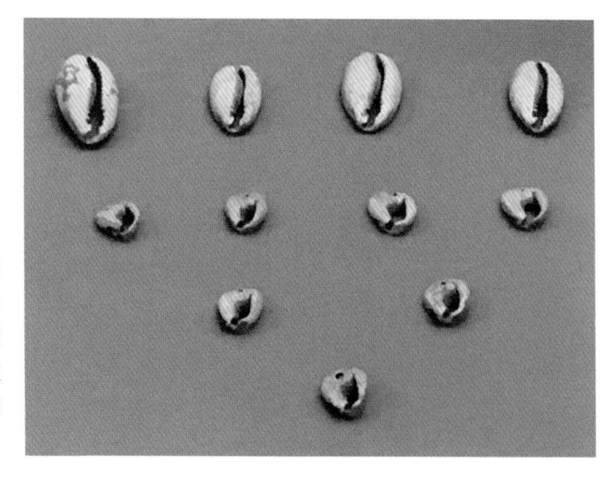

这是距今 4000 年的海贝。这种海贝应该来自印度洋，但怎样翻山越岭来到河湟流域，一定有惊天的秘密和曲折的故事

圆盘砍砸器或盘状重力器（左图为马家窑文化出土，右图为哈拉帕博物馆的陈列品）

在马家窑文化中，可以明确认定来自哈拉帕文化的东西应该还不少。譬如上图左图中的这件圆盘砍砸器，标牌说明是纺轮，但这不可能，这个圆盘直径约 13 厘米，中间孔直径约 2 厘米，不可能是纺轮。2018 年冬在阿托克（Attock）的哈拉帕遗址出土了类似的圆盘器。巴基斯坦学者认为是权杖首或挖掘用的重力器。但我们认为是圆盘砍砸器，因为出土的这类石器周边均有使用的砍砸痕迹。而马家窑文化出土的这件，使用痕迹更加明显。

马家窑文化与哈拉帕文化相似的东西还有这种算盘珠状的纺轮，二者也显示出具有亲缘关系上的相似性（上图属于哈拉帕文化，下图属于马家窑文化）

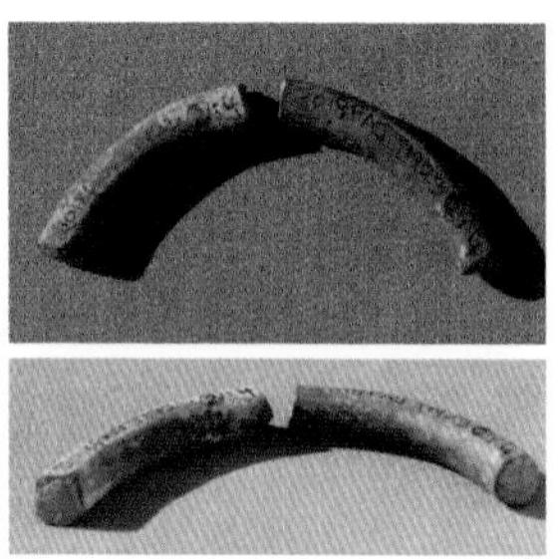

还有这种陶质手镯（bangles）。马家窑文化和哈拉帕文化陶质手镯的断面有圆形、方形和三角形的。哈拉帕文化的陶质手镯数量多得惊人，哈拉帕文化印章上的神像（被认为是湿婆）的两个胳膊上戴满了这种陶质手镯。在印巴次大陆，这种陶质手镯一直延续使用到吠陀时期

哈拉帕文化出土的双臂戴满手镯的湿婆形象

这是某博物馆的展品，说明上写着马家窑文化出土。不过这个项坠看上去应该是费昂斯，时代有问题，更可能是马厂类型甚至更晚

还可以明确认定是来自印度次大陆哈拉帕文化的就是费昂斯（Faience，最早的玻璃）。这串珠子传统上被认为是骨珠，事实上应该是费昂斯珠子。据目前的考古资料，我国的费昂斯最早发现于西周，然而上图中的这串珠子证明早在马家窑文化就有费昂斯珠子了。

珠饰最初是与神沟通的信物，取悦于神，更取悦于人。写到这里，我突然回想起这两天车载音响里的青海本地歌手王秀唱的水红花令：

我就请上个银匠

把你打成个铃铛

就用那细细毛线串上

……

尕妹的脖子上把你连上

它就当啷啷地响上

……

唱词竟是如此应景！土腔土调土词，加上青海花儿特有的颤音和垫字衬词，顿时感到华丽得如同佩戴珠饰的哈拉帕少女，声声入耳，句句润心。一时之间，中西合璧，古今一体，时空错乱……

漳州仙字潭岩画寻访

2019 年 4 月 7 日至 10 日，在福建省文化和旅游厅、中国岩画学会和中国文化传媒集团研究院的邀请下，赴福建漳州参加福建岩画文化考察座谈活动。这次活动有两个议题：考察东门屿和仙字潭岩画；座谈福建漳州“世界岩画谷”的建设项目。漳州盛产花岗岩，譬如长泰县林墩产区的花岗岩开采规模便非常惊人，虽然现在该投资区采石场的开采活动已经全部叫停，然而过去采石给自然环境造成的破坏是巨大的，所以现在要进行矿山生态修复，给裸露山体的废弃矿区“披绿戴花”，还将开发、利用废弃矿山打造矿山酒店、攀岩等旅游项目。而对于那些深达几十米的巨大矿坑，地方政府正在考虑将世界上著名的岩画复制过来，建立一个“世界岩画谷”，既可覆盖矿坑坑壁，又可作为招徕游客的旅游开发项目。这是一个很有创意的想法，当然也是一个费钱、费时、费神的主意。

林墩产区有大切机 3000 余台，每年出产不同规格的板材 3000 万平方米以上，产值约 45 亿元，有各种石材运输车辆 1500 多辆，从业人员接近 3 万人！但愿“世界岩画谷”项目能

福建长泰林墩花岗岩开采区，这里以盛产芝麻黑和林墩红的花岗岩著称

每次开会都是迎新不辞旧。旧雨重逢皆白首，新知相伴尽欢颜

东山岛的东门屿远景

落地，虽然它对已被破坏的自然环境起不到什么修复作用，但对我们人类荒芜和野蛮的心灵倒是可以起到一些治愈作用。

第一天我们到东山岛的东门屿，据说那里发现了很多岩画。我们国家通常把较大的被水环绕的陆地称岛，特别小的称屿。中国的四大名屿为：厦门鼓浪屿、温州江心屿、台湾兰屿和漳州东门屿。东门屿不大，面积只有 1 平方千米。它位于铜山古城东门对面 2 公里远的海面上，故称东门屿；又因岛上有文峰塔，故又名塔屿。去东门屿要在东山岛的游船码头坐轮渡，15 分钟，票价 30 元，正好坐船观海景。全屿为花岗岩构成，其海岸线独特，多为球状风化的花岗岩奇石。曾有 20 多部电影、电视剧在这里拍摄。其中为考古学家们所熟悉的是我国改革开放后首部科幻影片《珊瑚岛上的死光》，因为该剧的编剧是我国著名的考古学家童恩正，而其中的“马太博士岛”就是东门屿。该剧对我还有更多一层意义：其中的马太博士是我最喜欢的配音演员邱岳峰扮演的。那个时代圈粉不靠脸蛋，只是听声辨音。他不仅一脸外国人面孔（他有一半俄罗斯血统），而且他的嗓音更外国、更洋气。

沿着树木掩映的石径小道拾级而上，登上东门屿海拔 91 米的主峰，就可以见到文峰塔。塔为八角形密檐式实心建筑，共 7 层，由花岗岩砌成，是明嘉靖五年（1526）由福建巡海道蔡潮所建。

东门屿山顶之上景色壮美，海天无际，寥廓忽荒。不过我们此行并非游山玩水，而是来看岩画的。这是第一个岩画点，旁边有文字说明。

东门屿上的石构文峰塔

该地点的画面被认为是太阳纹的表现，是一种太阳崇拜，为 3000 年前的青铜时代的作品，而且是南岛语族向东扩散的遗迹。类似这样的岩画，东门屿上还有很多处。

但看到图中这一幅岩画时，可能观众的疑惑就很明确了：这是人为还是自然形成？而对于我们来讲，回答无论是前者还是后者，都还需要更进一步的解释：为什么是人为而不是自

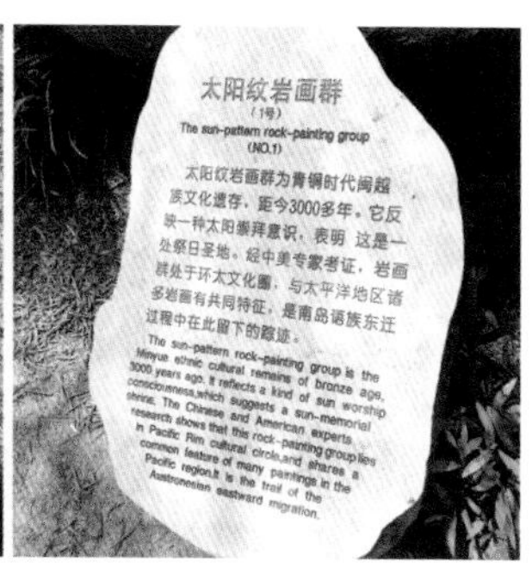

东门屿山顶上的太阳纹岩画及其文字说明

东门屿上类似表现太阳芒线的岩画遗迹还有好几处。这一处，太阳芒线朝下，与前一处正好相反

这也被认为是一处岩画点

石头上的花纹是人工的，还是自然形成的?

然？抑或相反。

虽然这些“太阳岩画”的光芒线看上去分布比较均匀，长短也差不多，但当你仔细观察时，就会发现各个线条的宽窄不一。这是一个支持自然而不支持人为的最有力的证据，因为若是人为，所使用的工具和技术应该都是一样的，不可能在同一线条中出现宽窄不一的情形。而且除了一处，另外几处被视作太阳及其光芒线，其实都非常勉强。那么需要进一步解释的是：如果是自然现象，那么是什么样的自然力或自然现象造成的呢？

就以右面这幅图为例来说吧。这是一个石器的劈裂面，也就是一个打击疤。从这个劈裂面的顶端我们可以看到打击点（如图中所示），石器正是在这个点上受到打击后而裂开。这里有我们辨别石器的三要素：打击点、打击泡和放射线。打击泡就是打击点下面鼓起的圆形或半锥体部分。放射线就是在半锥体上呈放射状分布的条纹竖线。这就是我们需要讨论的。这些放射线正是石器受打击后内部结构被破坏的证据，因为打击的力道全部消耗在这些放射线中了。所以绘制石器时这三要素一般都是要加以强调的，用清晰的描绘来展示打击疤痕，说明打制技术。有了这些基本知识后，我们现在再来看看这些所谓的太阳纹，就可以辨识出不是人为，而是两个巨石由于地质运动撞击后产生的打击泡与放射线。

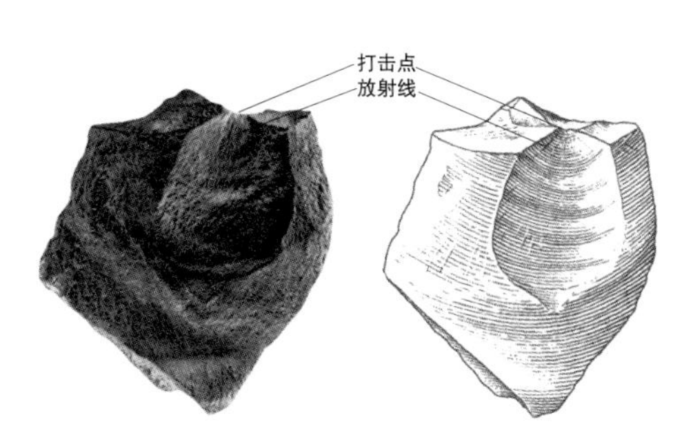

丁村石器上的打击点与放射线

按照罗伯特·贝德纳里克的分析，东门屿的这些花岗岩巨石在地壳运动和风化过程中发生过滚动和撞击，在撞击点上出现了犹如石器打击点上的放射线一样的裂痕，而这些放射线裂痕在几万年的风蚀过程中逐渐加深，最终形成了今天我们所看到的犹如太阳光芒线一般的线条

罗伯特在“太阳岩画”前观察

4 月 9 日在漳州与大部队汇合后，参观福建最为著名的岩画点——仙字潭。根据 1958 年发表在《文物参考资料》上的仙字潭的调查简报来看，仙字潭岩画分 6 处，每处面积不超过 2 平方米，岩画图像全部加起来也不超过 50 个，全部为刻凿岩画。无论是规模还是数量，放在全国范围内都是最不起眼的。但恰恰是这些看着不起眼的岩画，不仅成为中国岩画现代研究的嚆矢，而且其受关注的热度至今不减。1935 年，黄仲琴的《汰溪古文》登载于《岭南学报》第 4 卷第 2 期，追述他于 1915 年 8 月对漳州市华安县汰溪仙字潭岩画的考察结果，有拓片，有测量，有描述。这是一篇自唐张读《宣室志》记载这古迹 1000 余年来的第一篇具有考古价值的文字。文章首次驳难此遗址为“仙字”“仙篆”“仙人迹”“疏人迹”等一类的神怪记录的传统，也否定了为早期甲骨文、金文等古文字的说法，而是“疑即古代兰雷民族所用，为爨字或苗文的一种”，具有岩画科学研究的现代精神。是故，中国岩画的现代研究，学者们一般认为始于 1915 年黄仲琴对仙字潭岩画的调查。是以仙字潭岩画虽然仅有一处，且面积小、图像少，但在中国岩画研究史上却具有极为重要的地位。

大家都知道黄仲琴教授的《汰溪古文》在中国岩画史上的重要地位，但是也正是这个重要性却掩盖了《汰溪古文》另一方面的突出贡献，以致竟无人提及。这就是黄仲琴教授对于仙字潭及其考察过程的描述，其文字之优雅、语言之简洁，堪称

以人面和人形图像为主的仙字潭岩画

经典："自文浦山下驶，啮浅沙，渡飞瀑，越石梁，蛮荒风景，如读非洲游记。七里许，至潭滨，潭乃汰溪之一部分，以是处水较深，别名之为潭也。潭水作浓绿色，上临峭壁，多蔓藤萝，间生短竹。山禽翔集，潭北有天然之石级，巨石蒙苔，作赭黑色，迎人面，错立如屏，文刻其上，即乡人称为仙字者也。"这段描写不亚于郦道元笔下的三峡之描述文字，建议列入中学课本，至少列入福建的中学生阅读材料。

上古岩画汰溪边，相邻相守几千年。
幸赖漳州黄仲琴，世人皆知仙字潭。
图像依旧不可辨，文字不识亦枉然。
是字是画犹未决，仙人一去不复还。

不走运的是无法渡河到岩画跟前近处观察，只能隔河远望。从这幅岩画的特点来看，呈现出典型的蹲踞式人形特征。我国规模最大的蹲踞式人形岩画是广西的花山岩画，很多学者都注意到两者之间的相似了。花山岩画的时代在距今2000～1000年之间。

不过这种一直被称作"蹲踞式人形"的岩画最近有人建议改为"蹲式人形"，原因是在古代，"踞"字除了蹲的义项外，还有坐的义项，故认为"蹲踞式"的称呼不准确。其实"蹲踞"作为一个词组时，就是蹲，没有坐的意思。《说文解字》中，首要义项是蹲。《康熙字典》对此解释得很清晰：《唐韵》《集韵》《韵会》《正韵》，居御切，音据。《说文》：蹲也。《大戴礼记》："独处而踞。"注：踞，蹲也。而现代汉语中，"蹲

广西花山岩画中的蹲踞式人形图像

踞”一词则完全是蹲的意思，没有坐的意思。蹲，dūn，两腿尽量弯曲，像坐的样子，但臀部不着地。在现代汉语中没有人会在“蹲踞”一词前产生疑惑：是蹲还是坐？体育中有蹲踞式起跑、蹲踞式跳远，有人会认为是坐着起跑和坐着跳远吗？特别在岩画术语中，“蹲踞式人形”特指花山人形岩画。谁都知道，没有歧义，没有混淆。假如你改名称其为“蹲式人形”，反倒令人疑惑，会认为是一种新的图像。

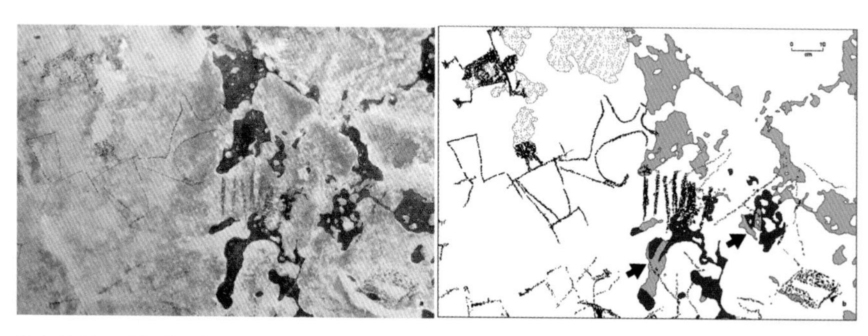
印度尼西亚苏拉威西岛上发现的蹲踞式人形岩画

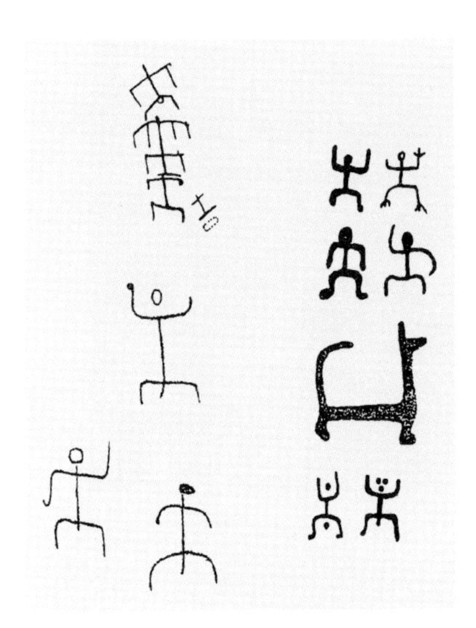
太平洋岛屿（夏威夷）发现的蹲踞式人形岩画

从《汰溪古文》中我们可以看到汰溪早年间可以漂竹筏，现在水大水小都不可能乘船了。图中是罗伯特教授和李永宪教授，二人正在商量，是淌过去还是游过去?

现在有人认为蹲踞式人形与南岛语族的扩散有关，因为在东南亚、太平洋诸岛等地都发现有这种蹲踞式人形，故有人也称其为南岛语族风格（Austronesian style）。最早的有确切铀系测年的蹲踞式人形是于印度尼西亚苏拉威西岛上发现的距今5000年的岩画。

新郑具茨山凹穴岩画踏查

2019年4月2日至10日，国际岩画组织联合会（International Federation of Rock Art Organizations，简称IFRAO）召集人、《岩画研究》（*Rock Art Research*，A&HCI收录杂志）主编、河北师范大学历史文化学院讲座教授罗伯特（Robert G. Bednarik）受邀赴中国进行一系列与岩画相关的讲座、会议以及考察活动。

河北师范大学聘请罗伯特先生为历史文化学院讲座教授、国际岩画断代中心研究员，由时任校党委书记戴建兵教授颁发证书

河北师范大学的讲课和聘请仪式结束后，4 月 4 日罗伯特便赶往河南新郑，作为嘉宾参加新郑举行的己亥年黄帝故里拜祖大典，并在第十三届黄帝文化国际论坛上做主旨发言。

有人也许会感到奇怪，中国人祭祀自己的祖先，为什么要请个外国人来？这要从具茨山岩画说起。21 世纪初，河南具

己亥年黄帝故里拜祖大典彩排昨日举行　本报记者 丁友明 摄

炎黄儿女寻根亲 呈现五大亮点

在继承往届大典成功经验基础上，己亥年黄帝故里拜祖大典进一步丰富文化内涵，弘扬根亲文化，扩大海内外影响，亮点多多。

——政治影响更加深远。2019年正逢新中国成立70周年、五四运动100周年，己亥年黄帝故里拜祖大典将在全部活动设计和大典流程中，强化爱国主题和国家意识。党和国家领导人、各民主党派中央和全国工商联领导，港澳台地区有关负责人和世界各地华人代表将出席大典，进一步增强世界华人的祖国认同、民族认同、文化认同。

——民族认同更加深刻。参加大典的海外侨胞更多更具代表性，今年共吸引30多个国家和地区的数千名华人联合会、商会、基金会、宗亲会、同乡会代表出席大典。受黄帝故里拜祖大典影响带动，世界各地华人纷纷自发在当地举办的"同时同像同主题同拜黄帝"活动，有力促进了人类命运共同体建设。中国澳门于3月29日，中国香港和美国旧金山、澳大利亚悉尼分别于当地时间3月31日隆重举办了"同拜黄帝"活动。中国台湾"同拜黄帝"活动于今日上午在台北中山纪念馆举办。

——文化内涵更加彰显。大典将在现场专家解读、典礼流程、社会宣传、媒体宣传等方面突出宣传展示"鼎新、大公、中和"的黄帝文化精神标识。在大典呈现方式上，从音乐、舞美、流程设计、标识性文化符号展示等诸多方面进一步提升，迎亲仪式上第一次用迎亲方阵展示拜祖大典主题"同根同祖同源，和平和睦和谐"，展示黄帝文化精神标识。

——传承性实效性更加强化。今年大典更加重视让更多青少年代表尤其是港澳台和海外青少年参与进来，更好地推进中华文明的影响力、凝聚力、感召力代代相传。大典期间举办的黄帝文化国际论坛、"老家河南"文化周等活动也将进一步突出文化传承。大典期间，围绕"一带一路"、"让中原更加出彩"、郑州国家中心城市建设等工作策划举办的第十三届中国(河南)国际投资贸易洽谈会等相关活动，将会有力促进中外经贸文化的共创、共享、共赢发展。

——现场互动更加紧密。随着拜祖大典近年来受到全球华人的高度瞩目和热烈响应，群众对参加拜祖大典的热情愈加高涨。今年大典在提高现场嘉宾和普通群众的参与度方面进行了一些创新。线上互动，拜祖大典官网上开通网上拜祖功能；现场互动，大典拟推出"码上拜祖"互动体验区；在现场合适区域和嘉宾住地展示黄帝文化创意产品；配合"爱国"主题，大典前期在黄帝故里举办《我和我的祖国》等红歌快闪活动，邀请著名爱国歌手张明敏、奥运冠军邓亚萍等嘉宾参与录制，并进行全网传播。

弘扬传承黄帝文化 黄金文化品牌影响深远

河南岩画研究已走在全国前列

罗伯特

汤惠生

周涛：

弘扬传承黄帝文化是炎黄子孙的责任义务

罗伯特和本书作者参加第十三届黄帝文化国际论坛相关报道

茨山发现大量岩画，在学术界引起巨大的反响。嗣后，学者们又在河南的方城、叶县、泌阳、淇县、镇平、淅川、南召等县，以及我国其他地方，相继发现了同类的凹穴岩画。其分布之广泛、体量之巨大、形式之多样，不仅给岩画界了一个惊喜，也给中国考古了惊喜，更给早期中国历史了惊喜。因为地处中原的具茨山素与传说时代的炎黄有着地域上的联系，中原岩画很有可能与华夏民族的起源和早期历史联系在一起。

不过要将这种可能性转化为信史或史实并非易事，这需要建立在较长时段的科学考察研究基础上才有可能完成。新郑具茨山岩画研究所、新郑黄帝故里文化研究会，联合国际岩画组织联合会、印度岩画协会以及河北师范大学国际岩画断代中心等单位，自 2014 年开始，对包括具茨山和南阳地区在内的中原凹穴岩画展开系统研究。

具茨山发现的凹穴岩画

具茨山发现的以梅花瓣状分布的凹穴岩画

具茨山发现的沟槽图案的岩画

河南方城发现的凹穴岩画

具茨山发现的沟槽与凹穴组合相沟通的岩画

所谓系统研究分两部分：科学测年和人文研究。科学测年我们采用的是微腐蚀分析法（microerosion analysis），以为岩刻画进行断代。

微腐蚀分析法测年由罗伯特先生完善并极力推广。原理很简单，利用显微镜对制作岩画时岩面上受损的石英颗粒风蚀程度进行显微观察和比较来确定其年代。但其操作需要丰富的实践经验，因为并不是每幅岩画都具有可供测年比较的石英颗粒，而且还要能被正确地观察到。所以寻找和观测可供测年比较的石英颗粒是一件极为耗时耗力的事，常常是辛苦观察一天，却找不到一例。

罗伯特亲自传帮带，培养出一批可以使用微腐蚀分析法测年的中国岩画学者

经过近五年的实地踏查，我们对河南具茨山、河南方城、江苏连云港、宁夏贺兰山口、宁夏大武口、内蒙古赤峰、浙江仙居等地区的 50 多个岩画点的岩画，进行了石英颗粒腐蚀情况的显微观察。截止到目前，我们已发表了 10 篇中国岩画的微腐蚀分析法测年情况，其中 5 篇英文文章发表在《岩画研究》上、5 篇汉语文章发表在国内学术刊物上。

河南凹穴岩画的制作延续了很长时间，其年代经过微腐蚀分析认为在距今 4800～1000 年之间。这样一个年代区间与黄帝的时代是相重合的，所以第十届全国人大常委会副委员长许嘉璐在 2015 年 11 月 9 日的《光明日报》上发表的《国家祭拜的力量》一文中，将我们的微腐蚀分析法测年数据作为黄帝信史的证据之一。

河南凹穴岩画的人文研究则是结合考古学、民族学、人类学、神话学、中国古代文献等进行的跨文化和跨学科工程，但简单说来就是对中国古代关于“天”的信仰的研究。

天是中国传统文化信仰体系中的一个核心。《说文解字》解释：颠也，至高在上，从一大也。狭义的天，仅指与地相对的天；广义的天，指自然、宇宙以及代表自然宇宙规律的道等。此外，天还有一个最为重要的文化意象，即指宗教的天上神界，所以通天就成了古人生命过程中最主要的实践活动内容之一。史前人类通天的方式很多，如建筑高台、坟墓，崇拜山和树，等等。不过其中最为重要的方式是钻孔。

最早的钻孔出现于旧石器时代晚期的项链等人工制品。在这里我们则须调整一下我们对山顶洞人所谓项链的传统认识：穿孔并不是为了串戴的实际功用，也就是将项饰串起来佩戴在颈上，而是穿孔这一行为本身具有某种非常重要的象征意义，即通天。这些具有通天象征意义的珠子须随身携带，而串成项链只是因其方便的携带方式，佩戴只是结果。支持这个假设最有力的证据来自穿孔本身：旧石器时代晚期智人属于象征体系的任何穿孔或刻痕，都无一例外地在加工后涂以赭石或赤铁矿的红色。世界范围内的普遍涂红现象证明，穿孔的象征意义远远大于其串戴的实用意义。

而在古代中国，钻孔以通天的说法被明确加以记载。《周礼·春官宗伯·典瑞》：“驵圭璋璧琥璜之渠眉，疏璧琮以殓尸。”郑注：“疏璧琮者，通于天地。”这里的“疏”即孔、通。也就是说，璧和琮最为重要的中间的孔，之所以钻孔，就是为了通天地。战国秦汉时期普遍流行的二龙穿璧也正是形象地表明孔的通天意义。

璧和琮都是中国古代独特的通天礼器。《周礼·春官宗伯》

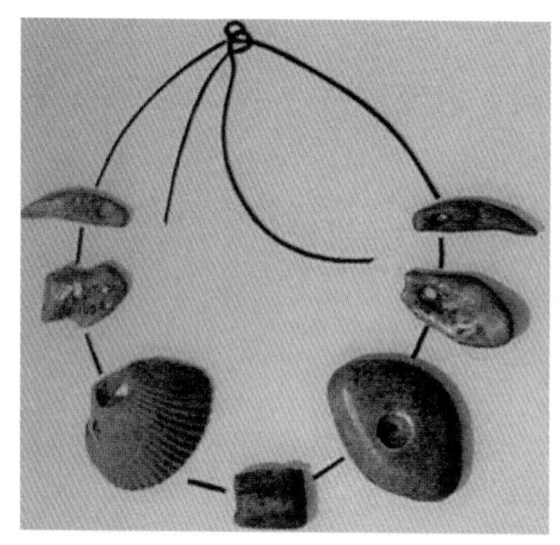
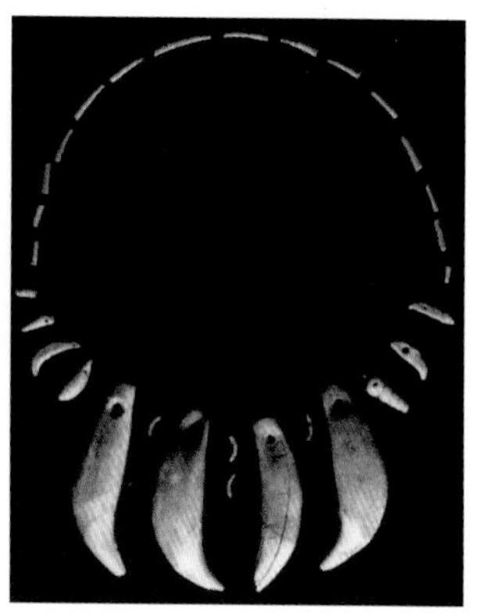

旧石器时代晚期山顶洞人的项链（左）和欧洲克鲁玛侬人的项链（右）

载："以苍璧礼天，以黄琮礼地。"琮，外方内圆，象征着天地相通。

玦也是用于通天的。考古资料表明，玦起源于我国内蒙古距今 8000 年的兴隆洼文化，然后在东亚呈放射状扩散。玦是古代玉器六瑞中最早出现的器物，也是东亚地区特有的文化产品。玦一般为玉料制成，其形状为一个小圆环，圆环上有一个缺口。如《白虎通》说："玦，环之不周也。"《广雅》载："玦如环，缺而不连。"缺口是有意义的，是作为玦最重要的象征所在，象征着与天通。中心孔象征着天，缺口则象征着与天连接的通道。天是环状，有"阙"方能进入。对玦的通天象征，我们还可以通过另外一个汉字得以佐证，即阙。

通天的形式和手段是多种多样的，还有高山、大树、人造高台（墓葬与祭坛）等。不过我们这里讨论的是与具茨山岩画相关的，除了"孔"以外，还有一个通道的概念。这就是玦要

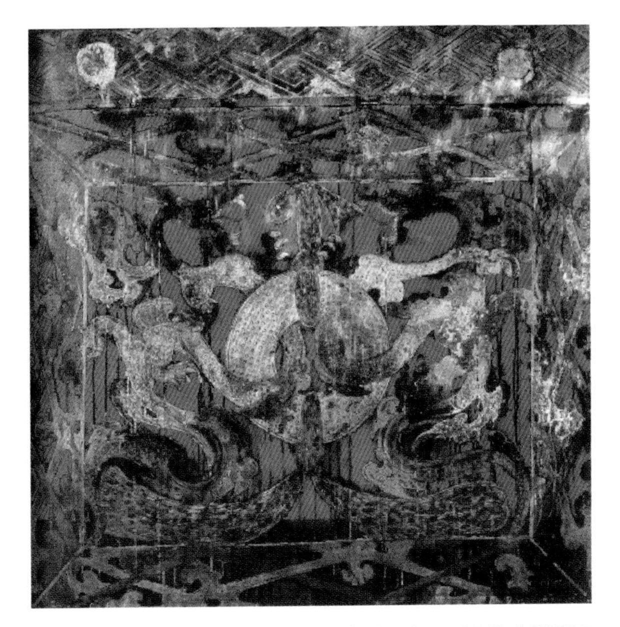

马王堆汉墓出土的红漆棺上的二龙穿璧图案，形象地表明了玉璧中孔的通天功能

表达的文化旨意，亦即由外到内（天）的沟通。二者的文化意象相同，只是在表现方式上有所区别而已。

岩画中有一种图案，我们曾经将其解释为动物蹄印，或象征生殖崇拜的女阴。现在看来，这种望图生训式的解释缺乏系统和体系，碎片化的知识和解说无助于岩画的文化诠释。在我们的知识体系中，这种动物蹄印更应该理解为岩画中的玦。

如果蹄印不足以清晰表达通天的意味，那么欧洲的同心圆和天梯岩画则明白无误地表达了这层意蕴。

更为直白的通天符在我国也不鲜见。如山西的囤生民俗，即在大年三十绘制通天图案，以冀来年通天与神佑，五谷丰登。

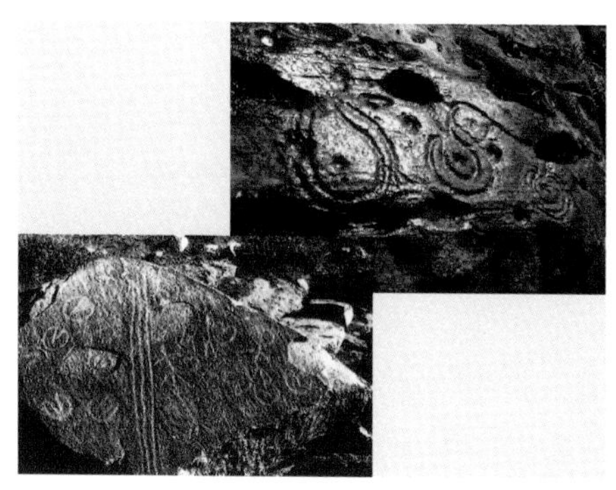

岩画中被称作蹄印的图案，其实按玦来对待更容易理解，缺口意味着内（天）外（地）的沟通

山西的囤生民俗，即在大年三十绘制通天图案

欧洲岩画中出现的各种表达通天意味的岩画图案

与天沟通是为了让灵魂上天堂，这是全世界所有宗教的最终目的和最高境界。既然如此，何不直接在头顶钻孔让灵魂升天呢？Bingo（答对了）！古人也是这么想的。头颅的环踞钻孔是一个世界性的古代习俗。从下图中一个人头上有好几个环踞钻孔可以得知，头颅钻孔绝不是为了治病，而是为了灵魂出窍！

颅骨钻孔应该是从新石器时代就开始了，不过最繁盛的时期应该是青铜时代。国外的有古代的凯尔特人、印第安人，我国早在新石器时代的大汶口到青铜时代的如新疆和田察吾呼沟墓地都有发现。

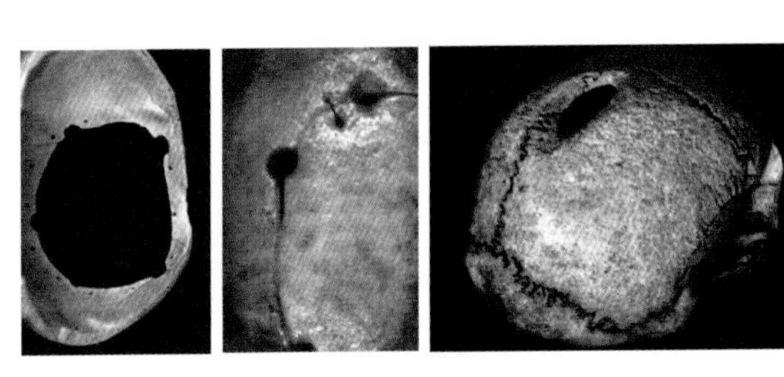

印加人的颅骨钻孔

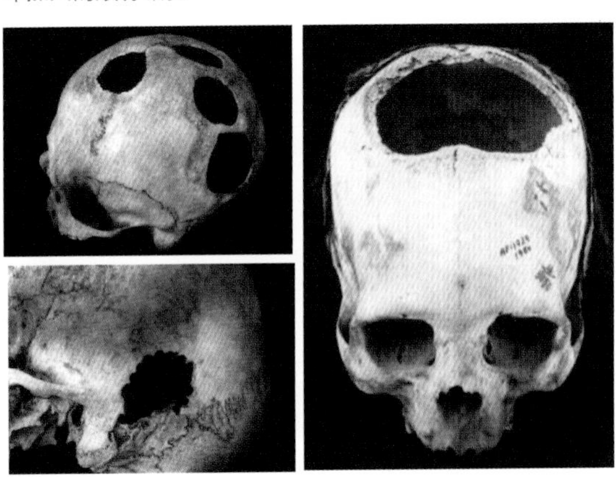

凯尔特人的颅骨钻孔

不只是颅骨钻孔，实际上古人认为很多现在看来是一种艺术的行为或方式都有助于通天，如石刻、陶纹等，当然岩画更是如此。

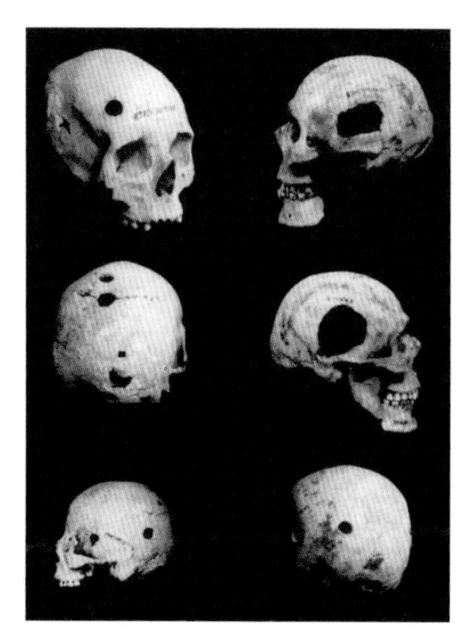

新疆和田察吾呼沟墓地出土的钻孔颅骨

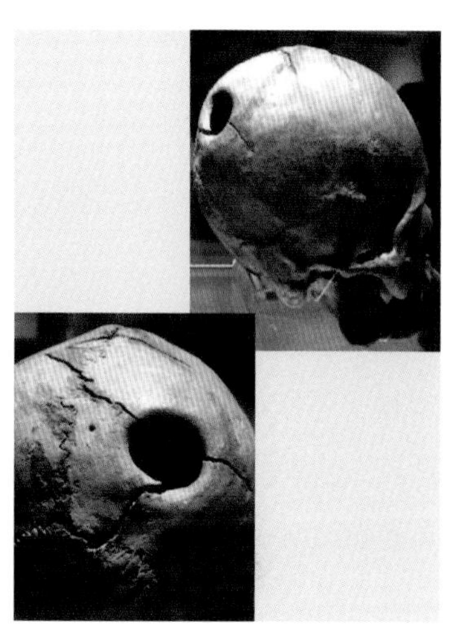

山东大汶口文化出土的钻孔颅骨

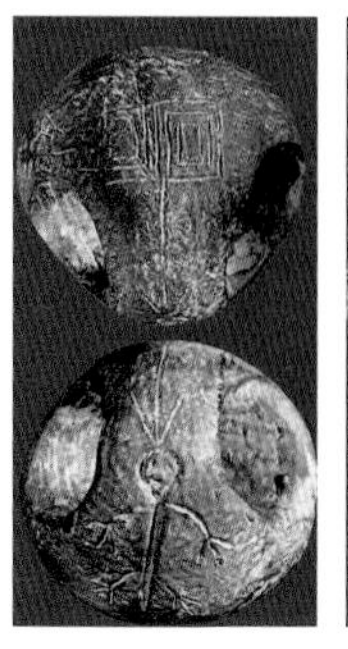

湖北秭归城背溪文化出土的“太阳人”石刻明白无误地展示出巫师的通天愿望

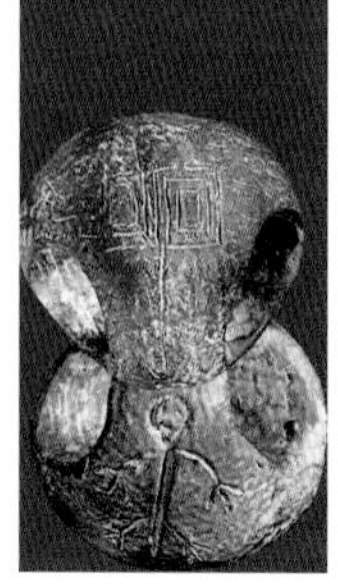

湖北汉阳出土的商代陶拍。这不是关于被雷击中的故事，制陶工人同样也有通天的愿望

据此我们可以认为具茨山的凹穴与沟槽，乃是孔和通道的象征，用于通天象征。我们根据旧石器时代钻孔涂红的考古学资料推测，起初凹穴制作完毕后应该也加以涂红。非洲刚果韦莱河（Uele）流域 Gangala Ngundu 地区土著人的民族学材料（凹穴涂红）可以作为佐证。

那么下一个问题是，在哪儿通天？《淮南子·天文训》说："天圆地方，道在中央。"几千年来，哲学家和史学家对这里的"道"不知进行过多少过度诠释，其实在这里我们宁愿简单一些，真正用唯物主义的认识观理解一下：通天之道。那么天地茫茫，中在何方？在天曰北斗七星。《楚辞·九思》："谣吟兮中壄，上察兮璇玑。"在地则用土圭之法，"正日影，以求地中"。也就是周公选址洛邑的方法，"日中测影以求地中"。也就是说，当太阳照在土圭上没有影子的地方就是地中，也就是与太阳（天中、天心、天脐）垂直的地方，所谓"日中无影，呼而无响，盖天地之中也"。《北齐书·文苑传》说："土圭测影，璇玑审度。"正是这个意思。

还有一种求地中的办法，"地方如棋局"——把中国划为九州并非为了地理区划，而是为了找"中"。处在最中间的中州或冀州就是地之中，所有外围的八州都是为了突出、强调和衬托"中"的位置。

既然"中"只是个宗教概念，那么按照程序在某些象征性符号的指引下进行通天仪式即可，因为绝对和客观的"中"是不存在的。表示"中"的概念除了刻凿棋局外，还有一个极为常见的办法，那就是刻写"十"字纹。"亚"字形就是"十"字

具茨山岩画中的凹穴与方格形图案。凹穴与棋盘形岩画的组合，恰如《晋书·天文志上》所云：“天员如张盖，地方如棋局。”九州的划分只是为了强调和突出中州

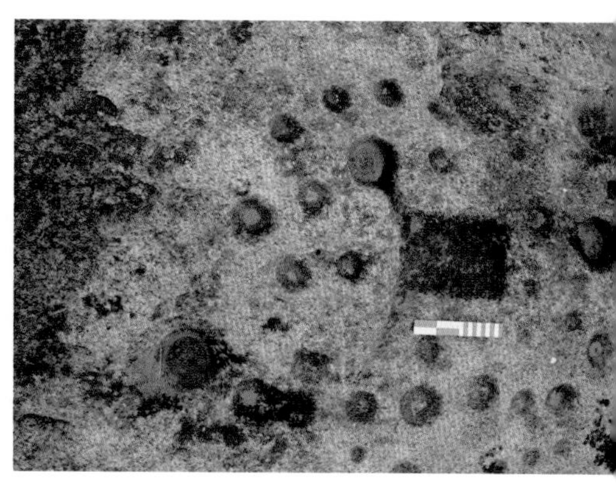

河南方城凹穴岩画中的天（圆穴）地（方穴）沟通图

形。把墓葬建成“十”字形就是为了在中央位置与天沟通，死后灵魂直达天堂。

古代的礼器是祭祀用的。几乎所有的祭祀都首先要与天（也就是神）沟通，所以礼器上镂以“十”字形孔，特别是在商代。这种“十”字镂空成为商代的特征纹饰。

所有通天的主体都是人的灵魂，所以在头颅上开孔，而且开“十”字形孔，才能最为直接地达到通天的目的。虽然目前只

湖北随州发现的春秋时代的“亚”字形墓葬

器座镂以“十”字形孔的商代青铜器

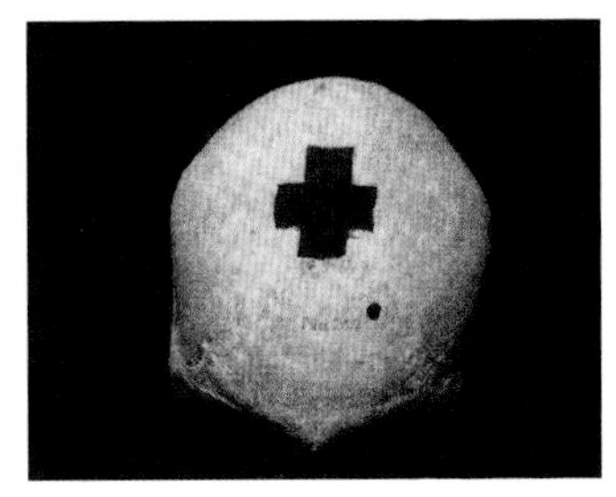

镂以“十”字形孔的商代颅骨（出土于河南安阳殷墟）

发现一例开“十”字形孔的颅骨，但这足以证明古人开颅绝不是为了医疗治病，所谓夔一足。

或者直接写上中心的字样，更为省事。“天齐”即天脐，天之肚脐，中心也，盖因泰山而名之。

所以所有具有通天性质的仪式行为都在被认为世界中心的地方进行；象征着通天行为的凹穴岩画的制作，当然也在被认为位于世界之中心的具茨山进行。位于古代中州的具茨山发现如此众多的凹穴岩画，应该视为古代人有关“中”的思想与观念的形象体现。

现在该第三步了：具茨山凹穴岩画与黄帝有关吗？对这个问题的回答，应从黄帝这个名字开始。最早的“黄”字是一支射中太阳的箭，甲骨文、金文都一样。这个字最初的义项是中央，表示位置。刚才我们谈到九州的划分只是为了说明中州，而土分五色，同样是为了突出中间的黄色。所以到了后来，表示中央的“黄”字，才兼有了表示颜色的义项。

我们在汉画像砖或战国青铜器上所见的后羿射日图或用矰

汉代印以“天齐”（脐）文字的瓦当。《汉书》：“齐所以为齐，以天齐也。其祀绝，莫知起时。八神，一曰天主，祠天齐。天齐渊水，居临菑南郊山下下者”

后羿射日　　缯缴弋白鹄

缴（带绳子的箭）弋白鹄，并非射日或射猎的客观描述，而是对通天愿望的表达。这就是后羿的妻子嫦娥偷吃灵药后飞到月宫的原因。事实上，雁、凫、鸿鹄类远飞高翔，不要说带绳子的箭，就是一般的箭也够不着，所谓“冥冥远缯缴”也！

结论同样也是简单直接的：黄帝与具茨山岩画是有关联的。

广西崇左陆地岩画考察

2019 年 2 月 17 日至 3 月 2 日在广西崇左调查岩画，调查的区域是远离左江河流的山谷陆地部分。沿袭崇左文化局对

傍水而居，水蜿蜒，村寨也婀娜

这个项目的命名，亦称陆地岩画，以示与左江沿水岩画的区别。这次调查除了蹲踞式人形外，还发现晚近时期新类型岩画，很多是与祭天、雷神相关的岩画。此行收获满满，所见所闻所感，仿《秋兴八首》作《春日八首》，学步杜陵老：

（一）

少儿读书进学堂，古人求仙升云端。
山羊啃青拴地头，水牛挽犁入蔗田。
岭南虽为壮人乡，华风文脉通中原。

（二）

风蚀水溶喀斯特，怪石嵯峨愁攀缘。
峰峦逶迤风景在，突兀森郁行路难。
或有一径脚下开，草木葳蕤似桃源。

（三）

贝丘遗址见古风，江面渔翁仍垂竿。
稻作文化今亦盛，两岸山坡种梯田。
天光水影成一色，云雾山峦雨带烟。

做考古的基本功是使用
手铲，做岩画的基本功
是攀岩越岭

2 月是木棉花开的季节

2 月也是收获甘蔗的时候，可谓：时时有艳遇，处处可尝甜

无人机是调查岩画，特别是调查广西岩画的神器，无高不爬，无险不攀

（四）

千枝新箸木棉红，地头已是甘蔗甜。
大山深处割笋荔，赶海归来烹小鲜。
不羡刘伶醉杜康，却学樊哙啃彘肩。

（五）

春风裁出新柳绿，山披青色水戴蓝。
不惧沙尘无虞霾，夜夜新雨洗碧天。
不为寻芳来踏春，古画今观二月间。

（六）

绝壁三千葬崖墓，幽穴十万藏画岩。
魂飞魄散骸已朽，丹砂雌黄色正鲜。
山中观棋方一日，世上烂柯已千年。

（七）

岩壁日夜有人舞，君卧高处莫孤单。
山外忽闻天琴音，是谁倾耳听丝弦？
纵使清明通阴阳，生死两隔无相见。

俗称广西西部有十万大山。十万大山的“十万”系南壮方言“适伐”的记音，适伐大山的意思是顶天大山。若有十万大山，便有百万岩洞，都是作画的好地方

仙人揽六箸，对博泰山隅——我们中间差一盘棋

（八）

西天有神曰王母，委以青鸟致仙丹。

赭色舞人赤如初，据守危崖候神宣。

忽如一日阊阖开，蹲踞千年终成仙。

猫的主题是我们这次发现的新岩画类型。在广西凭祥上石镇白龙村条屯的弄咘山和夏石镇白马村派道屯的猫耳洞两个岩画点，我们发现一种以猫为主题的岩画。猫一般用棕、黑、白三色绘制，造型包括正面头像、侧身像和双手双举的正面人形猫首三种。有些猫的画面上方出现“陈大人”“陈大人上山坐天”等文字。

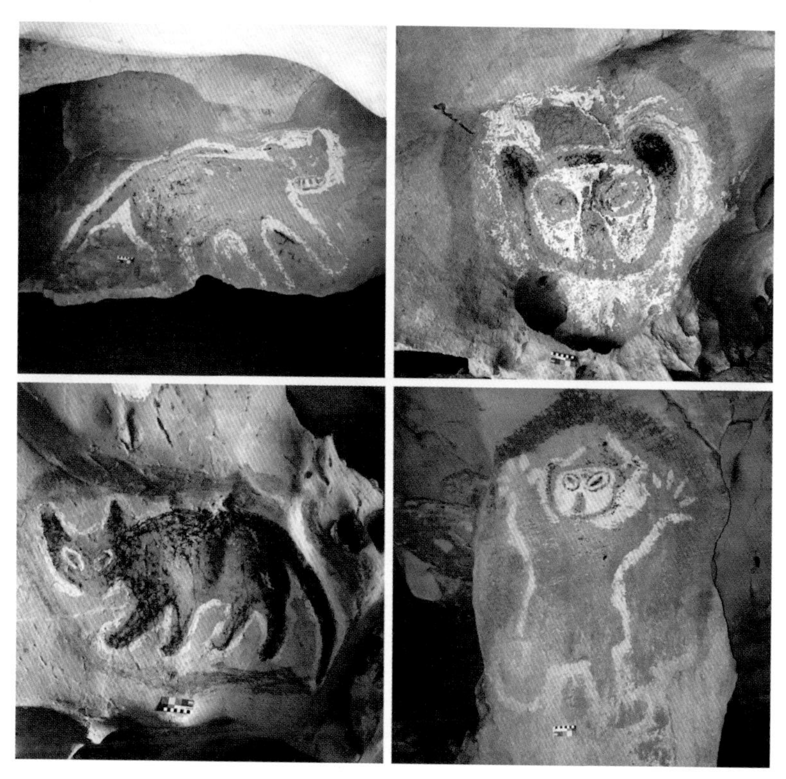

广西凭祥发现的猫岩画

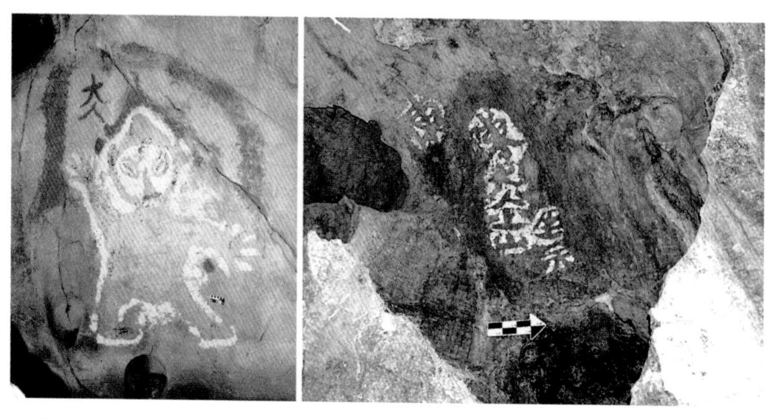

与猫图像一起出现的文字

据地方志记载，广西凭祥壮民自古信神鬼，好淫祀，凡遇诸事，多向仙婆巫公问凶吉，并求之驱邪赶鬼。在广西中越边境或相近的凭祥、宁明、龙州、大新、防城、上思等县市山区的壮族至今仍信仰崇拜天神，每年农历正月初一至十五这段时期均焚香设贡，举行最为隆重的祭天法事。这种祭祀天神的仪式又称作做天，而主持法事的人被唤作天婆，目的是为保佑当年风调雨顺、五谷丰登、人丁兴旺、祈福禳灾。

泰国东北部的泰人也崇拜祭祀天。天在这里的含义是天、天神，将其看成是雨神和医神。有定期祭祀和临时祭祀两种。每年泰历六月要定期举行祭祀，目的是求雨。当久旱不雨，人们要祭天神时，便燃放花炮和火箭，每村一个，称万花炮、十万花

泰国的伊桑人抬猫求雨仪式的绘画作品

炮。同时男子在烂泥里滚打摔跤，其他人则用水泼洒他们，祈求天神下雨。若有家人患病或遭其他灾难时，得请巫师作法，请求天神下凡为民治病除害，保佑平安。泰国中部的祭祀仪式则稍不同，祭礼是在雨季来临之前举行，放的花炮形如长蛇。人们抓一只猫关在笼里，让人抬着四处游转，沿途各家各户向猫洒水。

泰国的伊桑人（Isan）认为，当很多人不遵守道德准则时，特别是社会上层的人不遵守时，就会出

泰国北部抬着猫或装扮成猫求雨的巡游仪式

现天气干旱这种灾害。神灵对此不高兴，因此拒绝让雨落下。这个时候必须要通过举行仪式来获得神灵的宽恕。猫在这个仪式中扮演着非常重要的角色，因为它不喜欢水。当下雨猫被弄湿时，它会发出呜呜声。祈雨传统就是源于这种古老的信仰，即被水打湿的猫的叫喊声会引来降雨。

乡民挑选一到三只雌性克拉特猫（Si-Sawat），把它们放在有盖的竹篓或藤篓里。人们更喜欢斑纹似云彩的猫或黑猫，认为它们会带来好运。放猫的篓子由人用木杆扛着，另需准备的东西是五对蜡烛和五对花。在把母猫（nang maew）放入笼子之前，仪式中年龄最大的表演者会对母猫说：Nang maew，愿你祈雨成功。给猫脖子上戴上一些装饰品，然后用篮子盖在篓上面，带着巡游各个村庄。在祈雨仪式中，人们通过吟诵祈雨诗句来恳求降雨。这首诗被称为 *Tao Mae Nang Maew* 或 *Hae Nang Maew*，字面意思是一只母猫的游行。

当游行队伍穿过村庄时，一些老人开始背诵造雨诗。游行队伍中的其他人跟着他们一起反复唱诵。猫篓被举在游行队伍的正前方，后面跟着一群诗歌朗诵者。巡游队伍伴着传统乐队演奏的音乐和锣鼓声唱歌跳舞，有的女性还装扮成猫女，载歌载舞。当游行队伍经过村民家时，村民都会出来欢迎他们，并向猫泼水。

幸运的是，此次调查中我们在弄咘山岩画 3 号点和 6 号点各获取一个理想的测年样品，后经美国 Beta 分析实验室进行放射性碳测定，获得了距今（250±30）年的测年数据。

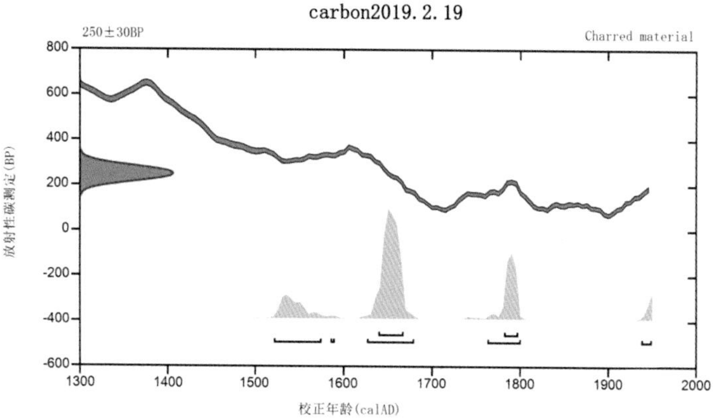

广西凭祥上石镇白龙村条屯弄咘山猫岩画木炭颗粒碳 14 测年结果

根据以上科学的测年结果和清晰的民族学材料，我们可以明确地将广西凭祥地区的猫岩画确定为公元 1770 年左右的历史遗迹，内容是关于用猫求雨的做天仪式。

康巴藏区岩画走访

2019年8月8日至10日赴四川石渠参加“2019年青藏高原岩画·石渠论坛”会议。8月11日至15日在玉树的称多、治多、杂多与罗伯特进行例行的2019年中国岩画微腐蚀断代考察。

“2019年青藏高原岩画·石渠论坛”是康巴藏区的第一次国际岩画会议。会议简短而富成效，发言集中精悍，议题广泛。最值得一提的是，岩画研究正渐渐离开艺术，朝考古靠拢，向科学进发。

岩画研究一直是个小众学科，姥姥不疼舅舅不爱，艺术和考古都不愿接受。既不如艺术之炫，每次开会都像是华山论剑或武林争霸一样，更不如考古之土豪，每每如赛宝会，从来都是从胜利走向胜利，从辉煌走向辉煌。岩画学界每次开会都低调得像地下党的活动。没有码头，没有圈子，更没有晒宝，只是清茶一杯可以润喉，闲话几句能够暖心的老友聚会。

石渠的岩画保持了与青藏高原岩画的一致性，但虎的形象非常引人注目。青藏高原全新世以来没有老虎，但岩画中屡屡出现老虎图像，足见岩画中所反映出的文化交流。

岩画与动物头骨

岩画因为氧化程度不同在色泽上有深有浅。一般来说，颜色深的时代早，色泽浅的时代晚。这便是岩画中的叠压和打破关系

北方草原岩画中，牛是永远的主角

田野考察是岩画会议必不可少的内容。8 月初的草原，白天只有 6~7 摄氏度，加上凄风冷雨，以至于来自墨尔本的罗伯特恍然间觉得似乎又回到了南半球！我们觉得是在风餐露宿，可将照片发到微信群后却惹来一片质问：又在游山玩水！又又在 picnic（野餐）！又又又在逛林卡！又又又又在……拜托，我们在辛苦地工作，好不好？

10 日下午，辗转到玉树。时日尚早，大家“拉帮结伙”“勾肩搭背”走路去参观玉树藏文化博物馆。该博物馆占地 768 平方米，藏品有 1 万多件。青海省文物鉴定委员会曾对其中的 600 件（套）进行鉴定，其中一级文物 6 件（套）、二级文物 62 件（套）、三级文物 220 件（套）。对于一个地处高原边陲的私人博物馆来说，表明其“厉害了”的正是这些数据！馆长索昂生格已年近半百，潘鬓相磨，但仍能从其刀砍斧劈般的刚硬脸庞轮廓中看出当年康巴帅哥的模样。

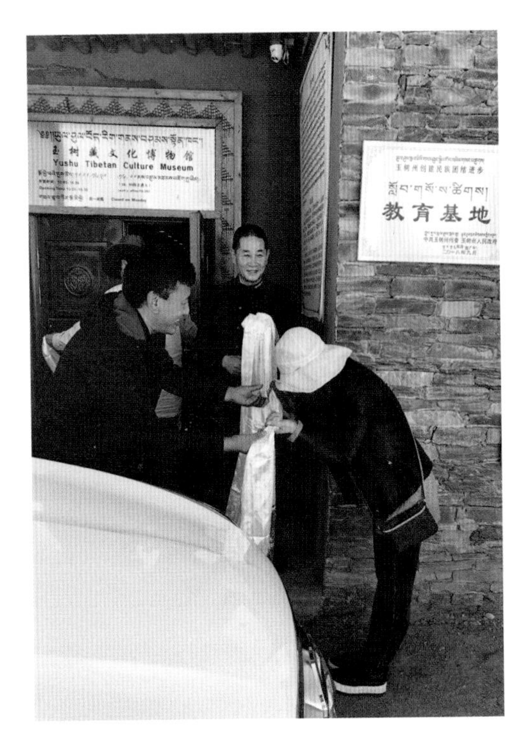

索昂生格在玉树藏文化博物馆
门口拿着哈达迎接我们

这种工作方式看上去像是在游山玩水?

在展品中有两件神秘且相互关联的藏族独特文物引起了我的兴趣：人骨号和鹰（鹫）翅骨笛。

人骨号中以少女股骨制成的被视为法力最强大，其局部包银，可通神，可安魂，藏语称罡洞。制作这种笛的条件很苛刻：该少女必须属龙，必须是18岁，必须有身孕且死于非命。

不过作为一个考古学家，我对索昂生格收藏的鹰笛更感兴趣。该笛用鹰的腿骨制成，但索昂说是用尺骨（翅骨）制成，用鹰尺骨制成的骨笛藏语称当惹，不过我觉得更像鹤的腿骨。实际上欧洲旧石器时代就有用鹤腿骨制成的笛子，5孔居多。我国舞阳贾湖新石器时代遗址出土了20多支鹤腿骨制成的5、6、7、8孔的骨笛，还有河姆渡等文化也出土了数量众多的各式骨笛。如果说这些骨笛与藏族骨笛在时空距离上太过遥远的话，那么青海地区距今3000年的卡约文化出土的骨笛应该是可以放在一起比较的器物。

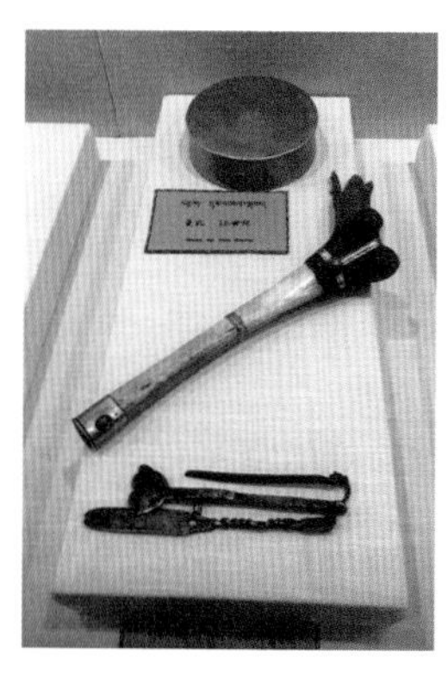

玉树藏文化博物馆收藏的以少女股骨制成的人骨号

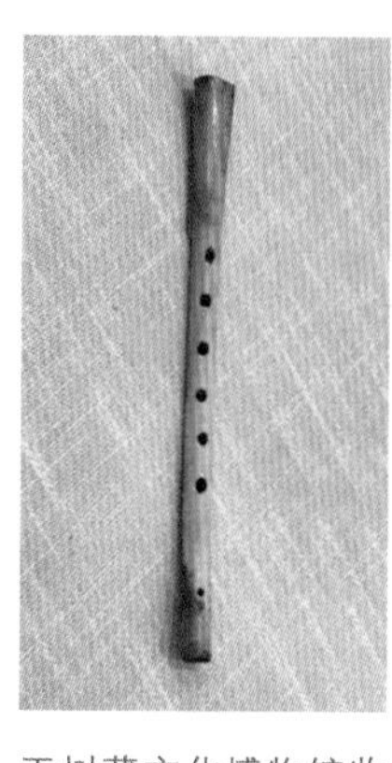

玉树藏文化博物馆收藏的用鹰的腿骨制成的骨笛

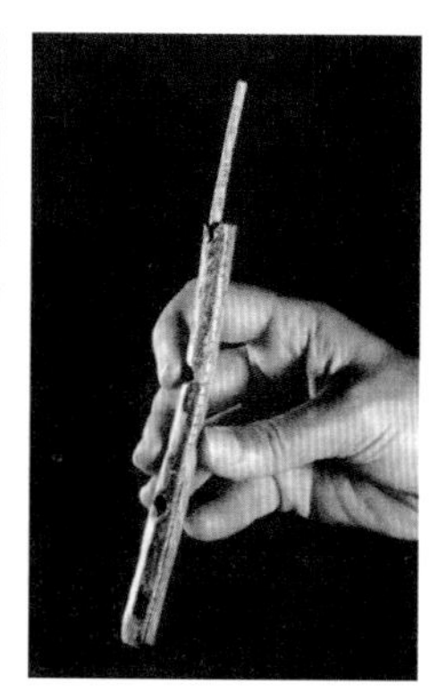

德国盖森克鲁斯泰勒洞穴出土的距今42000年的骨笛

世界上最早的骨笛是德国盖森克鲁斯泰勒洞穴出土的距今42000 年的骨笛，是用鹤的腿骨制成。无论是欧洲旧石器时代晚期的鹤骨笛，还是舞阳贾湖和河姆渡的鹤骨笛，或是卡约文化的鹰骨笛，考古学家只是负责将其发掘和描述出来，那么这些骨笛是怎样使用以及用于什么场合，考古学家一概不知，最主要的是考古学家并不想知道，他们觉得这不是他们应该关注的问题。既然是笛子，肯定是吹的。什么场合下吹的？骨笛从3 孔到 7 孔的都有，5 孔以上可吹出旋律，而 3 孔则只能吹固定声调。不过有一个很严重的问题：即便是 7 孔的，也无法吹出优美的旋律，因为许多孔与孔之间距离不等。这个就是说，无论什么样的骨笛，现代基本的音准都是无法达到的！也就是说，这些骨笛并非用于令人赏心悦目的表演，而是用于联系、沟通和传递信息的声音标识。那么，与谁沟通？

我问索昂生格：这个骨笛你吹过吗？他连忙摇头，说不能乱吹。我问为什么，他说鬼怪会生气的！我突然意识到，他无意间已经告诉我骨笛是干什么用的了。

藏族流行天葬，就藏族的鹰骨笛而言，是召唤秃鹫来享用死尸，同时也召唤神鬼加持。至此一念闪过：难道史前好多地方也流行过天葬？

11 日我们赴杂多岩画点进行微腐蚀分析法测年。自 2014 年与澳大利亚的罗伯特教授合作进行中国岩画微腐蚀断代工程已 6 年，今年在玉树地区对称多、杂多、治多等县的岩刻画进行微腐蚀分析法测年。这次与玉树市历史文化研究院的院长甲央尼玛合作，他最近刚出一本《玉树岩画》，对玉树岩画了如指掌。

罗伯特，国际岩画组织联合会创始人及召集人、《岩画研究》主编、联合国教科文组织世界岩画委员会协调员、墨尔本大学地质实验室主任、国际……但这些头衔都不重要，重要的是他今年七十有六，“三高”一概没有，而这次考察证明他过分到居然连高原反应也没有，只剩高大，在海拔 4200 米以上的地方能饭能骑能爬山，还能当模特……

微腐蚀分析法测年是基于对岩刻画中石英晶体腐蚀程度的显微观察而进行的。这就要求我们首先要找到刻有岩画的石头，同时其还要含有石英。青藏高原的岩画一般刻凿在页岩、灰岩、砂岩、千枚岩或辉绿岩等不含石英的石头上，需要有足够的运气才能找到一块同时具有岩画和石英的石面！更难的是，只有 1/3 的机会在这种石面上找到可供观察和读数的晶体的腐蚀状况！

测年靠石英，石英靠运气，运气靠人品。找了两天，居然没有找到任何带有岩画刻痕的石英！我们对于自我人品的自信遭到严重打击！

终于，在第三天，我们在称多的白龙沟找到了带有岩画刻痕的石英。名不虚传，这条若隐若现的石英脉在我们眼里就是一条翱翔青天、见首不见尾的白龙，这是一条科学之龙！可以清晰看到岩画覆盖着石英脉。对于这幅岩画的科学断代，意味着青藏高原岩画研究朝着科学的方向迈出了第一步，是一个质的提高。

证明我们这一天是 lucky day（幸运日）的并非岩画，而是

水边的罗伯特教授。他是一位把岩画当作科学来研究的科学家，科学家都喜欢在水边思考

含有条状石英脉的砂岩和灰岩

先用手持放大镜寻找适于读数的石英颗粒

然后用 40～80 倍的实体显微镜观察并读数

相机镜头拉开便可看见，实际上不是罗伯特一个人在战斗：一个小小的石英颗粒需要一群人的协作

有时在崖壁上一个姿势难以保持，不得不经常换人。风景是一如既往的美，但艰难困苦则是变着花样来。不过美丽的风景有助于我们将田野工作做得更耐心、更细致

但若找不到适合读数的石英，美丽的风景一点儿都不能宽慰恶劣的坏心情

在白龙沟找到的带有岩画刻痕的石英

一只尚未成精的狐狸。按照藏族习俗，在外若遇到狼，当为吉兆。遇到狐狸尚未有说法，但同为犬科，谅必亦为吉祥：

寻访岩画每日新，

巧遇狐狸未成精。

相逢不识影已息，

空余狐媚已迷心。

进山遇狐，入水求仙。长江上游被当地藏族称为通天河。1984 年我第一次来玉树就想在通天河里游泳，但被同事死命劝阻，后来好几次都是被别人劝止。通天河今天仍像以往那样发出哗啦啦的诱惑声。下午 5 点，阳光温暖，气温在 17 摄氏度

远行正是为了回归。中国考古正走向多学科，岩画亦然。我们正在走入风景，走入多学科的风景。虽然石英难找，但天很蓝，云很低，空气好透明

左右，趁队友工作忙碌时，游了 30 米左右，终于满足了多年的心愿。我下水后，尼玛冲到岸边对我大叫：我不会游泳！他的意思是若我溺水，他无法施援。

古有玄奘赴西天，
九九八十一劫难。
鼋龟驮经不渡人，
至今河上飘经幡。
山里吟诗称谪仙，
水中探花也寻欢。
长江无情奔东海，
岩画有灵佑西蕃。

尽管我们在五天的考察中只读取到一处石英的微蚀亏数据，但我们不贪婪，金桃一个，以一当百。这对我们仅仅是一小步，但对岩画的科学研究则是一大步。

接下来是对澜沧江上游赛昂地质公园的考察。这趟考察更像旅游探险，无路可走，只能骑马。尽管骑在马上，却能感受到马蹄踩在碧绿如茵的草地上时的柔软与舒适。望着海洋般的蓝天，呼吸着明净透亮的空气，无论从事什么工作，都是旅游！

甘肃白银岩画纪行

2021年3月24日至26日赴甘肃白银市参加由白银市委宣传部、白银市文化广电和旅游局、白银市文物局、白银市博物馆举办的“白银地区岩画研究交流活动”。

据介绍，白银是全国唯一以贵金属命名的城市，因矿得名，因厂设市。这使我想起无锡市，不知是否因缺少锡矿而命名。我鄙视自己的这种奇怪思维，我知道这种简单直线性的比附是长期与人较劲抬杠的后遗症。

白银岩画目前主要见诸景泰、靖远、平川等地区。岩画多为敲凿法制成，主题内容一如其地理位置的特征：由于地处黄河沿线，融汇了人面像和北方草原动物岩画两大系统岩画的特征。

野麻滩岩画点位于黄河岸边，即便是立了省保单位的碑，仍需要刻意寻找才能发现

野麻滩是我们会议上第一个参观的岩画点。该岩画点位于黄河岸边。岩画的光辉被黄河遮蔽了，到这里后人们首先注意到的是黄河。

从野麻滩岩画点人面像的视角观望黄河，一眼千年，扑面而来的是黄河始终如一的恒久和忠贞。谁敢说水性善变，杨花易谢?

虽然岩画考察者占据了主要画面，但从这个角度依稀可以看到诗与远方：人面像岩画和黄河

带有身体并手执斧的野麻滩岩画点人面像

除个别遗址外，白银地区的人面像一如我国大部分地区的岩画一样，都是沿水分布。野麻滩人面像岩画点正好坐落在黄河岸边，可见这些人面像沿水传播的特征。正如每个地区巫师用的语言不同一样，岩画中不同地区人面像中的巫师的绘制风格也不一样。不过野麻滩岩画点的人面像出现了一种近乎质变的风格变化，居然一个个长出了小小的身体，一个个看上去跟蓝精灵一样。带身体的人面像能否继续称为人面像？但人面像脸上的四条分割曲线（被称为四片瓦风格）仍显示出野麻滩岩画点人面像与贺兰山岩画点人面像晚期风格的承继关系。

野麻滩岩画点人面像还有一个不太为人所注意的细节，也证明了贺兰山和野麻滩两地岩画之间的渊源关系。贺兰山岩画点人面像图案旁边经常出现斧的图案。因为二者每每一起出现，故被认为是一种伴生的关联图案。有些学者则认为斧是人面像的身份标识。这个猜想在野麻滩岩画点中得以证实：作为伴生图案的斧已经被握在人面像人物的手中了。此时我们恍然大悟，原来野麻滩人面像岩画长出身体似乎是为了用手执斧！

贺兰山岩画点中四片瓦风格的人面像

贺兰山岩画中与斧形图案共生的人面像

执斧的人面像既然增加了身体，并且以执斧的形象出现，就不应再称其为人面像了。此时我们不仅可以理解这里的人面为何会生长出身体，而且可以看到从贺兰山岩画人斧分离到这里人斧合一的演变轨迹。

除了斧以外，同心圆的图案也是经常与人面像伴生的图案，象征着天：三重天、五重天、七重天……因为对于任何一个宗教而言，通天都是最终的核心问题。所以《周礼·春官宗伯·典瑞》说："疏璧琮以敛尸。"郑玄注曰："璧在背，琮在腹，盖取象方明神之也，疏琮璧者，通于天地。"也就是说在璧、琮上钻孔，为使下上贯通，象征通于天地。换句话说，岩画上的圆圈、同心圆等纹饰一如璧、琮一样，象征着天和通天。

值得注意的是，很多同心圆都有条直线从中心贯穿出来，用图画形象地表达出通的概念，这是世界语境下的范式图案。

甘肃景泰姜窝子沟岩画点发现的同心圆图案

甘肃景泰黄崖沟岩画点发现的同心圆和涡纹图案。请注意下方这个多重同心圆的右侧有一条贯穿到圆心的线条

欧洲岩画中表示通天的同心圆和凹穴符号

考察队员在野麻滩岩画点合影。我左手边穿蓝色衣服的就是这次研究活动的负责人——白银市博物馆馆长张自娟

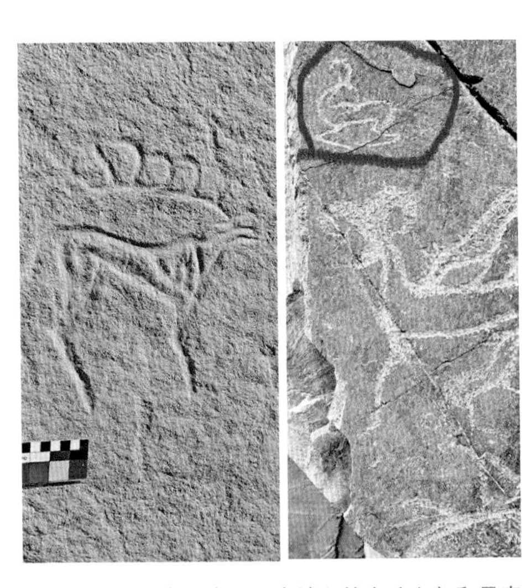

靖远县信猴沟岩画中用足尖站立的鹿（左）和景泰县中泉乡陈家坝沟岩画中回首而卧的北山羊（右）

图瓦帝王谷阿尔然一号王冢出土的公元前 8 世纪以足尖站立的金鹿

由此从时代上来看，白银岩画中的人面像图案应该比贺兰山岩画人面像稍晚，在公元前 1500～前 1000 年之间。而北方草原动物岩画的时代则应该在公元前 7～前 6 世纪左右。我们从一头鹿和一头羊的类型和风格上，确定了其时代。譬如左页左下图中左侧信猴沟岩画中用足尖站立的鹿和右侧陈家坝沟岩画中四肢蜷曲回首而卧的北山羊，根据与出土的青铜时代的同类图案的比较，推测它们的时代应该在公元前 8～前 6 世纪左右。

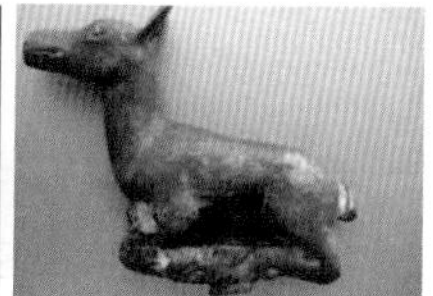

考古出土的西周末年的回首卧鹿与北山羊

左一是阿尔泰出土的公元前 6 世纪的青铜镜上的鹿；左二是米奴辛思克盆地塔加尔文化出土的公元前 6 世纪的鹿；左三为昆仑山口岩画中的公元前 7～前 6 世纪的鹿；左四是考古出土的公元前 7 世纪的金羊

同时值得注意的是，信猴沟发现的双畜挽车岩画中挽车的马一改以前直腿的风格，变成朝前屈腿，且身上饰以“S”纹、方格纹、折线纹等。这是典型的公元前6世纪塔加尔文化中马匹的特征。

我国河北、内蒙古等地出土的春秋战国时期的青铜牌饰线描图。注意马匹的前腿是内屈的，这是公元前5～前3世纪的马匹风格

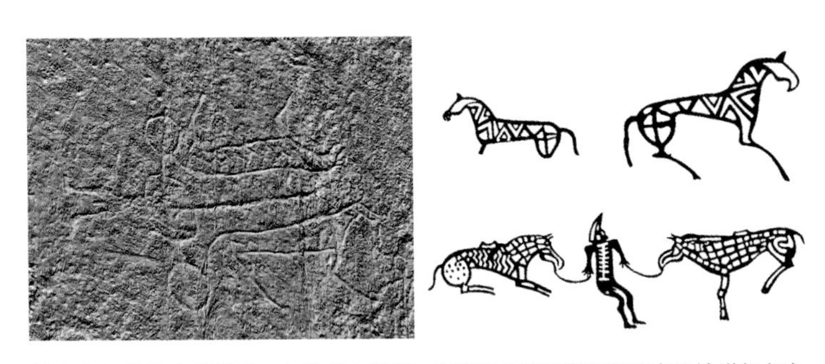

甘肃白银信猴沟的岩画，也是驾车马匹背背相对

公元前6世纪米奴辛思克盆地塔加尔文化中的马匹形象

25日晨跑不慎摔伤膝盖，以致寸步难行！姜窝子沟等岩画点错过未能去成，好生遗憾！不过有失有得，在张自娟和李芳娟两位馆长的安排帮助下，生平第一次坐轮椅就医就餐，尤其是高启安教授、阿克塞博物馆馆长哈布力别克等人推着我坐轮

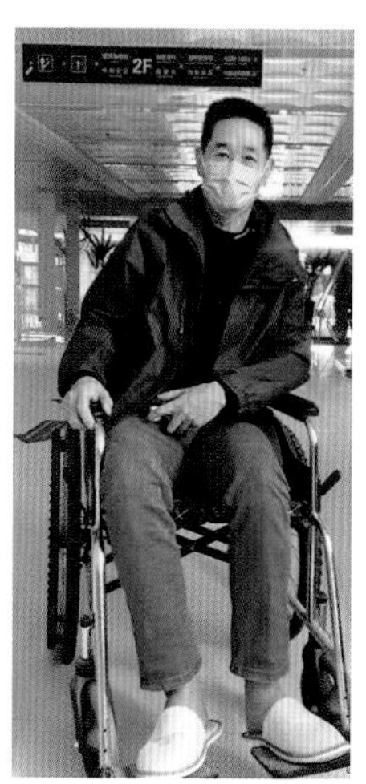

生平第一次坐轮椅，感觉还蛮适应

椅夜游白银市，经历特别，殊难忘怀。特此记之，以示感荷！

27日会议结束后，作为东道主的兰州财经大学的高启安和庞颖二位教授似乎是为了弥补我错过调查姜窝子沟岩画点的机会，力邀我和李永宪教授考察景泰县的黄崖沟岩画。考察岩画是一件有益身心健康的田野工作，因为岩画几乎都是人文和自然两种景观的结合，岩画赏心，田野悦目，即使腿伤难行，也要去。到达景泰县后，顺着响水河岸边的土路前行4公里，就可以看到刻凿在响水河右岸约15米高的红色砂岩上的古代岩画。我们弃车过河看岩画，响水河继续前行，最终流入黄河。在这沙尘暴肆虐黄土高原的日子里，突然看到干涸的山谷中居然有一溪清流缓缓淌过，顿时内心被滋润，充满感恩的绿意。

岩画在河对岸，溪流不宽，稍纵即可跳过去。李永宪教授

庞颖教授正在观察岩画，身后是弃她而去的响水河，荒漠甘泉，清冷高洁

纵身一跃，矫健地跌入水中！他说是对岸太滑，失足。但我严重怀疑他是有意跳进水中的，毕竟清澈见底的溪流太诱人了！返回时我们借助一根枯木都过了河，最后轮到李教授过河时，枯木被他踩断，居然在同一地点又一次果断失足跌入水中！两次在同一地点失足，夫复何言！

虽然李教授落水湿身，但我还是仗着“年轻”（66岁）、“体壮”（腿伤如残）爬到岩画处。我的英雄事迹完全证明所谓的老弱病残只是一种主观认识，与事实无关：

有伤拄杖

无桥落水

田野踏察

湿身费腿

求剑刻舟

事与愿违

古时遗风

今朝追随

痛中寻欢

舍我其谁

考察黄崖沟岩画时由景泰博物馆前馆长寇宗栋和文物保护工作站站长陈秀琴、工作人员刘琪一起陪同前往。除了感谢寇馆长和陈站长外，特别需要提及的是刘琪小姐。刘琪只是一位二十几岁的小姑娘，但开起车来却像一位有着二十几年驾龄的老司机。虽然都是在河边的临时土路上行驶，却有赛车在赛道上的速度。

后来一问，才知道她才是不露相的真人！她虽然 1997 年出生，但已经获得“中华人民共和国运动健将”的称号，曾经获奖无数。其中最值得提及的是 2014 年全国公路自行车锦标赛（北京—延庆）女子青年个人赛第一名，全国冠军！

我与刘琪的最初接触是因腿伤行走不便略有趔趄，我感到有人轻轻地扶了我一把，但这一把的力道仿佛来自岩画，沉稳而亘古。我简直不能相信这只是来自一位妙龄少女的随手加持，使我感到震骇！

我曾经逢人便吹我年轻时参加足球队和摔跤队的专业运动员经历，但眼望着眼前这位全国冠军的平易与美丽，我真佩服我曾经的胆大轻狂与年少气盛。

四川甘孜拉日玛岩画探访

2021年的整个夏天我都在青藏高原，要么在草原上做岩画调查，要么在山村做考古发掘。10 月中旬在成都参加“青藏高原东部研究暨玉树地区历史遗迹”学术研讨会，下榻于成都总府皇冠假日酒店，与最热闹的春熙路只有一条街的距离。从僻远孤寂的考古工地猛然来到春熙路这样一个花花世界，一方面像刘姥姥进大观园，观感是那样 busy（忙碌），另一方面也很享受这种多样性的反差所带来的刺激感。

会议结束后从 20 日到 22 日，跟着李永宪、甲央尼玛等一行五人开两辆越野车去甘孜拉日玛看岩画。会前与甲央尼玛就已约好，说在拉日玛发现一个岩画点，虽然只有一幅，但画面近 300 平方米，其上刻凿的岩画图像有几百个之多！最主要的是 10 月下旬的大渡河两岸正是听秋、观秋、赏秋、悲秋和落叶知秋的季节，错过了今年秋的凋零，我们将无法在反差的对比中去冀盼来年春之热情。不见落红，何以感受黛玉之痛？

西出成都，沿着 G4218 公路向西向西再向西，经泸定、康定，朝着雅江的方向，到了雅江之后便沿着雅砻江的上游鲜水

10 月下旬的大渡河两岸正是听秋、观秋、赏秋、悲秋和落叶知秋的季节

河一直北上，经道孚，奔拉日玛。沿途清流碧波，谷底绿色，秋色黄叶，山顶冰封白雪，组成一个个美不胜收的景观。除了自然风光之外，大渡河两岸的民居房屋也是赏心悦目的人文景观，一座座镶嵌在地毯般草地上或多彩林间的民居住宅，看上去像安徒生笔下的童话世界。让我感到惊异的是，这里用大石主砌、碎石补缝的墙体砌筑方法竟然跟 2000 年前塔克西拉建筑的砌墙法是一样的！

不过在这美丽的外表之下掩藏着的有可能是狰狞凶险的历史现实。1955 年以前，这里叫西康省，也叫三岩或山岩，是青藏高原（昔日称青康藏高原）的一部分，人烟稀少，整体地势高耸，海拔皆在 3000 米以上。中部为纵谷地形区，高大山脉

一座座镶嵌在地毯般草地上或多彩林间的民居住宅，看上去像安徒生笔下的童话世界

大渡河两岸的民居房屋也是赏心悦目的人文景观，风格多样，色彩斑斓

皆呈南北走向，平行排列，两山间之谷地则有大河奔流，有多条大河贯穿而过，包括怒江、金沙江、澜沧江等。这个地区为峡谷地带，木处榛巢，水居窟穴，出门见山。关于“山岩”名称的由来，有两种说法。其一是说山岩地势险要，四周被海拔5000米左右的陡峭高山环绕，“崇山迭耸，沟溪环绕，森林绝谷，出入鸟道，形势危险”（刘赞廷《边藏刍言》）；其二是说历史上的山岩人以剽悍、好斗、野蛮和抢劫著称。这里山高水长，景色也美，尽管以农业为主，但耕地甚少，靠养畜伐木，生活很困苦，抢劫便成了一种生活方式。清史记载山岩地区为：“化外野番，不服王化，抢劫成性，不事农牧。”康区藏语把抢劫或盗匪称夹坝。盛行夹坝的山岩地区，其内部有严密的组织，也就是帕措，依靠自己的族法家规来维护秩序，同时形

成了山岩独有的道德行为规范。山岩帕措是当今世界并不多见的父系氏族的残留，被称为“父系原始文化的活化石”。这里的藏人头扎英雄结，长刀不离身，刀死为荣，病死为辱，骁勇剽悍。村中碉楼林立，村民好斗成习，历史上就以夹坝为荣。与世界各地一样，既然是一个“更为抄盗，以力为雄”的社会，就一定少不了毒品的流行，所以除了夹坝以外，历史上这里还盛产一样东西，即鸦片。黄炎培曾有《西昌》一诗，从中可以看到20世纪40年代这里鸦片的流行情况：“我行郊甸，我过村店。车有载，载鸦片；仓有储，储鸦片。”即便是刘文辉时期，康区同样是鸦片种植区，一直到1950年解放后，鸦片才彻底禁止。

既然是几千年的风俗习惯，那就一直流传下去好了，然而历史前进到了清乾隆年间，一队有36人之众的清军队伍在瞻对，也就是今天的新龙县，竟然也被夹坝了！这让乾隆爷面子上实在是太难看了，于是清王朝大动干戈，对川西康区的夹坝土匪进行清剿。事实上最早从雍正开始，一直到光绪二十二年（1896），清政府曾七次用兵征讨一个只有县级建制的弹丸之地。藏语瞻对翻译成汉语意思是铁疙瘩，这个“铁疙瘩”“恃其地险人悍，弹丸之地，梗化二百余载，朝廷用兵屡矣”。但“铁疙瘩”很难被熔化，“硬核”到刘文辉时期，一直到1950年以后才被熔化。2013年，著名藏族作家阿来将瞻对这个铁疙瘩的熔化史写成小说《瞻对——一个两百年的康巴传奇》，通过小说来对瞻对，不，对整个康区，不不，应该说对整个藏区进行反省。阿来的《瞻对》似乎完全是使用清史文献原文堆砌起

头扎英雄结，长刀不离身，刀死为荣，病死为辱，骁勇剽悍，便是康巴人的文字形象

木处榛巢，水居窟穴，碉楼林立。丹巴碉楼建筑构造就是出自军事方面易守难攻的考虑

来的小说，对于文献的引用，阿来不仅不加阐述诠释，而且即便是简单的堆砌，似乎也是不动声色、无动于衷，按他的说法："真实的史料是如此丰富而精彩，远远超过作家的想象程度。根本用不着我再虚构了。"果然，他的不动声色达到了声色俱厉所不能达到的效果。《瞻对》获得了 2013 年度茅台杯人民文学奖的非虚构作品大奖。最主要的是，阿来通过对瞻对地区、对藏民族的历史思考，不仅引起历史学者们的关注，也引起文学家们的关怀。

1856 年，正是托克维尔的《旧制度与大革命》出版的时候，法国人已经打到中国的门上，但瞻对人乃至青藏高原上的贵族们都不知道有法国的存在。"外国人革过命了，反过来又来讨论怎么样的革命对人民与社会有更好的效果。但是，在藏族人祖祖辈辈生活的青藏高原上……身在中国，连中国有多大也不知道。经过了那么多代人的生物学意义上的传宗接代，但思维还停留在原处，在一千年前。"（阿来《瞻对——一个两百年的康巴传奇》）这样后视的对比无疑会产生强烈的荒诞感。要知道，贡布郎加当年征服了周边大大小小十几家土司，后来十家土司加上清廷官兵也几乎奈何不了他。他吞并的地方之大，惊动了清政府和西藏地方政府，至今新龙县还流传着许多关于贡布郎加的传说，是一个迹近于护法转世的英雄形象。也是这一代枭雄的故事最初吸引了阿来，但对他来说这不是津津有味的英雄故事。他原本期待在这个人物身上找到引领文明前进的哪怕一点儿可能性，但是，没有。在阿来的梳理中，瞻对历史上 200 多年间的一次次征战，不过是反复上演的老故事：当地土

清川陕总督庆复。乾隆十年（1745），他作为川陕总督偕同四川巡抚纪山、提督李质粹一起奏请发兵征讨瞻对，进剿夹坝

司或者百姓劫掠财物、人口、土地，引来清政府发兵征讨，每次都兴师动众，战争规模越来越浩大、持久以至大大超出预期，而结局总是久攻不下，双方僵持，清廷官员对皇帝欺瞒造假，草草收兵；战后政策仍然是“多封众建”，“以分其势”，扶起新的一代土司们，若干年后再次相互兼并掠夺，上演新一轮的老故事……阿来甚至找到当地百姓不得不外出掠夺的社会经济根源：这些地方都是山高水寒之地，生产力极低，百姓却要承受实物税和无偿劳动，因此多年来外出劫掠成了对生产力不足的一种补充。对于土司，“靠武力与阴谋争夺人口与地盘，就是这些地方豪尊增长自身实力的唯一方法。除此之外，他们似乎从来不知道兴办教育，改进生产技术，扶持工商，也有富厚地方人民，积聚自身实力之效”；对于清政府来说，“这些行

为都被简单地认为是不听皇命，犯上作乱，而没有人从文化经济的原因上加以研究梳理，也没有尝试过用军事强力以外的手段对藏区土司地面实施计之长久的治理，唯一的手段就是兴兵征讨”。历史就在一种诡异的循环中停滞，阿来称之为“藏民族上千年梦魇般的历史因循”。行文至此，阿来感到深深的疲倦，读者感到无助的绝望：历史难道不像牲畜那样，自己会长大强壮吗？文化难道不像麦子一样，春种秋熟吗？历史的进步在于文化的变迁，而文化的变迁则取决于人群的迁徙。

这使我联想到巴基斯坦西北部的帕坦人，也就是塔利班的主要族群。他们也是居住在这种高山深涧之中，农田甚少，生活主要靠畜牧、打猎以及山林采摘。平时无虞，但一旦有天灾，譬如大雪封山，他们唯一的自救就是外出抢劫。其情况如同历史上每每发生在我国农牧接壤地区的“寇边”。这些人战时全民皆兵，平时为民，全分散在深山大涧的密林之中，所以苏联奈何他们不得，美国也奈何不得。几千年来抢劫一直就是畜牧和游牧民族的一种生活方式和生存之道，是文化对自然的适应，是真正达尔文意义上的文化进化——如果文化可以进化的话。想到这里，突然有些警觉：这样对比合适吗？联系到沿途看到的两地同样的砌墙法，这难道是一种巧合？

文化的变迁相对容易，而历史的因循却难以突破。2011年7月3日广州女孩魏茵在康区孤身旅游时，于甘孜州乡城县白依乡尼格村的玛依河畔遇害，凶手乃四川甘孜得荣县人氏白某，无业游民，黑摩的司机。网上有文《魏茵被害与“夹坝”之风》，明确将魏茵之死与古代此间的夹坝之风联系在一

大石块主砌、小石块填缝的砌墙方式非常独特，2000 年前在巴基斯坦的塔克西拉流行（上），而今天居然在康区也很流行（下），是巧合吗？

起。虽说这种联系显得历史成见多于事实分析，但瓜田纳履，历史习俗终究脱不了干系。

我们上午 9 点半从成都出发，到我们晚上住宿的拉日玛镇全程 700 来公里，但到晚上 9 点半时，开车 12 个小时之后，还有 60 公里的路程，而且我们车的右前轮此时爆胎无法前行。在我们前面的李永宪教授车行至无信号地区，电话打不通，也已不知去向。本拟我们自己换轮胎，但没有千斤顶，无奈。甲央尼玛说他回去 3 公里的地方有修筑道新公路（道孚—新龙）的建筑队，到那里寻求帮助，我则留下来看车。我坐在车上听着雨滴落在车顶上面，敲击出叮叮当当的声音，唱和着鲜水河哗哗的流淌声。夜助雨势，夜间大山沟里黑得像用墨染过，根本分不清哪里是路，哪里是河，哪里又是悬崖！筑路队要是距我们 30 公里怎么办？《瞻对》中阿来在看不见光明的历史长夜里的无助、茫然与急切，突然之间，感同身受！

半个小时之后，尼玛带着修理人员回来了，凑巧的是李教授也同时折返回来。有着丰富野外生活经验的李教授看我们没跟上，电话也打不通，就知道发生了意外，当机立断折返回来。很快，轮胎换好，我们又继续赶路了。赶到我们当晚要驻扎的拉日玛镇已经是晚上 11 点多了。

幸亏李教授跟拉日玛镇宣传部打过招呼，人家一直等着我们，还让镇上的一家饭馆也等着我们。在这样一个寒冷的雨夜中遇到这样热情的接待，还有热气腾腾的乡间腊味饭菜，心里有一种亲切的感动。我真想拥抱一下这位年轻的女部长——当然，绝不是因为她的年轻和漂亮。

雨中爆胎。有趣的是，这位换轮胎的师傅正是我们要下榻的旅馆的老板娘的丈夫，所以旅店老板娘精准地知道我们将几点到

在这位女部长的安排下，我们当晚下榻在一家民宿酒店，名字叫天堂拉日玛福满藏寨风情民宿酒店。酒店是木结构藏式二层楼，是从原来的吊脚楼演化而来的。一楼是畜圈（现在没有了牲畜，只用作储物）。住房在二楼，只有两间房、七张床，被褥干干净净，房间清清爽爽，房间里各有一台早就打开的电暖风机，还有房东孩子在母亲背上望着我们这些陌生人的怯生生的眼光，让我们感受到不少的温暖与放心。

第二天一早起来发现这真是一个童话小镇。所有的民宅都是木构，错落分布在谷底河边和两边的山坡上，河边一条长长的木栈道将各家联结在一起。清晨沿着这条木栈道，呼吸一下来自山坡森林可直抵肺部的清新空气，领略一下由山里斑斓的秋色与多彩的玛尼石以及涂着喇嘛红的康区建筑组合起来的馈赠给游人的风景。这大概就是拉日玛镇要兜售给游人的产品。

不过拉日玛镇的"产品"仅仅是一小部分，真正的风景在我们昨夜在黑暗中走过的地方。因为要去岩画点，我们还要往回返30公里，在那里盘旋上山。从海拔3300米陡然上升到海拔4400米，从森林走到草原，从秋天走进冬天，从汽车到摩托车再到步行，那就是我们要去的岩画点。这段据介绍是鲜水河沿岸的精华，树木种类多，动植物的多样性使景观呈现出丰盈与斑斓。10月，沿途可见白桦树干的白色和树叶的黄色，有一棵就足以让一个古代东方的布尔乔亚那样伤感天凉好个秋了，试想，成千上万、漫山遍野全是这种雪白与亮黄时，这就不再是自然景观了，而是一件艺术作品，一种 miracle（神迹、奇迹），一种神启了。没有伤感，只有惊愕和震撼。

河边一条长长的木栈道将各家联结在一起。所有的民宅都是木构，院墙石构，接地气，通森林

这里地质上山高涧深，植被垂直分布。越野车在这样一座高山上运动时，你能感到的不只是空间上的运动，还有时间和季节的经历与变化，你能感觉到历史的行进。就是循着这条历史隧道，我们来到了岩画前。

准确地说，岩画只有一幅，因为所有的图像只绘在一块岩石表面上。这块岩石表面有 27 米长，平均宽度在 8～10 米，上面用敲凿法制作的单体图像有 200 多个。画朝向南偏西 210 度，这里的海拔 4300 米。岩画风格一如青铜时代我国北方草原岩画，主要以牛、鹿、羊、狗等动物图像为主，中间再穿插一些骑行、狩猎、争斗、放牧等人物活动场景。如此巨幅的石面、如此众多的图像，加上如此连绵的秋雨，我们无法在一两天时

漫山遍野全是白桦黄叶时，就不再是风景了，而是神启

从森林走到草原

从秋走到冬

间内完成对该岩画的著录。雨中我们还无法拓摹，甚至连无人机都飞不起来！我们只能拍些照片，观察岩画图像的制作技术、图像风格、形象组合、画面构成、表现场景等。突然发现一幅表现多位人物形象的场景，有人拿着盾，有人拿着弓箭，还有人拿着一些叫不上名字的武器，围在一起，似乎组成一幅叙事场景。是夹坝吗？青铜时代的抢劫场面？如果夹坝是一种生活方式，那么在岩画中加以表现就可以理解了。无论是否为夹坝场面，都可以视作崖面上的人文景色，这也是拉日玛岩画点（该岩画点不是这个名字，但为了保护岩画，对该地点暂时保密）与众不同的特色之处。

还有一个值得注意的是岩面的生成，这是一个容易被忽略的问题。拉日玛岩画点更为特殊之处不在岩画，而在于刻凿岩画图像的岩石表面。这是一块巨大的片麻岩的地表露头，岩石表面虽呈波浪状起伏不平，但非常光滑，且上面分布有水平横线条痕。仔细分辨之后，发现居然是冰川擦痕！这是一块鲸背石！鲸背石又称羊背岩或羊背石，因岩石的形状酷似鲸鱼背或羊背而得名，是典型的冰川侵蚀地貌景观。当冰川向前向下运动时，对所过之处的基岩产生缓慢而持久的磨蚀作用。当遇到岩性较硬的基岩时，冰川受阻而发生超覆且对迎冰面的基岩产生压蚀磨光作用，对背冰面产生拔蚀磨光作用。当冰川后退，显露出来的基岩形状就像匍匐在谷地中的羊群，长轴方向和冰川运动方向一致。鲸背石的上游面光滑浑圆，下游面陡斜而粗糙且往往伴有新月形拔蚀（不是错别字，是地质术语哦！）裂口。由于冰川在对基岩磨光侵蚀过程中或许夹有硬度比较大的

拉日玛岩画全景

拉日玛岩画中的狩猎场景

拉日玛岩画中的争斗（夹坝？）场景

冰碛砾石，可在鲸背石面上形成一道道头大尾小的冰川擦痕。鲸背石及其擦痕是判定是否有古冰川作用以及古冰川作用规模的典型证据之一。

难怪最初看到这块带有岩画的岩石岩面时，总觉得有一种熟悉感，此时才知道，原来与意大利阿尔卑斯山脚下梵尔卡莫诺山谷的岩画极为相似，因为那里的岩画大多也是刻凿在冰川运动摩擦光滑的鲸背石上。梵尔卡莫诺山谷的冰川擦痕不是在鲸背石上，而是在山崖崖壁上，规模宏大。拉日玛这种鲸背石在康区均有发现，如阿坝州达古冰川以及甘孜九龙县猎塔湖沟和长海子两地的鲸背石，它们被认为是第四纪以来延续至今的冰川遗迹："这些鲸背岩群是第四纪古冰川奇观，在南北极冰川退化后比较常见，但在内陆山地冰川地区罕见。这一重大发

鲸背石表面的冰川擦痕

意大利阿尔卑斯山脚下梵尔卡莫诺山谷有第四纪冰川擦痕的岩面上的岩画

现，丰富了达古冰川景观系统的内容，对于研究和揭示冰川运动规律，提供了最直接的科学依据。”不过康区的冰川遗迹有人认为不是第四纪的，而是更为古老的。

今天值得我们关注和记住的是拉日玛这块刻有青铜时代岩画的鲸背石，是汇集了“第四纪古冰川奇观”和“青铜时代人文景色”的一块奇石，融自然与人文奇迹于一体，弥足珍贵！

福建永泰访古

2018 年 4 月 13 日至 14 日，受永泰县政协张培奋副主席和中国文物学会世界遗产研究委员会张义生副会长的邀请，与北京大学孙华教授、中央民族大学张亚莎教授、福州大学李建军教授、中央民族大学文博系佟珊老师等一行，考察永泰县的岩画和庄寨文化。

4 月正是三角梅开放的季节，福州到处是跳跃的红色，印象很热烈，感觉很撩人

第一天要去的地方是永泰县同安镇芹草村。芹草是一种野生草本植物，据说可以入药。这个村以种植芹草为业，故名。该村所在的山脉称千柱峰，重峦叠嶂。其中有一条沟，名为百漈沟。沟内怪石嶙峋，溪流成瀑，加上草木蓊郁，被辟为风景区。在沟内被称为寨顶的地方，最近发现很多类似岩画的图案，当地村民称之为“寨顶上的天书”。不过有人建议用“芹草岩画”称之，雅致且更有书卷气。

据初步统计，“芹草岩画”计有方框状、圆形、涡纹、三角形等共 1000 多个图像，尺寸一般在 10～20 厘米之间，分布在面积约为 1000 平方米的崖壁之上。岩壁上均为几何图案，有方有圆，很多不规则，有些为单线，有些为重线。有些甚至看上去像人面像，有些甚至像对称的人眼，望之如黄帝重瞳。面对这种极为具象的图案，你若说它不是岩画，简直有失一个岩画学家的天良！

百漈沟风景区与石柱

菱形图案　方形图案　椭圆形图案

圆形图案　眼睛状图案　犹如长在石壁上的一双双眼睛

“芦草岩画”

但是，这的确不是岩画！！这是一种地地道道的地质现象和地质结构。在岩石（火成岩居多）构造过程中，有时会混杂进来其他质地的包含物，这种包含物在应力的作用下多呈现为圆形、椭圆形，有时也会被拉伸为雪茄状。从岩石学角度看，包含物与岩体基质并无明显区别。但当这些内含物由于地壳运动使其岩层截断时，会呈现出截面为圆形、方形、三角形等图案结构。围绕包含物与基质的连接面，常会形成富铁矿物，这种矿物能够加速所在部位的侵蚀过程，其结果就是沿着内含物截面的轮廓边缘会形成一圈明显的沟槽。由于连接面位于沟槽底部，在侵蚀作用下基本不可见，故其痕迹颇类古代岩刻画。不过，这些岩石痕迹既非人力所为，也未经人为干预，仅为纯粹的自然现象，是成岩因素与风化过程先后作用下的结果。譬如澳大利亚维多利亚州境内的洛克山，该山属澳大利亚阿尔卑斯山脉（Australian Alps），其峰顶处有一块圆锥形岩体，表面分布有大量形状各异的岩石痕迹。其中大部分为环状图像，直径最大可至厘米，同时也有如同心圆环、中心杯状穴圆环以及由圆环与椭圆环构成的组合图像。这些圆环通常形状匀称，其沟槽宽度、深度及截面形状等特征与澳洲古代岩刻画传统十分相似。

我们对图案进行了显微观察，其沟槽宽窄、深浅均不一致，在 20 倍的放大镜下，观察不到任何工具的打凿或刻痕。最后我们认定，所谓的"芹草岩画"实际上并非人为，而是被称为外来石或虏获岩的地质现象。这些虏获岩说明作为火山岩的千柱峰在成岩过程中所遭遇的异质物体。不过最终，在时间的见证下，虏获变成了拥抱，异质融合成一体。

千柱峰是构造山，所以岩壁断面的虏获岩多呈现为圆形、椭圆形、方形等单线或重线图案。最终的结论就是所谓的"芹草岩画"，实际上与岩画没有任何关系。如果一定要有关系，可以认为这是看上去最像岩画的地质现象。虽然不是岩画，但作为一种独特的地质景观，足资驻足观赏，而且其体量之大、分布之密集、图案生动望之如画，亦弥足珍贵。

澳大利亚维多利亚州境内的洛克山、塔斯马尼亚等地在自然因素作用下形成的岩石图案

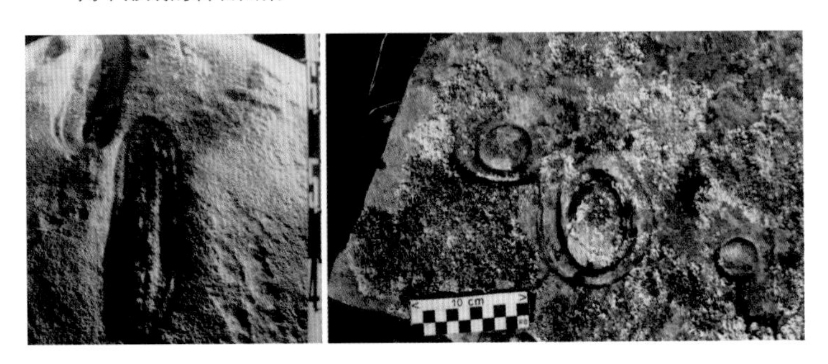

澳大利亚阿尔卑斯山脉的虏获岩图案

关于福建永泰县芹草村千柱峰“岩画”的鉴定意见

2018年4月13至14日，受福建永泰县领导和中国文物学会世界遗产研究委员会的邀请，河北师范大学国际岩画断代研究中心主任汤惠生教授、中央民族大学岩画研究中心主任张亚莎教授、社会学及民族学学院教员佟珊博士、北京大学考古文博学院孙华教授一行对福建永泰县同安镇芹草村千柱峰新发现的疑似“岩画”进行了实地考察，形成如下意见：

1. 所谓“岩画”（rock art）指史前或古代人类在岩石表面制作的各类图形，而千柱峰的这些几何图案则是一种被称为“外来石”或“捕获岩”（xenolith）的地质现象。也就是说，在火成岩局部岩相结构中，有时会残留一些成岩阶段捕获的包含物，多数为圆形，有时也会被拉伸为雪茄状，

1

撒哈拉沙漠中的虏获岩图案　　千柱峰“岩画”鉴定书

第二天，也就是4月14日，我们参观闽中山区最富特色的民居——庄寨。福建土楼是大家耳熟能详的特色民居，其实福建的庄寨，无论从规模、技术、功能、特色等方面来看，都是可以与土楼等量齐观的。

建筑学家们说，所谓庄寨是从闽东古厝宅衍变发展而来。在闽南语里，厝即房子。庄寨与大厝有很多共同的建筑特点，主要包括中轴对称的合院形制、以正厅为核心的单中心布局模式以及典型的穿斗梁架结构等。从平面看，四周是闭合的高墙，下部为石砌，上部夯筑，这是庄寨的防御设施。紧挨着墙内的是廊或房，墙角有的有角楼，也叫铳楼。中间是三进院，是居住和活动中心。整个庄寨平面呈“回”字形。

庄寨俯瞰图（张培奋拍摄）

四周靠墙的走廊和房间

中心的天井是举行祭祀以及婚丧嫁娶等重大活动的地方，显眼的地方都悬挂着楹联和匾额，上面的题字和文字不仅是中国传统“耕读之家”中“读”的体现，也是时代风尚和意识形态的体现。窗楣上面刻以篆字：静以修身，俭以养德。这是出自诸葛亮的《诫子书》。窗棂上也有文字：礼门悬规。对面的篆字为：入则笃行，出则友贤。这是从《论语》中化来的：弟子入则孝，出则悌。窗棂上的文字为：义路植矩。所有题字都有典。《后汉书·李固传》：“夫义路闭则利门开，利门开则义路闭也。”《文心雕龙·启奏第二十三》有“若能辟礼门以悬规，标义路以植矩”句。后世则用“悬规”“植矩”作为座右铭，警示人们要本分规矩，不可逾礼犯义。

静以修身，俭以养德（左）；入则笃行，出则友贤（右）

重门洞开，其直如矢（鄢朝晖拍摄）

窗棂

重门洞开，这是景色，但更是思想，是比喻“德”之正直也。清代朝鲜实学思想家朴趾源在记录中国的建筑时说：“正中一间为出入之门，必前后直对。屋三重四重，则门为六重八重，洞开则自内室门至外室门一望贯通，其直如矢。所谓洞开重门，我心如此者，以喻其正直也。”

无论是雕栏玉砌还是镂金错彩，都是有故事、有寓意的。借物寓意，这是中国古建的特色之一。上图中的这扇窗棂中间是如意盘长，象征长寿（看着眼熟是吗？中国联通的标志就是对这个图案的袭用）。下面是一只鳌，即独占鳌头之谓。看见没，满满的套路！

汉魏时期的釉陶明器——坞堡

“中国有着悠久的历史”，对这句话的实时运用就是对于任何事物都可以在时间长河中找到遥远的历史源头。永泰庄寨文化历史源头应该可以追溯到西汉王莽时期。上图中是甘肃武威雷台出土的釉陶明器——坞堡，其中心有望楼，四隅碉楼间架栈道相通。考古出土的汉代陶屋，也称坞堡或坞壁，即庄园陶模。这是一种民间防卫性的建筑，大约形成于王莽天凤年间。当时北方大饥，社会动荡不安。富豪之家为求自保，纷纷构筑坞堡营壁。汉代豪强聚族而居，故此类建筑之外观颇似城堡。四周常环以深沟高墙，内部房屋毗连，四隅与中央另建塔台高楼。后世坞堡驻有大批部曲和家兵，“纠合宗族乡党，屯聚堡坞，据险自守，以避戎狄寇盗之难”（陈寅恪语）。

汉代坞堡之于永泰的庄寨来说仿佛是蓝图。从现在出土的汉代的陶质庄园模型，我们可以看到永泰庄寨的根脉所在。从这漫长的时间两端我们可以看到二者之间的维系并非仅仅是形制和功能上的相似，更多的是通过设计理念和建筑象征方面所看到的意识形态和思想观念上的重合。

这么一个具有强大防御功能的凶险庄寨，却用“爱荆庄”这么一个浪漫的名字来命名，实在是出人意料。不过出人意料的不仅于此，还在于蕴含着浓郁理学思想和儒家传统的实体却冠以一个经典的西方名称，意料之外，更是一个惊喜。中国人羞于说爱，耻于说爱，表白爱意更是一件很肉麻的事。谦逊的儒家一直是拙荆，而断断不敢“抛狗粮”、秀恩爱、说爱荆。然而修建于道光年间（1832）的爱荆庄，不但要大声说出对妻子的爱，而且要建个庄园作为见证！这份爱堪比 18 世纪莫卧儿帝国的沙贾汗皇帝对其妃子泰姬的爱，爱荆庄堪比泰姬陵！泰姬陵曾感动了整个世界。世界上所有陵寝，包括大到壮丽辉煌的金字塔，小到没有葬具的土坑墓，无一例外是为了宗教信仰而建造，而独独泰姬陵是为了浪漫爱情而建。难怪泰姬陵那些镶嵌着宝石的白色大理石和柔和的阿拉伯线条显得那么纠缠和绵长，这正是泰姬陵在世界上的独一无二之处。爱荆庄的伟大之处也正在于此，这是黑暗的封建男权社会的一条罅隙，投射出男女平等之光芒。亦投射出这束耀眼光芒的我相信是爱荆庄建造者鲍美祚夫妇间的挚爱，这份挚爱可能没有沙贾汗与泰姬那样的惊天动地的传奇，却一定有着海枯石烂的长久。痴男痴女追求的是惊天动地，我却醉心于海枯石烂。我建议那些痴女将你们的痴男带到爱荆庄去，让他们看看，有一种庄寨叫爱妻，或者有一种爱情叫庄寨。

夫妻本是共命鸟，

聚散离合皆前定。
劳燕分飞难称缘，
葑菲之采不是姻。
金风玉露终将逝，
朝朝暮暮方有情。
西边有陵唤泰姬，
东方筑城名爱荆。

爱荆庄

左图右史，岩画百年

——《西北岩画艺术史》序

西北地区自古为边陲之地，戎狄荒服，“怅乔木荒凉，都是残照”！一派春风不度的朔漠连天景象，从来都是与形容词“落后”相搭配的对象。不过岩画是个例外。《水经注》记述的岩画分布地带就在西北地区，20 世纪初美国人弗朗克（A. H. Franke）在西藏与拉达克交界处发现的动物岩画，斯文·赫定（S. Hedin）在藏北发现的动物岩画，以及史密斯（N. Smith）和杜齐（S. Tucci）等人对西藏西部、日喀则、江孜等地岩画的研究，包括中瑞西北科学考察团对西北地区岩画的考察，以及后来盖山林等人对阴山岩画的考察与研究，都奠定了西北岩画研究在全国的领军地位。

宁夏岩画研究院的杨惠玲研究员于 20 世纪 90 年代就开始从事岩画事业和岩画研究了。她的国家社科基金项目成果《西北岩画艺术史》最近将由宁夏人民出版社出版，向我索序，我非常愿意向读者们推荐这本岩画专著。中国岩画研究史上两次时间最早和规模最大的国际研讨会分别于 1991 年和 2001 年在

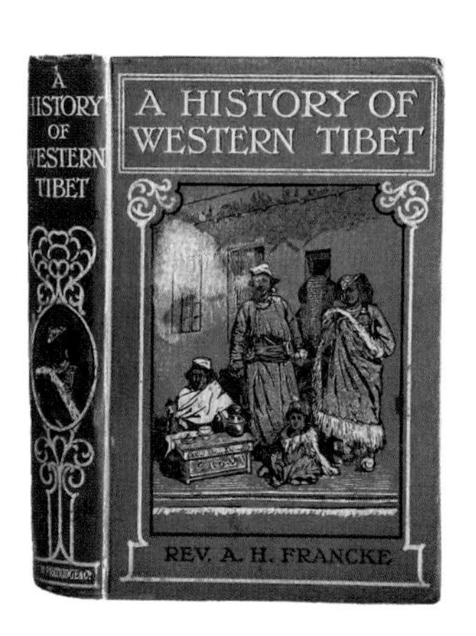

最早提到西藏西部岩画的《西藏西部史》（弗朗克著）

银川召开，并且于 20 世纪就已成立一个在当时是全国唯一的岩画研究院来进行专门的岩画研究，这足以反映宁夏政府对岩画的重视和他们在岩画事业与岩画研究方面的实力。杨惠玲女士可以说是宁夏岩画研究院的元老了，几十年从事岩画事业和岩画研究，十年磨一剑，自然是剑气逼人。

该书没有按照一般的学术史研究那样按照时间的线索进行分门别类的叙述和评说，而是采用不同的结构，再用学术史的眼光去贯穿，有点像考古勘探中的梅花探。岩画不是独立的文化现象，所以该书设计了第二章“西北自然环境及文化发展”、第三章“西北与欧亚草原文化的接触、联系”以及第五章“西北岩画艺术综考”几个章节来进行立体式的分析研究，特别是其中第三章，反映出作者视野的宏阔。

撰写西北岩画首要的问题并非时代测年和内容的解读等，而是思考岩画这种文化表达形式所具有的文化意义和功能。很少有人将岩画在整个欧亚草原地区的考古学文化的语境下进行讨论，更没有人认为岩画是欧亚大陆“青铜时代全球化”的产物。这是对北方草原动物岩画的定性，而这种定性突破了以往仅仅从时代、风格、内容主题以及分布区域方面的界定，是一种追根溯源式的定性。令人不仅知其然，也知其所以然。作者认为从青铜时代晚期以来，来自欧亚草原的文化因素逐渐自西北地区考古学文化中显现，其影响力和扩散范围日趋加大。发展到青铜时代末期，各种动物装饰品也日渐增多。自公元前 9 世纪起，西北地区自西向东陆续进入铁器时代，青铜以及金银制作的动物风格装饰品普遍见诸各区域性的地方文化，其纹饰、造型、题材都与欧亚草原游牧文化中的同类器物极为相似，显示出它们之间的紧密联系，反映出这一时期我国西北地区与欧亚草原地区之间文化互动频繁，已跨越了较大的空间，表现出交流与互动所带来的兼容性。这就是所谓欧亚大陆“青铜时代全球化”的表象，岩画也正是这种表象之一。这种认识的意义在于回答了岩画的出现、分布、时代、族群以及文化属性等问题，而将这些问题放置在一个相互关联、有序的有机系统之内来论述，其说服力是不言而喻的。

根据认知考古学领袖伊恩·霍德尔（I. Hodder）的理论，作者认为西北地区的族群借用了来自西部草原地区的图像类型，通过有意识地创建地区身份标识，使之与南方的“华夏族”明显区别开来，以对抗来自南方施加的政治压力。正是这种身份确立的需要激发了岩画制作高潮的出现，这些带有域外特征的图像类型可谓既是交流的产物，又是地区属性的视觉见证物。

北方草原青铜时代岩画中的老虎形象

鄂尔多斯出土青铜牌饰中的老虎形象

这似乎是一种“夷夏之辨”的岩画声音。苏秉琦先生的区系类型和“满天星斗说”被认为是打破了历史考古学界根深蒂固的古中原中心、汉族中心、王朝中心的传统观念，从而受到追捧。任何理论都可以追捧和运用，只要能指导我们解决研究中的诸问题。“夷夏之辨”也可继承，岩画研究强调“夷夏之辨”，与考古学打破中原中心论一样重要。因为在考古学中黄河流域的仰韶文化的内涵与特征已经很清晰了，它与长江流域、塞外草原地区、江南稻作地区等地的考古学文化共同构成了中国境内的史前文明，各地的文化已被清晰区分开来，所以再用“合”的眼光将其统在一起，是研究阶段和研究趋势所需。岩画则不同，虽有区系，但关系不明，有些类型和区域甚至尚未被清晰分开，即便是从初级理论的角度被区分开，但如同考古学文化那样，其内涵和特征仍不清楚，甚至无法辨析何为夷、何为夏。所以在这种情况下，作者对西北草原动物岩画的定性，就显得意义重大了：整个西北草原地区游牧岩画既然是欧亚大陆“青铜时代全球化”的结果，是“借用了来自西部草原地区的图像类型，通过有意识地创建地区身份标识，使之与南方的‘华夏族’明显区别开来”，那当属“夷”无疑。这个区分和认知意义重大，这将暗示我们应从哪个方向去寻找“华夏族”的岩画。

从 20 世纪初黄仲琴教授调查福建仙字潭岩画以来，中国岩画的近代研究已经发展 100 多年了，在这一个世纪的发展过程中，岩画的主要发现和初级研究阶段已经完成。目前我国岩画的分区已经相当明确，由最早的南北两个类型，到目前的八个类型或分区。而这些也仅仅是基于制作、题材、时代以及分布区域等外部表象特征所做的分区研究，用过程考古学的术语归纳即基于初级理论的问题，至于文化功能、社会意义、分布特征、传播形式等需要中程理论或高级理论来回答的问题，一概尚未涉及。那么中国岩画研究将如何再上一个台阶呢？其衡量的硬性指标又是什么？

20 世纪 80 年代，全国范围的文物普查初步告一段落之后，学者们腾出手来开始进行方法论和理论方面的思考了。

中国传统的学术研究范式，正如《四库全书总目·经部总叙》所说：“自汉京以后，垂二千年，儒者沿波，学凡六变”，但“要其归宿，则不过汉学、宋学两家，互为胜负”。这两种范式从理论、方法论到学术目的和学术路线等方面均形成对照。从论证的方法特征上来看，“即物以穷理”的汉学多采用

花山岩画代表中国南方岩画，虽然坐落在古代骆越人分布的广西，但其内涵却是传统汉族的雷神信仰

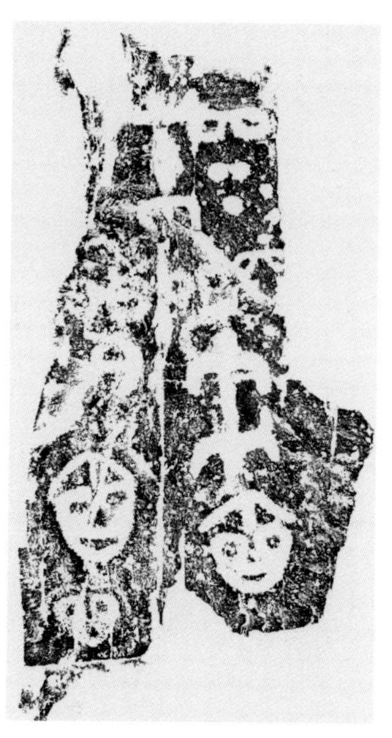

我国最早被研究的福建漳州仙字潭岩画，有人面像和蹲踞式人形，反映的同样是汉族的雷神信仰

归纳法，而“立一理以穷物”的宋学则倚重演绎法。所谓汉学，其发轫可以上溯到西汉末年刘向、刘歆父子倡导的研究古代典籍的方法，侧重于将古代典籍当作历史文献进行研究，注重利用文字的考据、训诂、辑补作为论据来注疏文本。东汉时的马融与郑玄将这个学派发展到巅峰，故又称马郑之学。宋代兴起的宋学是与汉学相对的一种学术概念，邓广铭将其定义为：“作为汉学的对立物而出现的，它乃是汉学所引起的一种反动。”其宗旨在“微言大义”，注重经义阐述的“义理之学”，从而与汉学从理论、方法论到学术目的和学术路线等方面均形

成对照。实际上中国岩画的学术研究，也正是在中国传统的学术语境中展开的。

如果说占主流地位的史料学派研究范式是考古学科成熟的标志的话，那么研究范式的多样性——不得不向邻近学科学习和借鉴——则显示出岩画学年轻或不成熟的特点。不仅中国考古界一直盛行的马克思主义和汉学传统（实证主义）两种研究范式在岩画研究中被普遍加以运用，而且西方的各种考古研究范式也屡屡被借鉴使用。比如“为艺术而艺术”、狩猎巫术、生殖巫术、结构主义、萨满教等一系列各种各样的人类学理论和宏大叙事研究范式不仅在岩画研究中找到了立足之地，甚至一度发展到滥用的地步。相反，汉学的实证传统在岩画研究中不仅不能像在考古学中那样独步武林，甚至有点受排挤的味道。之所以这样，这可能与岩画学科本身的特征有关——归纳法远不如演绎法来得轻松。不过问题立刻出现了，流于空泛和

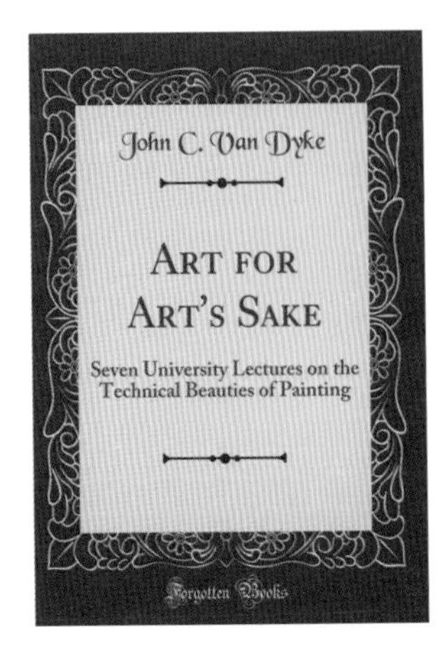

最早的岩画诠释理论：
为艺术而艺术

旧石器时代晚期洞穴岩画中狩猎仪式复原图

欧洲南部旧石器时代晚期洞穴岩画反映涉猎野牛的场景

被认为象征着生殖崇拜的霍赫勒·菲尔斯（Hohle Fels）史前维纳斯雕像于 2008 年在德国斯凯尔克林根附近发现，由猛犸象牙雕刻而成，35000～40000 年前的，属于奥瑞纳人艺术，是迄今为止发现的最古老的人类史前维纳斯雕像

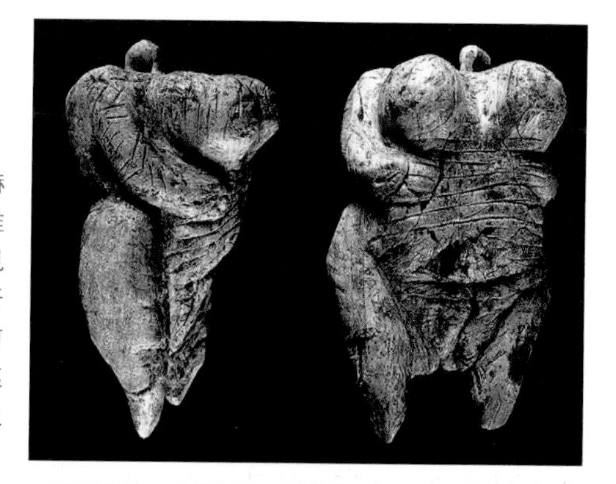

德国发现的 21000～28000 年前的维仑多夫史前维纳斯（Venus of Willendorf）雕像

空疏的岩画研究，很快被考古学拒之门外。一向以学术主流自居的考古学家们甚至鄙夷岩画研究为旁门左道和玄幻虚妄，考古三大杂志一度达成默契：拒绝发表岩画研究文章。

人类学宏大理论与实证主义两种研究范式冲突的现象不仅出现在中国，其实西方岩画界也存在同样的问题，在一些理论的宏大叙事下，岩画研究同样也充斥着不着边际的空疏和主观臆测。岩画研究可以以我们中国学者较为熟悉的阿纳蒂（Emmanuel Anati）和罗伯特·贝德纳里克（Robert G. Bednarik）二位学者为代表。阿纳蒂是20世纪上半叶法国史前学泰斗步日耶的学生，对结构主义大师雷洛伊-古尔汉极为仰慕，他继承了乃师那种微言大义阐释学传统和雕龙风格，其研究范式可以与我国的宋学传统相媲美。他在岩画的释义方面做了非常深入的研究，他对岩画以四种经济形态的区分方法及其带有强烈结构主义色彩的岩画语法理论对我国学者有着很大的影响。我们可以将阿纳蒂教授当作是西方的宋学传统。如果可以列举一个西方汉学传统的代表人物的话，那么这个人当然是澳大利亚的岩画学家贝德纳里克。与20世纪20年代的傅斯年一样，他也倡导用自然科学的标准来研究岩画，认为对岩画的主观随性解释是一种诡辩，甚至要“审判诡辩”。21世纪初，国际岩画组织联合会与比利时 Brepols 出版社合作出版了由澳大利亚岩画学者贝德纳里克主编的一套丛书，已经出版的三本为《岩画与认识论：审判诡辩》（*Rock Art and Epistemology: Courting Sophistication*）、《岩画科学：旧石器时代艺术的科学研究》（*Rock Art Science: The Scientific Study of Palaeoart*）、《多语言岩画研究

阿纳蒂教授是意大利卡波迪蓬特史前艺术研究中心的创始人和执行主任、意大利莱切大学古人类学教授（已退休），也是岩画研究理论中语法论和结构主义的代表学者

贝德纳里克教授是世界岩画组织联合会召集人、《岩画研究》主编、河北师范大学历史文化学院讲座教授，也是岩画科学流派的创始人

贝德纳里克等人编写的《旧石器时代艺术和物质性：岩画的科学研究》是记述岩画科学研究范式的代表性著作

贝德纳里克撰写的《岩画科学：旧石器时代艺术的科学研究》是记述岩画科学研究范式的经典著作

术语表》(*Glossary of Rock Art Research: A Multilingual Dictionary*)。这三本书首次在国际上对岩画学科进行了全方位的定义和规范。与阿纳蒂相反，贝德纳里克旗帜鲜明地反对对岩画过度解释(over-interpretation 或 sophistication)，而倡导“科学的岩画研究”，强调研究中的“可验证性”和“证伪性”(testable and refutable)，要根据因果关系进行推理(in terms of cause and effect reasoning)，主张法医式(forensic)的研究范式，甚至提出使用“岩画科学”(the science of rock art)一词来代替“岩画艺术”(rock art)一词。用他的话来说，采用“国际的研究标准、全球性的岩画术语、适于操作的学术规范与体系、科学的研究方法与手段”来建立岩画研究的规范。不过其规范的目的不是要限制学者们的研究，而是要确立学科的内涵和外延，以便学者对特定对象进行专门的研究。我们对研究范式的建立，也正是对学科内涵和外延进行确立的方式之一。

由于岩画大抵属于史前文化遗迹，无法运用基于文字进行比较的二重证据法，所以到了20世纪90年代，岩画研究中便有人提出了基于文化人类学资料的“三重证据法”。不过就其研究范式而言，三重证据法（考古材料–文献–人类学）并不是对传统二重证据法（考古材料–文献）的补充和扩展，而是反动。因为二重证据法只是一种证，而不是方法，如果从方法论上去考虑的话，至多是一种比较法。如若将二重证据作为一种方法论来提倡的话，可能弊大于利，违反了科学研究的方法，证就成为研究之目的了，同时无形中降低了学科的研究意义和宗旨。但在三重证据法中，不再仅仅是简单的比较了，科学的方法论被引进，三重证据法的研究范式则是建立在过程主义考古学理论上的产物，即把动态的民族学人类行为应用到静态的文献学材料中。这种实证便不再是简单的民族学材料类比，而是提出原理性的认识，亦即假说–验证。

从二重证据法到三重证据法，远远不是一个量的发展或者说是进步。所谓实证是在我们的经验范围内和现有的知识结构中加以证实，而当我们的经验范围和现有的知识结构无法判断时，才会诉诸二重、三重乃至多重证据。无论从认识论或方法论的角度来讲，一重与 N 重之间其实并无质的区别，仅仅是一种量变。所以无论二重证据还是三重证据本身，都不具有新的理论和方法论意义，有意义的只是延展了我们用于实证的经验范畴和现有的知识结构。但一旦作为“法”出现时，二者之间便有了根本性的区别：前者成为桎梏限制学科的发展并抹杀了研究的科学性；后者则由于新方法的介入成为中程理论，从而向科学性更近了一步。所以对于采用多重证据法来延展我们的经验范围和现有知识结构的理论表述，应该是中程理论，正如它的发明者美国社会学家弥尔顿（Robert K. Merton）所定义的：“主要用于指导基于经验范畴的探寻。”

中程理论（middle-range theory），顾名思义，即为一种能把考古材料与过去的人类行为之间的缺失弥合起来，或能把经验观察与抽象和无法验证的高级理论串联在一起的方法指导。20世纪下半叶以来，自从宾福德将社会学的中程理论引入考古学之后，中程理论便很快成为新考古学的核心理论之一，以至于有些教科书认为应该让中程理论在20世纪末的考古学研究中扮演主角。之所以这样，正是因为中程理论是在实证主义的理论基础上发展起来的，似乎是对实证主义的补充和发展，“新考古学与实证主义是一致的。新考古学试图进行归纳，它采用假设–验证模式，它的整体设计就如孔德所说，是引领考古学沿着一条与自然科学相似的发展之路成为一门成熟的、严谨的、自我批评的学科”。用宾福德的话来说：“我的目的是研究现代环境中的静态和动态之间的关系。如果了解了大量的细节，它会给我们提供一块罗塞塔石碑（Rosetta Stone）：将发现于考古遗址的静态的石器‘翻译’成留在那儿的人们的生机勃勃的生活。”其动静关系亦可理解为材料是直观的，而中程理论则需论述。民族考古学（Ethnoarchaeology）、埋藏学（Taphonomy）和实验考古学（Experimental Archaeology）是中程理论的三块基石。民族考古学指的是那些可以用于解释考古遗存的民族学材料；埋藏学指的是考古学材料及其出土层位（provenance）、情景（context）与联系（association）；实验考古学则指各种实验室的技术分析与数据。这里我们可以看到中程理论的这三块基石事实上已经涵盖了我们上面所涉及的“二重”“三重”，以及以后可能出现的“N 重”。

实证主义与以实物资料为研究对象的考古学之间有着一种亲缘关系，作为考古学分支的岩画研究，同样也非常倚重和青睐实证主义。我们通过南非岩画的实例，来看看学者们是如何运用中程理论来进行实证主义研究的。南非的岩画研究近年来取得了令人瞩目的成就，其中最为著名的是詹姆斯·大卫·刘易斯–威廉姆斯（James David Lewis-Williams）对研究南非布须曼桑人（San）岩画的研究。南非的布须曼桑人至今仍保持着在崖壁上制作岩画的传统，刘易斯－威廉姆斯在深入调查和研究布须曼桑人的宗教、仪轨，包括萨满的作画仪式后，结合神经心理学（Neuropsychology）的科学实验数据与结果，对布须曼桑人的岩画进行了全面深入的分析和研究。其研究成果在岩画界、考古界、人类学界、宗教学界、艺术研究领域以及神经学界，都引起了强烈的反响，被认为是 20 世纪岩画研究中革命性的新范式。刘易斯－威廉姆斯的研究中有三个特点值得我们关注：

第一，材料的直接性，亦即民族考古学。由于布须曼桑人至今仍在岩壁上作画，所以通过对作画仪式和行为的系统调查，可以获得关于岩画制作的过程、技术、含义、象征、原因以及功能等方面最为直接的第一手材料。

第二，数据的科学性，即实验考古学。运用神经心理学的实验数据和结果，可以对如迷狂（trance）、通神等萨满巫师的仪轨和心理活动及其作为物质形态的画面图像等进行量化描述和科学解释。

第三，理论的系统性。用中程理论将岩画（考古资料）和萨满教（高级理论）桥接起来，将这些第一手材料和数据纳入一个完备和系统的理论中。也就是在萨满教的理论体系中进行逻辑整合与系统阐述，在整个布须曼桑人文化和宗教的语境中加以研究，从而使岩画研究具有了更多的理论支撑和更为广泛的文化意义。

刘易斯－威廉姆斯运用中程理论的实证研究不仅一洗 19

世纪末以来岩画研究中各种形而上阐释理论的空疏和不可证伪性，同时避免了实证主义者之于岩画研究的无助与无奈。在这种研究范式下，刘易斯－威廉姆斯不仅为布须曼桑人绘制出一幅鲜活的历史画卷，同时也将岩画研究提升到一个前所未有的崭新阶段，被认为是发现解读布须曼桑人岩画罗塞塔石碑的学者。

虽然很多人认为岩画是一门独立的学科，但毋庸置疑，岩画研究还严重依附于考古学、人类学、民族学、艺术史等学科，特别是在我国。所以考古学的发展实际上已经为中国岩画学的发展指明了方向，考古学已经从原来基于地层学和类型学的人文研究朝着多学科综合研究的方向发展。摆脱艺术，走出人文，在多学科结合的道路上朝着科学前进，不仅是考古学研究发展的方向，也是岩画研究前行的方向。让我们为之努力，加油！

刘易斯－威廉姆斯是南非考古学家，也是威特沃特斯兰德大学认知考古学的名誉教授。他运用民族学、萨满教和神经心理学对南非布须曼桑人岩画艺术的研究，开创了 20 世纪岩画研究的新范式

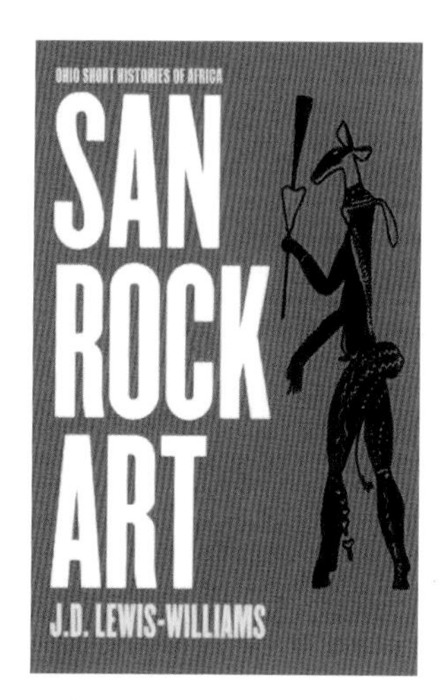

南非布须曼桑人岩画是刘易斯-威廉姆斯毕生经营和研究的对象

《解读古代心灵：布须曼桑人岩画的秘密》是刘易斯-威廉姆斯赖以成名的著作之一

记印度岩画学家库玛尔教授

2021年2月5日，正值鼠年结束牛年开启的转乘交接之际，崇拜牛的国度传来好消息：库玛尔教授（Prof. Giriraj Kumar）被印度中央邦政府提名获得印度考古界最高奖项瓦坎卡尔博士国家奖（Dr. V. S. Wakankar National Award）。

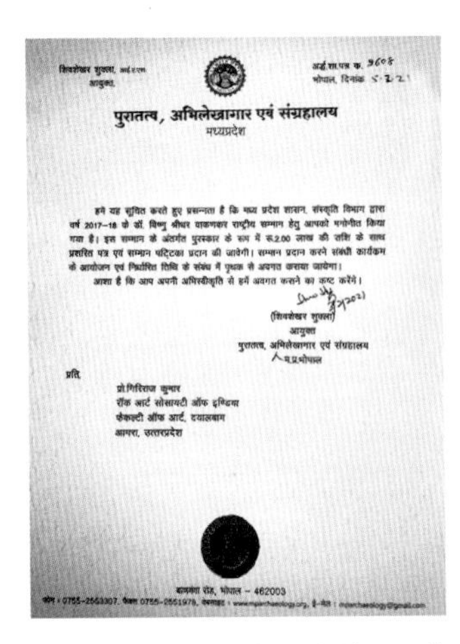

शिवशेखर शुक्ला, आई.ए.एस.
आयुक्त

अर्द्ध.शा.पत्र क्र. 9608
भोपाल, दिनांक 5.2.21

पुरातत्व, अभिलेखागार एवं संग्रहालय
मध्यप्रदेश

हमें यह सूचित करते हुए प्रसन्नता है कि मध्य प्रदेश शासन, संस्कृति विभाग द्वारा वर्ष 2017–18 के डॉ. विष्णु श्रीधर वाकणकर राष्ट्रीय सम्मान हेतु आपको मनोनीत किया गया है। इस सम्मान के अंतर्गत पुरस्कार के रूप में रू.2.00 लाख की राशि के साथ प्रशस्ति पत्र एवं सम्मान पट्टिका प्रदान की जावेगी। सम्मान प्रदान करने संबंधी कार्यक्रम के आयोजन एवं निर्धारित तिथि के संबंध में पृथक से अवगत कराया जायेगा।

आशा है कि आप अपनी अभिस्वीकृति से हमें अवगत कराने का कष्ट करेंगे।

(शिवशेखर शुक्ला)
आयुक्त
पुरातत्व, अभिलेखागार एवं संग्रहालय
म.प्र.भोपाल

प्रति,
प्रो.गिरिराज कुमार
रॉक आर्ट सोसायटी ऑफ इण्डिया
फैकल्टी ऑफ आर्ट, दयालबाग
आगरा, उत्तरप्रदेश

बाणगंगा रोड, भोपाल – 462003

库玛尔获奖的通知书，由印地语写成

印度的岩画研究之父毗湿奴·什里达尔·瓦坎卡尔教授

毗湿奴·什里达尔·瓦坎卡尔(Vishnu Shridhar Wakankar，1919—1988）是一位印度考古学家。他于 1957 年发现了毗摩婆伽洞穴岩画（Bhimbetka rock caves)，并毕生对其进行了研究。正是因为瓦坎卡尔在对毗摩婆伽洞穴岩画的保护、宣传和研究所做出的杰出贡献，2003 年联合国教科文组织将毗摩婆伽洞穴岩画列入世界遗产名录。

瓦坎卡尔博士去世以后，毗摩婆伽洞穴岩画所在的中央邦政府以瓦坎卡尔博士的名义设立了印度学领域杰出学者国家奖(the national award for eminent scholar in the field of Indology)。以卢比作为现金奖励，根据往年的惯例，该奖金金额为 10 万 ~20 万卢比。

库玛尔获得该奖项提名后，首先向罗伯特和我致函报喜："亲爱的罗伯特和汤：我很高兴地通知你们，我已被中央邦政府提名为 2017—2018 年度著名的瓦坎卡尔博士国家奖。领奖日期和时间将很快通知。通知（印地语）附后。向你们二位问好！吉利拉杰。"欣喜之情，跃然纸上。

Re:Re: Dr V. S. Wakankar award

Giriraj Kumar 2月05日
发给 Bednarik,我

Dear Robert and Tang,
I am glad to inform you that I have been nominated for the prestigious Dr V. S. Wakankar National Award 2017-18 by Government of Madhya Pradesh. The date and time to get the award will be informed shortly. The letter (in Hindi) attached.
Regards.
Giriraj

库玛尔得知获奖后写给罗伯特和我的报喜邮件

跟弥勒佛一样的库玛尔

库玛尔教授是中国岩画界的老朋友，大家对这位和蔼可亲、笑口常开的印度岩画学家并不陌生。他那永远挂在脸上的标志性的笑容，让中国岩画学者怀疑他与弥勒佛是一家子。

库玛尔 1984 年毕业于乌贾因（Ujjain）的维克拉姆大学（Vikram University），获考古学博士学位，博士论文是《印度西北马尔瓦的史前和原史考古》（“Archaeology of Northwestern Malwa: Prehistory and Protohistory”）。1980 年至 1985 年，库玛尔在乌贾因维克拉姆大学考古博物馆当管理员。从 1985 年至今，库玛尔为阿格拉市达伊巴格教育学院文学院（Dayalbagh Educational Institute，Agra）印度文化教授。这个学院毫无名气，但学院的所在地阿格拉却是大名鼎鼎，那里有两个世界著名的景点，一个叫泰姬陵，另一个叫阿格拉红堡。

库玛尔目前的学术任职有：印度岩画协会会长、该协会会刊《古代艺术》的主编。

他对印度岩画最突出的贡献就是对禅贝尔山谷（Chambal Valley）的达拉基–查坦（Daraki-Chattan）地区建立起的旧石器时代晚期岩画的年代序列。禅贝尔山谷的岩画绵延 10 余公里，时间跨度从旧石器时代晚期至历史时期，堪称世界上最长的岩画走廊。

库玛尔的科研成果还包括《查图尔布加纳斯·那拉：印度宏伟的岩石艺术画廊》（*Chaturbhujnath Nala: A Magnificent Rock Art Gallery in India*）、《印度岩画》（*Rock Art of India*）、《岩画艺术：我们的重要遗产》（*Rock Art: Our Important Heritage*）等岩画著作，以及 100 余篇学术文章。

库玛尔的英文著作
《印度岩画》

认识库玛尔是在 2014 年。当时应河南新郑黄帝故里文化研究会和具茨山岩画研究所的邀请，我和澳大利亚的罗伯特教授，准备为具茨山岩画做微腐蚀测年。库玛尔听说这个项目后，立即表示出极大的兴趣，并说他愿自己承担费用来参加这个项目。我征得当时主管这个项目的新郑市副市长刘五一的同意后，就把罗伯特连同库玛尔一同邀请过来，作为联合考察队的成员。我还清晰记得第一天在新郑机场接库玛尔教授的情景，我怕接机的刘伟鹏等人应付不了印度英语，便一同去机场接机。印度人很好辨认，以前没见过面，但一眼就认出库玛尔了。他见到我很高兴，脸上的笑容温暖而和蔼，上来就是一阵寒暄，无非就是彼此心仪已久，就是没见过，今天终于见到了，真是千里有缘来相会，等等。但，这只是我的想象，我们在机场一见面，他对我说了一大堆话，我居然一句都没听懂！我以为我懂印度英语，结果证明我也不懂。我怔怔地看着他，他脸上的笑容依然温暖而和蔼！后来才知道他见我说的第一件事不是对友情的客套，而是抱怨从广州起飞的飞机上没有素食！难怪一入关就到处找，看见一个商店就拉我进去要买冰激凌，原来飞机上没吃饭，他有点低血糖。

从2014年开始到2017年，库玛尔在中国考察岩画一待就是四年。我们这个岩画断代考察队在四年的时间里到过大兴安岭、内蒙古、宁夏、河南、武汉、江苏、广西等地。在大兴安岭做调查时，习惯了印度炎热气候的库玛尔不能容忍大兴安岭的凉爽：即便在盛夏，库玛尔也穿着中国造的丝绵防寒服，加格达奇宣传部的牟海军为此愤愤不平：你多少也得对我们的夏天表示一下尊重嘛！

库玛尔是个素食主义者，对中国的硬菜都不敢伸筷子，特别是牛肉，更是不碰。罗伯特经常调侃他：吃吧，中国牛跟印度牛不一样，不神圣，牛肉太香了！每逢罗伯特调侃他时，他脑袋左右摇晃着，一脸微笑。刚开始我以为这是他无奈的表现，但最后发现这是他心满意足的表达：印度人点头不是摇头是，微笑配以摇头是印度人在表达赞赏和欣赏。

2014年冬天，我在库玛尔教授的邀请下，率众10余人参加了在本地治里（Pondicherry）由印度岩画协会和本地治里大学历史系共同举办的印度岩画协会第19届全体大会。本地治里是印度南部孟加拉湾海滨的一座小城，这座城市一度为中国人非常熟悉，因为李安的电影《少年派的奇幻漂流》就是在这里取景和拍摄的。我们此次行程从新德里到本地治里，在库玛尔的精心安排和亲自导游陪同下，从中部贯穿了印度的南北，一共10

在大兴安岭考察岩画期间，即便是盛夏溽暑，库玛尔也是一身冬装。按照印度的标准，他说中国北方没有夏天

在河南南阳岩画点做微腐蚀分析法测年

天，每人平均花费（包括来回机票）约6000元人民币，与少年派一样，也是一次奇幻旅行。在印度，我们主要使用的交通工具是火车和大巴，走访了一般游客无法到达的禅贝尔山谷的岩画走廊和中央邦著名的毗摩婆伽洞穴岩画，以及本地治里的灵修院等地方。我们到达本地治里是12月初，国内已是寒冬腊月，而本地治里的气温却在30摄氏度左右，孟加拉湾还有人游泳。由于整个行程都是库玛尔设计并导游，所以包括饮食都是地地道道的印度饮食，一路素食，真是一口肉都没吃，因为无处可吃！到达本地治里后几个姑娘实在受不了一路的咖喱味，在大街上吃了一份看上去像中国的面条一样的食物，感动得泪流满面。

有趣的是，在印度岩画协会的第19届全体大会上，当时

在印度岩画协会第19届全体大会开幕式上

我们背后是库玛尔家乡附近山上的一处洞穴。洞穴里有凹穴岩画，库玛尔还在洞穴里进行过考古发掘

库玛尔只是协会的秘书长，会长是阿格拉瓦教授（R. C. Agrawal），由于库玛尔提出了罗伯特等人的“岩画科学”的概念，几乎遭到与会代表们的一致诘问和批判，库玛尔主持会议几乎到了主持不下去的地步。库玛尔在关键时刻以不惜牺牲朋友的方式来解脱自己：他及时地把我推出去，说我能回答他们的问题。其实我的发言并没有涉及这个问题，但印度同仁见我是外国人，也不好严词相逼，只好放我一马，不了了之。

会后，库玛尔答应我第二年也就是2015年的《古代艺术》第25期，争取专门为中国岩画出一期专刊。虽然后来由于组稿的问题未能出版专刊，但2015年《古代艺术》的第25期中的确有好几篇都是与中国岩画相关的文章。按库玛尔的话说，这是一次比较学术和详细介绍中国岩画的开始。

Purakala是印地语古代艺术的意思，同时也是印度岩画协会会刊的名字。印度岩画协会成立于1990年，英文名字为Rock Art Society of India，简称RASI，其会刊《古代艺术》（*Purakala*）也是在这一年创刊。经过25年的发展，虽然《古代艺术》仍是一年一期，但已由最初只有20页的黑白粗糙印刷品，变成了今天100～200页不等的精美彩色期刊。《古代艺术》的刊行在推动印度岩画事业的发展方面、岩画的科学研究方面等，可以说厥功至伟，尤其是在对外宣传印度岩画和对印度介绍国外岩画方面，发挥了独到的作用。2015年第25期的《古代艺术》是有关中国岩画的特刊，其中刊载了7篇关于中国岩画的文章：

1. 汤惠生《中国岩画的直接断代》（“Direct Dating of Rock Art in China”）；

2. 黄雅琪《中国左江岩画的环境和空间关系》（“Environmental and Spatial Context of the Rock Art in Zuojiang River Valley in Guangxi，China”）；

3. 罗伯特·贝德纳里克《中国新疆2015年岩画考察》（“The 2015 Rock Art Expedition in Xinjiang Uygur Autonomous Region，China”）；

4. 中国岩画代表团参加 2014 年印度岩画协会于本地治里召开的第 19 届全体大会的报道 “The Nineteenth Congress of the Rock Art Society of India，Pondicherry，2014”；

5. 罗伯特·贝德纳里克、吉利拉杰·库玛尔、汤惠生在中国河北师范大学国际岩画断代中心成立大会上的讲话“Establishment of the International Centre for Rock Art Dating and Conservation（ICRAD）at Hebei Normal University，China”；

6.《花山岩画提名世界遗产名录》（“Huashan Nominated for World Heritage Listing”）；

7.《原始语言：中国岩画研究学会举办 2015 岩画展览系列活动》（“The Primitive Language—2015’ Chinese Rock Art Exhibition Series Activities by China Rock Art Academy”）（报道）。

种瓜得瓜，种豆得豆。多少年以后，库玛尔教授收获了瓦坎卡尔博士国家大奖，这实际上是印度学术界对他近 40 年来研究印度岩画的认可。得知老友获国家大奖，不恨，但绝对羡慕、嫉妒！专此志之以祝贺。

我的岩画研究与《岩画研究》

多少年以后，当我的《青海岩画》出版时，我还可以清晰地回忆起那个遥远而寒冷的夜晚。

那是 1986 年的正月十四，第二天是元宵节，青海湟中塔尔寺将举行酥油花展和跳法王舞。我于正月十四赶到塔尔寺住在寺旅馆，为了第二天一大早参观酥油花展。有这想法的显然不止我一个人，旅馆爆满。前台说：只剩一间房了，四张床，两个已经有人了，还有两张床，你要不要住？我没有选择的余地，只能住这里了。到房间一看，就四张床，分左右两排摆放着，中间一条窄窄的过道，没桌子，也没凳子。靠里面两张床已被两位藏民占据，他们身上穿的光板皮袄告诉我他们来自草原，我只好选一张靠门口的床。两个藏民不会说汉语，我不会藏语。我微微点头，冲他们笑了笑，算是打招呼，但没有反馈，两个人直愣愣地盯着我。房间里没有火，也没暖气，屋内屋外温度差不多，零下十几摄氏度，非常寒冷。被子味道很呛人，我只好和衣躺在被子里。刚躺下不久，有人推门而入，一个小阿卡带着一位金发外国人进来。小阿卡指着剩下的那张空床对外国人说，就这个，然后转身离去。外国人望着我们用生涩的汉语对我们打招呼：你好！居然是个女的！我疑惑地望着她，两个藏民则恐慌地看着她！看得出来她不会说汉语，于是我用英文问她：你确信你要住这儿吗？她一听惊喜万分：哇，终于有人会说英语了！原来她是澳大利亚人，也是来看明天的花供与法王会。但到得太晚，好多宾馆已经住满人，于是就有人把她带到这里。她不知道这个旅馆的情况，更不知道这间的三张床住的是男性，反正就跟着小阿卡一起来了。她问我她住那张空床我介意吗。我说我不介意，但是那两个草原牧民可能介意，但苦于无法交流，也就当他们不介意了。天气寒冷，又无事可干，我们俩分别坐在各自的床上，披着被子，面对面聊到半夜。聊了什么已经忘了，但一定聊了岩画。第二天一大早我们俩便分手各干各的去了。待下午我回到旅馆，发现她已搬走。她在铺上给我留了个便笺，上面有她的地址。几个月以后，我收到一封来自澳大利亚的邮件，里面是三本英文杂志，就是刚刚创刊的最早的三期《岩画研究》(*Rock Art Research*, 1984—1986)。

青海岩画于1985年开始调查，1986年2月时刚进行完第一年的调查。我那会儿对岩画的认识还非常模糊，也不知道该如何去研究。就整个中国而言，当时有关岩画的专著绝不超过10本，整个中国考古界对岩画都没有足够的认识。所以这三本岩画杂志对我这样一个信息闭塞、刚刚接触岩画的毛头小子来说，无疑雪中送炭，简直是黑暗中的指路明灯！

1988年青海岩画田野调查结束后我写了个调查简报，投给了《考古》杂志，但从此泥牛入海无消息。同年，我将青海岩画调查简报译成英文，增加了研究部分，寄给《岩画研究》。罗伯特很快来信，建议我分成简报和研究两部分分别发表。后来简报发在 1989 年的《岩画研究》上，但研究部分不知投哪里好，罗伯特建议投给加拿大的《岩画季刊》（*Rock Art Quarterly*）。投给《岩画季刊》后，其主编杰克·斯坦柏林（Jack Steinbring）教授很快就给我回复了一封热情洋溢的带有鼓励性质的编辑意见，最终研究部分发表在 1993 年的《岩画季刊》上。上个月在最新一期的《岩画季刊》上得知斯坦柏林教授已于 2019 年 11 月去世，岁月之凶险，令人唏嘘！我将罗伯特为斯坦柏林教授撰写的小传转发于此，借以表达我对这位杰出的加拿大岩画学家的衷心哀悼。

JOHN 'JACK' HENRY STEINBRING (1929–2019)

The discipline of rock art research has lost one of its finest scholars, Professor Jack Steinbring.

Jack was born on 1 July 1929 in Oshkosh, Wisconsin, as the son of Arthur and Lillian (Koller) Steinbring. He passed away on 19 November 2019 in his home in Ripon, just 35 km as the crow flies from the place where he had begun his extraordinary journey ninety years earlier. That journey has led him to many far-away places in various continents, in a life dedicated, first, to geography, then archaeology and increasingly to rock art. He shared that life with his wife Sandra (née Sund) for more than 61 years, and she passed away just weeks before Jack, on 1 September 2019. The two had been married since 14 June 1958 and had six children. Five of them survive their parents.

Jack served in the Medical Services Corps of the US Army as a First Lieutenant from 1950 to 1962. He was an expert marksman in every class of firearm and considered joining intelligence, but decided against that because it would have meant having to remain unmarried. After military service and by now married, he continued his education in geography, drifting towards 'monuments' and thus finding himself in archaeology and anthropology. Jack obtained his PhD from the University in Minnesota in 1975, with his two-volume thesis on physical archeology.

From 1 September 1963 to 1 January 1990, Jack and his growing family lived in Canada, where he worked as an archaeologist at the University of Winnipeg for many years. It was during this period that he established his reputation as a leading authority on North American rock art, the subject he increasingly embraced as his main area of interest. He wrote several books on Manitoba rock art along the Winnipeg River and the geoglyphs of central Canada. He also conducted a great deal of anthropological and ethnographic work in Canada, in which his proficiency in the Ojibwa and Cree languages was undoubtedly an advantage. On his many expeditions into remote parts of Canada, he took with him Sandra as his field assistant, flying in and out by small aeroplanes, travelling with a canoe and living in a tent.

Jack's anthropological work in northern Manitoba focused on understanding the interconnections of families in the Native Reserves and their inherited culture. The steadily growing outside influence on them by the new medium of television attracted his particular interest. His children often found themselves recruited for smaller excursions. They experienced hikes through the blackfly-infested woods of south-western Ontario, to perhaps see a geoglyph in the shape of a turtle or a petroglyph of a bison just uncovered by a field crew.

Jack and Sandra Steinbring in 1995 (Images courtesy of Herman Bender).

A distinctive aspect of Jack's approach was his complete lack of academic elitism. He supported and fostered the work of amateurs and never discriminated between them and tenured academics. For instance, while at the University of Winnipeg, he discovered that the department's night cleaner, Maurice Lanteigne, expanded his extensive knowledge by learning about the work going on there during the day. Jack provided better access to this knowledge-thirsty man, he sponsored and encouraged him, and Lanteigne turned out to be a brilliant scholar in his own right. He founded the journal *The Rock Art Quarterly*, an outstanding discussion outlet that published valuable work from 1990 to 1992 when as a result of personal tragedy Lanteigne left the discipline abruptly. It is this same outstanding characteristic that later led to Jack's close collaboration with an amateurs' organisation, the Mid-America Geographic Foundation (MAGF).

Upon his retirement from the University of Winnipeg, Jack and Sandra took their family back to Wisconsin, but in the tradition of the most exceptional scholars, Jack never retired. He continued directing rock art projects and archaeological excavations almost until his death. Among his most significant achievements

罗伯特·贝德纳里克撰写的纪念杰克·斯坦柏林的文章；文中照片里是斯坦柏林和他的妻子

Jack Steinbring on Observatory Hill, March 2000.

is that he produced the most reliable rock art dating results we have from North America. His dating of the Mud Portage petroglyphs, published in this journal in 1987, was the first credible work of this kind from that continent. However, even in his later years, directing an excavation from a field chair, Jack still produced sterling work when he minimum dated petroglyphs at the Hensler Petroglyph Site in Dodge County, Wisconsin. This fieldwork, too, was published in *RAR*, at which time Jack was 87.

Jack was one of the last three participants of the founding meeting of IFRAO in 1988 that have remained council member ever since (the two others are Roy Querejazu-Lewis and me). As the President and Director of the Board of MAGF, Jack has represented that organisation for decades in IFRAO. Throughout his years of service to IFRAO, he was always seen as the federation's elder statesman. The federation will sorely miss him.

We have become so used to seeing Sandra and Jack at international rock art conferences that their future absence will long remind us of our loss. I have many fond memories of them both and take the liberty of mentioning two. In 1987 they saved me from becoming fossilised in the mudstone of Utah. We had intended to rendezvous at the Rochester Creek site, and I arrived early, driving my car too far down a steep and extremely muddy slope. I became severely bogged in the mud and tried for well over an hour to free my vehicle. By the time I was completely covered in mud, Sandra and Jack's car arrived on the horizon, and Jack calmly surveyed the scene of my misery, staying well above me. He walked down, gave me some instructions, and pushed my car out of the rut that had formed. Jack might have been an academic giant, but he sure was not physically, yet he managed to free the car somehow.

Another pleasant memory I have of the two refers to a mountain wilderness in Bolivia and dates from ten years later. We were on a post-congress fieldtrip and to reach a site we had to traverse a white-water river. It was a dangerous crossing, and we had to return the same way, so I would have been quite willing to forego the one site beyond the river. However, Jack and Sandra insisted that they wanted to go on. So I resolved I would walk Jack across the more than knee-deep, very fast-flowing water. We had hardly entered the river when I glanced back and saw Sandra following us on her own, while the rest of our party were still pondering their decision. Encouraged by Sandra's resolute action, the others then followed. That adventure, to me, captures the fortitude and strength of the Steinbrings.

Thank you, Jack and Sandra, for enriching our lives. This issue of *RAR* is dedicated to your memory.

Robert G. Bednarik

Jack Steinbring directing excavation at Hensler Petroglyph Site.

工作中的斯坦柏林教授

青海岩画调查简报发表在《岩画研究》1989 年第 1 期首篇，在这一期上发文的还有美国岩画学家亚历山大·马沙克（Alexander Marshack）、南非岩画学家刘易斯–威廉姆斯（James David Lewis-Williams）等人。能与这些世界岩画界的巨擘学者们同期发文，我的虚荣心得到极大的满足！其实这不仅仅是虚荣心的问题，最主要的是找到了做岩画研究的自信心，尽管是些许盲目和极度膨胀的自我学术认知。

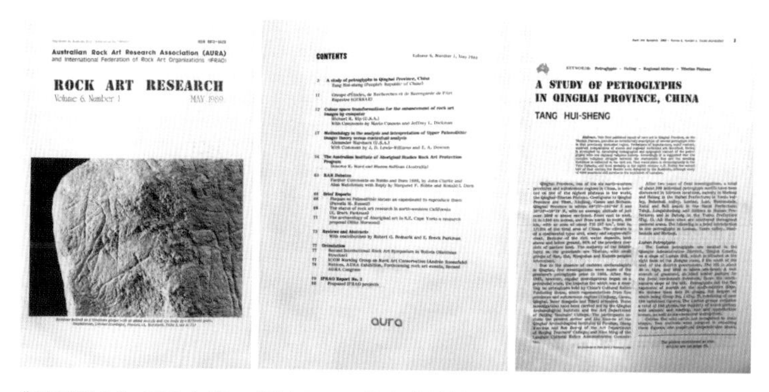
Australian Rock Art Research Association (AURA)
and International Federation of Rock Art Organizations (IFRAO)
ROCK ART RESEARCH
Volume 6 Number 1 MAY 1989

CONTENTS

A STUDY OF PETROGLYPHS
IN QINGHAI PROVINCE, CHINA
TANG HUI-SHENG

《岩画研究》1989 年第 1 期封面、目录和我的第一篇岩画文章。虽然这篇文章主要是调查简报，且以材料为主，但取了个英文名字，有“标题党”之嫌

1991 年的银川国际岩画会议，罗伯特和我都参加了，两人一见如故（左为罗伯特，右为李福顺教授）

《岩画研究》于 1984 年创刊，是澳大利亚岩画研究协会（Australian Rock Art Research Association，简称 AURA）和国际岩画组织联合会会刊，每年 2 期，于 5 月和 10 月出版，2015 年开始成为 A&HCI 收录杂志。从 20 世纪 90 年代以后，《岩画研究》便成为我用英文发表岩画研究文章的主要刊物。截至目前，不知不觉我在该杂志上用英文发表岩画研究文章竟达十几篇（大部分为第一作者，只三篇不是），几乎占我全部英文文章的一半！其目录如次：

1.《中国青海岩画研究》（"A Study of Petroglyphs in Qinghai Province，China"），载《岩画研究》1989 年第 1 期；

2.《中国岩画研究的理论与方法论》（"Theory and Methods in Chinese Rock Art"），载《岩画研究》1993 年第 2 期；

3.《中国岩画的管理与保护》（"The Management and Conservation of Chinese Rock Art"），载《澳大利亚岩画研究协会通讯》1993 年第 1 期；

4.《青藏高原岩画的断代与分期》（"Dating Analysis of Rock Art in the Qinghai-Tibetan Plateau"），载《岩画研究》2004 年第 2 期；

5.《中国史前与藏文化中的萨满教二元对立》（"Shamanistic Dualism in Tibetan and Chinese Pre-Historic Art"），载《岩画研究》2006 年第 2 期；

6.《中国中原地区岩画与巨石遗迹的新发现》（"A New Discovery of Rock Art and Megalithic Sites from the Central Plain of China"），载《岩画研究》2012 年第 2 期；

7.《中国浙江仙居岩画的微腐蚀断代》(“Microerosion Dating of Xianju Petroglyphs，Zhejiang Province，China”)，载《岩画研究》2016 年第 1 期；

8.《中国新疆维吾尔自治区岩画艺术中的自然风格与手印岩画》(“Naturalistic Animals and Hand Stencils in the Rock Art of Xinjiang Uyghur Autonomous Region，Northwest China”)，载《岩画研究》2016 年第 1 期；

9.《2014 年中国岩画断代工程》(“The 2014 Microerosion Dating Project in China”)，载《岩画研究》2017 年第 1 期；

10.《2015 年中国岩画断代工程》(“The 2015 Rock Art Missions in China”)，载《岩画研究》2018 年第 1 期；

11.《2017 年中国湖北省岩画断代工程》(“The 2017 Rock Art Mission in Hubei Province，China”)，载《岩画研究》2020 年第 1 期；

12.《广西左江洞穴岩画新类型的发现》(“Discovery of New Type of Cave Rock Pantings in Guangxi Zhuang Autonomous Region，Chian”)，载《岩画研究》2020 年第 1 期。

可以说，《岩画研究》不仅记录了我在岩画研究方面跋涉前进的足迹，同时通过一个小小的窗口，见证了中国岩画研究的发展。在这样一个背景下，倒是值得 Mark（标记）一下。尽管我已无可奈何地老去，但中国岩画研究恰同学少年，值得量量身高，记录一下。也正是借助于《岩画研究》，中国岩画走向世界。很多次，《岩画研究》不仅将中国岩画放在首篇，而且用于封面。有时候会专门辟出一个栏目，用以报道和介绍中

ISSN 0813-0426

Australian Rock Art Research Association (AURA)
and International Federation of Rock Art Organizations (IFRAO)

ROCK ART RESEARCH

Volume 37, Number 1 May 2020

Some of the cat-like images in Maoer Cave, Chongzuo region, Guangxi Zhuang Autonomous Region, China. (See article by Li Man et al., pp. 5–16.)

发表在2020年第1期《岩画研究》封面上的广西崇左彩绘岩画

ICRAD invites data deposition

By ROBERT G. BEDNARIK

The International Centre of Rock Art Dating was established in 2016 at Hebei Normal University in Shijiazhuang, China. One of its roles is to develop a comprehensive archive for global information on all direct rock art dating projects and results. For this, it needs extensive international collaboration. Bearing in mind that direct dating of rock art was only introduced in 1980, it is entirely possible to create a comprehensive register of all such work. Two relatively complete records have already been published, one covering the years from 1980 to 1995 (Bednarik 1997), the other of English language reports up to about 2011 (Rowe 2012).

Readers of *RAR* are invited to contribute to this effort in two ways: by checking these two lists and adding any missing entries; and by providing bibliographical references of any direct rock art dating reports published from 2011 to the present time. Please begin by accessing the two published lists to check which projects have been missed in them. Bednarik (1997) and Rowe (2012) are both available in the AURANET Library at

http://www.ifrao.com/auranet-library/

Please scroll down to 'D. Rock art dating' where they are listed as the first two entries. Please check both lists to establish what published direct rock art dating projects or results have been overlooked in their compilation and report the relevant bibliographical details either to Prof. Tang Huisheng, the Director of ICRAD (*tanghuisheng@163.com*) or to me (*robertbednarik@hotmail.com*). 'Direct dating' of rock art refers to the estimation of its age by a direct physical relationship of the petroglyph or pictogram and the dating criterion, governed by testable (falsifiable) propositions concerning that relationship (Bednarik et al. 2010). It excludes age-related claims based on traditional approaches, such as assertions of style, iconography or technique and is characterised by a preference for testable experiments.

We thank you for helping to create the archive of ICRAD, which will be a precious asset to the discipline of rock art research. The archive will eventually be placed on the Web for all to use, and all who have contributed to it will be acknowledged.

Robert G. Bednarik
Principal Researcher, ICRAD
robertbednarik@hotmail.com

REFERENCES

BEDNARIK, R. G. 1997. Direct dating results from rock art: a global review. *AURA Newsletter* 14(2): 9–12.
BEDNARIK, R. G., A. ACHRATI, M. CONSENS, F. COIMBRA, G. DIMITRIADIS, T. HUISHENG, A. MUZZOLINI, D. SEGLIE and Y. A SHER (eds) 2010. *Rock art glossary: a multilingual dictionary*, second edition. Occasional AURA Publication 16, Australian Rock Art Research Association Inc., Melbourne.
ROWE, M. W. 2012. Bibliography of rock art dating. *Rock Art Research* 29(1): 118–131.

Professor Tang Huisheng, Director of ICRAD, at the entrance to his office.

2020年第1期《岩画研究》介绍了以岩刻画的微腐蚀分析法测年为特色的河北师范大学国际岩画断代中心

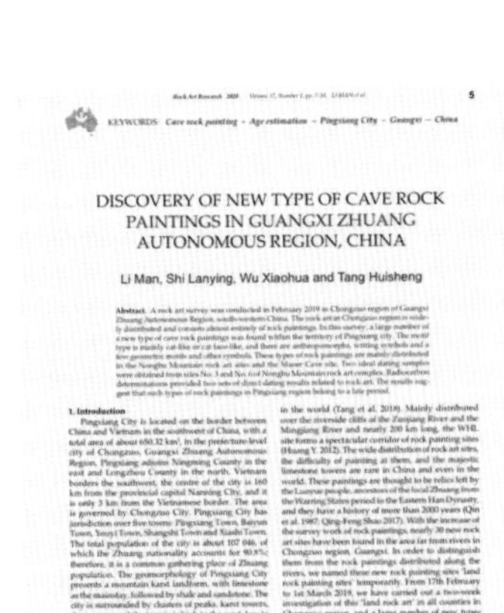
5

KEYWORDS: *Cave rock painting – Age estimation – Pingxiang City – Guangxi – China*

DISCOVERY OF NEW TYPE OF CAVE ROCK PAINTINGS IN GUANGXI ZHUANG AUTONOMOUS REGION, CHINA

Li Man, Shi Lanying, Wu Xiaohua and Tang Huisheng

李曼等：《广西左江洞穴岩画新类型的发现》，载《岩画研究》2020年第1期

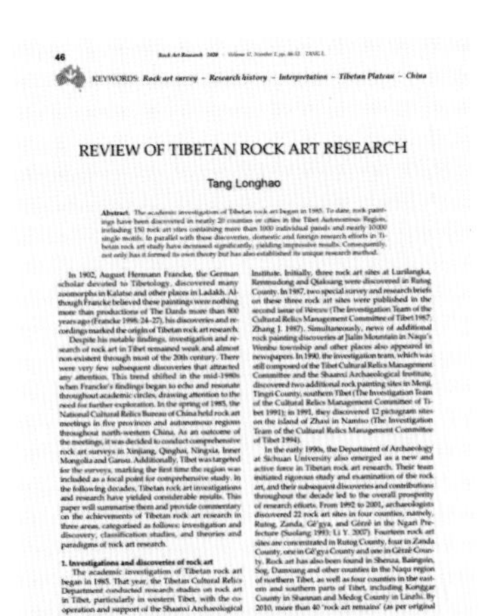
46

KEYWORDS: *Rock art survey – Research history – Interpretation – Tibetan Plateau – China*

REVIEW OF TIBETAN ROCK ART RESEARCH

Tang Longhao

汤隆浩：《西藏岩画研究的评述》，载《岩画研究》2020年第1期

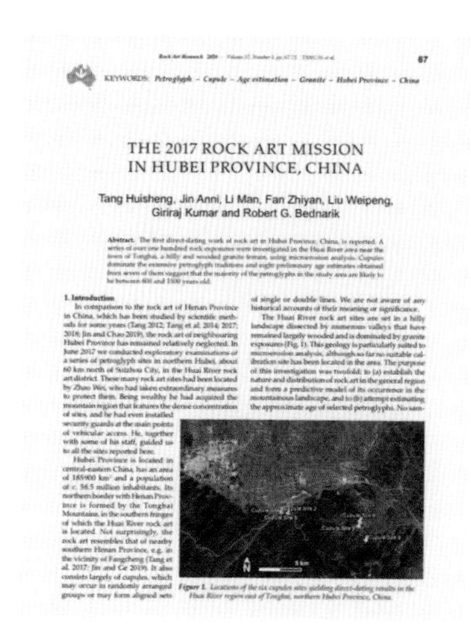

67

KEYWORDS: *Petroglyph – Cupule – Age estimation – Granite – Hubei Province – China*

THE 2017 ROCK ART MISSION
IN HUBEI PROVINCE, CHINA

Tang Huisheng, Jin Anni, Li Man, Fan Zhiyan, Liu Weipeng,
Giriraj Kumar and Robert G. Bednarik

Abstract. The first direct-dating work of rock art in Hubei Province, China, is reported. A series of over one hundred rock exposures were investigated in the Huai River area near the town of Tonghai, a hilly and wooded granite terrain, using microerosion analysis. Cupules dominate the extensive petroglyph traditions and eight preliminary age estimates obtained from seven of them suggest that the majority of the petroglyphs in the study area are likely to be between 800 and 1500 years old.

1. Introduction

In comparison to the rock art of Henan Province in China, which has been studied by scientific methods for some years (Tang 2012; Tang et al. 2014; 2017; 2018; Jin and Chao 2019), the rock art of neighbouring Hubei Province has remained relatively neglected. In June 2017 we conducted exploratory examinations of a series of petroglyph sites in northern Hubei, about 60 km north of Suizhou City, in the Huai River rock art district. These many rock art sites had been located by Zhao Wei, who had taken extraordinary measures ...

... of single or double lines. We are not aware of any historical accounts of their meaning or significance.

The Huai River rock art sites are set in a hilly landscape dissected by numerous valleys that have remained largely wooded and is dominated by granite exposures (Fig. 1). This geology is particularly suited to microerosion analysis, although so far no suitable calibration site has been located in the area. The purpose of this investigation was twofold: to (*a*) establish the nature and distribution of rock art in the general region and form a predictive model of its occurrence in the ...

汤惠生等：《2017 年中国湖北省岩画断代工程》，载《岩画研究》2020 年第 1 期

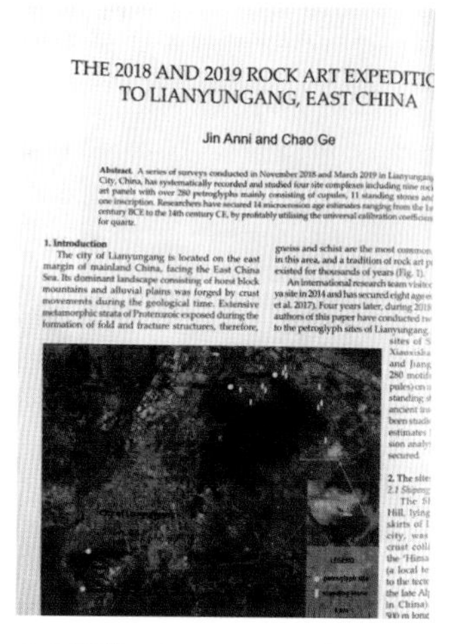

THE 2018 AND 2019 ROCK ART EXPEDITIC
TO LIANYUNGANG, EAST CHINA

Jin Anni and Chao Ge

Abstract. A series of surveys conducted in November 2018 and March 2019 in Lianyungang City, China, has systematically recorded and studied four site complexes including nine rock art panels with over 280 petroglyphs mainly consisting of cupules, 11 standing stones and one inscription. Researchers have secured 14 microerosion age estimates ranging from the 1st century BCE to the 14th century CE, by profitably utilising the universal calibration coefficient for quartz.

1. Introduction

The city of Lianyungang is located on the east margin of mainland China, facing the East China Sea. Its dominant landscape consisting of horst block mountains and alluvial plains was forged by crust movements during the geological time. Extensive metamorphic strata of Proterozoic exposed during the formation of fold and fracture structures, therefore, gneiss and schist are the most common ... in this area, and a tradition of rock art ... existed for thousands of years (Fig. 1).

An international research team visited ... ya site in 2014 and has secured eight age ... et al. 2017). Four years later, during 2018 ... authors of this paper have conducted two ... to the petroglyph sites of Lianyungang, ...

金安妮等：《2018—2019 中国连云港岩画断代工程》，载《岩画研究》2020 年第 1 期

国的岩画研究团体和机构。有时候会在同一期上发表好几篇中国岩画的文章，以形成中国岩画特刊。譬如 2020 年的第 1 期，发表了 4 篇来自中国的岩画研究文章，似乎是对中国抗疫的一种声援。

作为国际岩画组织联合会的发起人和秘书长，以及《岩画研究》的主编，罗伯特对于中国岩画科学研究的开展和深入，起到了推波助澜的作用。他与河北师范大学国际岩画断代中心、具茨山岩画研究所、宁夏岩画研究中心、中国岩画学会等单位合作，已经连续六年在中国河南、内蒙古、宁夏、江苏、青海、湖北、四川及黑龙江大兴安岭、广西左江等地进行微腐蚀断代考察，其成果也主要发表在《岩画研究》上。

与罗伯特以及印度岩画学者库玛尔考察湖北随州岩画

前几天接到2020年5月出版的《岩画研究》第1期，因疫情的关系比以往晚了一个月。浏览了这期内容后有些感慨，伤感欣喜参半：斯坦柏林教授的去世所引起的伤感和4篇中国学者的文章以及河北师范大学国际岩画中心的简介所带来的欣喜，爰有此文。

《岩画研究》是一份全球性的具有高学术品质的英文刊物，在中国岩画界也很有影响。自从1986年云南社科院的汪宁生教授首次在该刊物上发表云南岩画的研究文章以来，《岩画研究》便逐渐为中国岩画学者熟悉，也越来越被认可。我的青海岩画调查简报译成英文发在世界顶级岩画刊物上，但同样的汉语稿则无处发表，最终发表在名不见经传的内部刊物《青海文物》上。从这件事可以对比出岩画在中国学术界的地位和认知程度，为此感到非常无奈与无语！

我希望越来越多的中国岩画学者投稿《岩画研究》，让中国岩画走出国门，让世界了解中国岩画。最后还是用中国传统的楹联形式来做个结尾吧：中国岩画要《岩画研究》助力，《岩画研究》需中国岩画参加。横批：相得益彰。

真理在路上

——《图像时代的精神寓言》序

曲枫先生的《图像时代的精神寓言》是一部关于中国新石器时代神话、艺术与思想的思考与探索的考古学著作。不过说是对新石器时代考古学术史的理论检视也是可以的，或者从后过程主义考古学角度来看，该书也可理解为基于考古资料来研究史前宗教，也就是史前认知考古学。

英国考古学家伦福儒（Colin Renfrew）说，真正的考古学史不仅是指考古材料发现的历史，也不只是科学技术的发展史，而是包括考古学思想在内的发展历史。历史证明，难度最大的发展是观念的进化，这也是加拿大考古学家布鲁斯·特里格的《考古学思想史》1989 年出版后好评如潮的原因。（陈淳语）我们国家的考古学经过一个世纪的发展，在考古材料方面，可以说已经是蔚为大观了，不过令人遗憾的是，相应的研究，也就是说理论和方法论方面的发展，却远远不能满足材料的需求。材料再多，也不能推进考古事业的发展；而思想的每次变化，都将意味着一个新的天地。对我国 20 世纪中叶以来各种史前研究理论做一个即便是简要的学术回顾与评述，不仅及时，更是亟须。作者没有陷于从学术流派和理论思潮的角度去总结体系学术史研究，而只是选择一些具有代表性的理论观念加以评述，使之更具针对性。譬如图腾问题，20世纪它曾是中国史前研究的一把万能钥匙，举凡不能解释的，最终都归类图腾而加以了结。不过到了90年代初，张光直先生指出用图腾来解释考古材料的问题所在；后来90年代中期，俞伟超等人撰文评析所谓图腾崇拜的虚幻性；而该书作者则以皇帝的新衣来对图腾加以否定。从对图腾制理论的肯定到最后被否定（应该是解构而非否定），与其说反映了考古学领域对理论和概念的认知过程，不如说是折射出整个社会学术思潮的演化过程。

关于这种价值体系的判断与讨论，实际上是西方现代扩张的意识形态或逻各斯中心主义二元对立体系指导下的宏大叙事。后殖民和后现代主义研究解构（并非否定）现代性宏大叙事，诸如理性、自由、民主、文明、进步之类具有普世意义的观念；反对“元解释”和“文本意义”，在思维在哲学上抱持一种对于逻辑性观念与结构性阐释的“不轻信”和“怀疑”的态度，全面批评由柏拉图以来的西方哲学，特别是以非黑即白的二元对立论为基础的逻各斯中心主义。西方现代性留给我们的思想陷阱，不在观念的本身，而在观念与现实之间的关系。真正的问题是，如果你将启蒙哲学与解构西方现代扩张历史对读，就会发现知识与权力危险的合谋。后殖民和后现代主义研究解构西方现代性宏大叙事，为西方现代性精神解构提供了辩证的否定面，从中我们既可以看到西方现代性的缺陷，又可以发现其活力。(周宁语)关于图腾制的认知过程即其一例:从肯定到否定,从建构到解构。

萨满教理论也是20世纪西方流行的史前研究理论。20世纪初德国学者格莱纳(F. Graebner)、施密特(W. Schmidt)等人从文化人类学角度提出文化圈理论,认为萨满教只是一种极地文化现象。20世纪50年代,法国的鲍泰(M. Bouteiller)和美国学者艾利亚德(Mircea Eliade)分别出版了《萨满教和巫术问题》和《萨满教——古代迷狂术》两部书。艾氏的《萨满教》将世界各地的萨满教加以系统比较研究,分析总结了全世界范围内萨满教的基本特征,如宇宙观、神话观、迷狂术、灵魂观及其祭祀仪轨、继承制度、崇拜形式等,认为萨满教就是世界范围内的原始宗教形态。德国的劳梅尔(Andreas Lommel)也认为整个世界的古代文明都是萨满式文明,萨满教是曾经在世界范围内普遍流行的唯一的原始宗教。美国的坎普贝尔(J.Campbell)以及苏联的奥克拉德尼科夫(A. P. Okladnikov)等人,运用萨满教的思想观念来解释整个世界范围内的原始文化和原始艺术。张光直教授认为中国古代文明也是以萨满式文明为特征;李约瑟博士认为汉代的巫、觋、仙等均为萨满,而且汉代“羡门”一词,实为萨满的最早译音。

20世纪80年代末,南非的刘易斯-威廉姆斯(James David Lewis-Williams)等人提出了新萨满主义理论,运用南非布须曼人的人类学材料和神经心理学认知模式来解释南非岩画和欧洲洞穴岩画,同时也解构了传统的萨满教认知模式。萨满教是不是世界范围内最早的宗教形式、萨满教的迷狂是脱魂还是凭灵、三界世界观的表象形式等不再是被人关注的焦点，代之以神经心理学的各种认知模式，如该书中所涉及的蛙纹或神人纹、太阳光芒、动物身上的重圈纹和涡纹、X射线风格的人骨架等。

人类的认知永远不会停止，换句话说，真理永远在路上。后殖民和后现代主义研究并不是一个学科，而是一种思想方法，一种关注自我意识，即自我指涉性的思想方法。它对西方现代性知识体系，既是摧毁性的，也是建设性的。摧毁性表现在其普遍怀疑主义的解构性批判上，建设性则表现在西方文化自身包容对立面的辩证的开放性上。折射在考古学科中，这就是后过程考古学，亦即认知考古学。久矣夫！我们的眼睛只盯着考古学文化的物质层面，而完全忽略了精神领域。世界无疑是物质的，包括人类文化。不过人类文化区别于自然界正是由于物质文化后面的人类精神。文化是物质的，然而，是根据人类的精神而构成的。准确地说，文化是观念的产品。正是在这个意义上，后过程主义才被称为认知考古学。研究考古学文化的精神层面不仅仅是后过程考古学的主旨，也应是马克思主义考古学范式的研究内容。20 世纪末，俞伟超先生也呼吁对精神领域的考古学探索，而曲枫先生的这部《图像时代的精神寓言》正是关于史前精神文化的考古学探索，同时也可视为中国的认知考古学的发展。

后殖民与后现代主义那种自我指涉性的倾向有时会呈现出一种很严肃的玩世不恭，曲枫写作中的口语化语言与授课式行文风格正表现出这个特征。不过，知识和真实也只是社会、历史和政治话语的产品，在这个意义上，风格就是内容。

彩虹仙女：玉树岩画

——《玉树岩画考察》序

甲央尼玛的《玉树岩画考察》要出版了，这是他的著作，但完成的却是我的梦。

1983年我毕业分到青海考古研究所后，翌年便到玉树做文物调查。尽管那个时候少不更事，还不懂何为学术，什么叫研究，更不知道玉树会有什么样的文化和文物，但已然有了一个资深考古学家才有的宏愿：发现岩画。我在玉树做文物普查，包括以后做岩画调查，一做就是六年，然而最终也未能在玉树发现岩画，这充分证明了发现岩画仅仅是那些资深考古学家或田野工作者才能实现的梦想。

甲央尼玛就是一位资深的田野工作者。几年辛苦的田野调查之后，甲央尼玛在全州发现24处岩画点。玉树州面积27万多平方千米，相当于1个新西兰、2个叙利亚、3个韩国的国土面积！玉树境内山高水长，平均海拔在4000米以上，有我国的水塔之称。 在这样一个广袤的高原地区去寻找和发现岩画，其艰辛程度自不待言。

一如青海其他地方的岩画，玉树岩画也呈现出北方草原岩画的风格。如曲麻莱昂然 YQA9 和 YQA10 岩画点中出现的鹰阵或行列式鹰、YQA33 岩画点中的鹿，以单线轮廓打制，涡纹臀部，身体饰横置的“S”纹等，是典型的草原风格。九江荣岩画点中不仅有鹿，还有牦牛，也是由这种方法打制，单线轮廓，前后臀部有装饰性极强的涡纹，有的身体就以夸张的“S”纹来表现，从而形成玉树最有特色的岩画风格。再如称多赛航等岩画点的动物形象，都是这种风格，只是在动物形象上，牦牛和鹿的数量居多。

车在玉树岩画中也很引人注目，而且出现的频率还比较高。在实际生活中，不仅玉树，甚至整个青海草原地区，由于山高水长，历史上都没有出现过车。不过岩画不一定是实际生活和真实社会的写照，而仅仅是文化观念的体现。所以岩画中出现车，并不能说明或证明历史上玉树地区曾经使用过车，而只能说明作为文化，玉树岩画是从别的使用车的地方传播而来，一如大象，随着佛教的传入来到藏地。

称多县岗察寺收藏了绘有岩画的两块石头，岩画图像造型生动、线条流畅。图像为单线轮廓制作，技法为先刻后磨。无论制作技术还是造型风格，这两块石头上的岩画与天峻卢山岩画呈现出极大的相似性，特别是画面下方的雄鹿，其角的表现方式与卢山岩画毫无二致。画面上方的两只回头鹿，呈现出典型的春秋到秦汉时期的斯基泰风格。

这里还值得一提的是更卓沟 YCG−8 岩画点，主要岩画图像是一幅同心圆，其右刻一根弯曲的线条。这种迷宫（labyrinth）

式图案也是很多地方的岩画中所表现的通天图案，除了作者提到的台湾万山岩画中的同心圆或迷宫图案外，最著名的是意大利的梵尔卡莫诺山谷岩画中的迷宫形象。

甲央尼玛将玉树岩画分成三期：第一期，以通体凿刻方式为表现的早期风格（距今3500~3000年）；第二期，以线刻法为表现的中期风格（距今3000~2500年）；第三期，以朴素描绘方式为表现的晚期风格（距今2500~2000年）。我基本上同意甲央尼玛的分期与断代，只是觉得还可以细一些，应该把岗察寺收藏的有岩画的两块石头也算作一期，尽管数量较少，但很有代表性，且可能以后还会发现。根据现在的资料来看，早期或第一期应该是那种以通体敲凿法制成的图像，这在整个北方草原地区应该都是一致的，时代大抵都在距今3500~3000年。考虑到玉树为青藏高原的腹地，作为文化传播在时间上应该要晚一些，大致应该在距今3000年左右。第二期也依然使用敲凿法，但风格有所变化，以单线轮廓及装饰性很强的横置“S”纹为特征，时代在距今2500年左右。第三期应该是岗察寺收藏的石头岩画，时间在距今2500~2000年之间。最后一期即制作粗疏的动物，如巴干镇后山岩画，包括前佛教和佛教时期的如巴塘岩画中的塔、更卓沟第七处YCG-7岩画中的万字纹等符号，时间大致在距今2000年以降。

作为康巴地区土生土长的藏族，甲央尼玛的岩画研究同样也呈现出藏民族的研究风格，我觉得这是岩画研究方面所缺乏的，即在研究中体现出一种民族关怀或地区特色。甲央尼玛谈到在藏语中对画或者绘画的称呼及其来历非常有意思。画或者绘画在藏语中叫日姆，但字面意义却为山的女儿。传说在远古时期，在雅隆部落有位勤劳聪明的牧羊小伙子叫阿嘎。一天，阿嘎在山里放牧，突然在雨后彩虹中看到一个帐篷，帐篷旁有一位美丽的仙女在翩翩起舞。阿嘎看着这个美丽的姑娘，不由自主地向她奔去，可姑娘和那个帐篷在彩虹中越走越远，直至消失。晚上阿嘎回到自己的小屋。白天的场景已经深深地刻在了他的脑海里，于是他在石头上不断地刻画着少女的形象，终于画出了白天他所见到的模样，然后他将其放在枕边，夜夜与它为伴。有天有位朋友来访，看到了少女的肖像，问是谁，他回答"日吉布姆"，即山的女儿。由于朋友口口相传，大家都到他的住处看美丽的日姆，从此人们就把画或绘画称为日姆了。所以藏语中的日姆有两个义项很重要：第一，是在深山中对某件事物的刻画；第二，是以岩石为画板来刻制的。

我喜欢藏语日姆一词所包含的几重义项：日姆不再是一个僵硬呆板的概念，它后面站着一个如梦般美丽的仙女。只要执着，相信甲央尼玛定会在彩虹仙女消失前，一睹其芳容。

《称多岩画》序

按理说，我给拉日·甲央尼玛先生的《玉树岩画考察》一书写过一个序，面对明松·索南稳骤的《称多岩画》就没必要再写了。可是在岩画界，总有一些新发现不仅令人激动，也让人情不自禁。

该书全方位地展示了近年来在称多县发现的所有岩画。在这些新发现中，我感兴趣的有以下几个方面：

第一，与玉树其他地区的岩画一样，鹿的形象引人注目。此外称多岩画中鹿的图像，除了数量众多之外，似乎还可以通过考古类型学的分型分式，归纳出一个时间序列，从而看到鹿在历史时间过程中的演变。在这个序列中，鹿至少可以分作三个时代。最早的是拉贡隧道口岩画所代表的用敲凿法打制的鹿。这种敲凿法应该是最早的岩画技法，我们在称多县附近的科哇岩画 2 号点上对一只用敲凿法制作的豹子（或虎）的岩画图像采用微腐蚀分析法进行测年，测得一组平均蚀亏数据为 16.2857143 微米，也就是距今大约 2600 年，相当于春秋初期。所以称多县最早的鹿如尕朵乡 MX1 岩画中用敲凿法打制的鹿

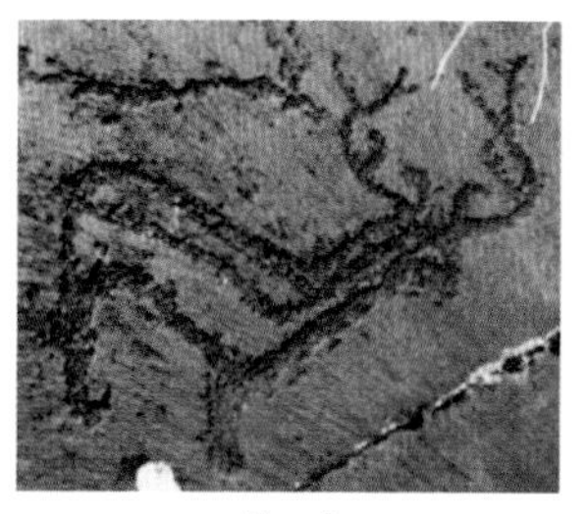
第一期

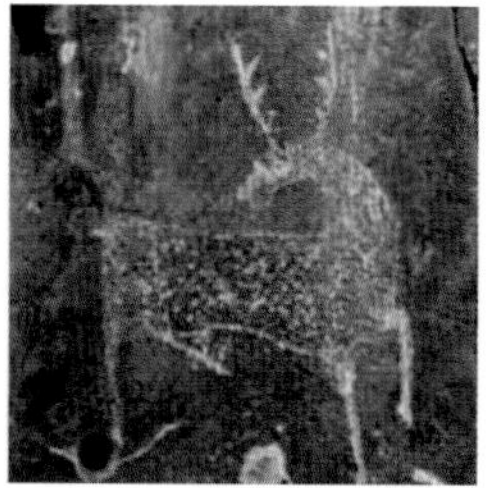
第二期

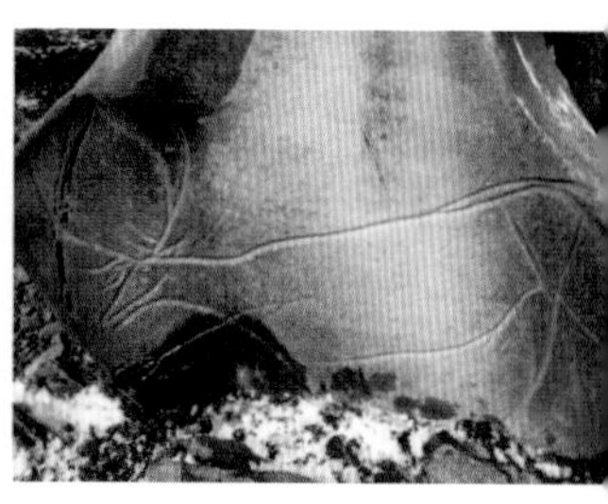
第三期

称多岩画中鹿形象的时代

等，时代当在距今 2600 年。第二个时期是位于县城内行政区所在地查日沟内北部方向的一个叫作希娘沟的山沟里的一处叫夏帕吾的岩壁的 CR1 岩画中的鹿。藏语夏帕吾意思是刻有鹿的岩石。该鹿通体敲凿，呈回首状，并用足尖站立（即呈悬浮式站立状）。通过与考古出土的同类图像比较，我们知道这种悬浮式站立的动物图像时代在 2100～2300 年前。给人以最深印象的是清水河镇 ZK2 岩画中的鹿，该鹿长约 56 厘米、宽 44 厘米、高约 48 厘米，肩部中箭，采用线条轮廓法制成，而且每一条刻凿的线条都研磨得很光滑，这种制作技术和造型风格与青海湖旁卢山岩画中的鹿一样。经微腐蚀分析法测年得知，其时代在公元前后。与此相同的鹿还包括岗察寺噶日岩画中的鹿以及仲卡夏乌垌岩画、称文镇岩画中的鹿，它们都是运用同样技法和造型风格制作的。清水河镇的鹿制作精良、尺寸巨大，尤其是那支射中胸部的箭的刻画精细，其箭翎也加以精心刻画。

第二，整个玉树岩画中有很多窣堵坡（即佛塔）的图像，这是玉树岩画内容的特点之一，也说明玉树岩画的时代有可能稍晚于青海地区海北、海西以及海南等地的岩画。称多岩画尤以佛塔的图像突出，且同样可以形成一个时间上的序列。贝纳沟巨大的线刻佛塔图像是我们时间表上的一个时间标志，用考古的术语来说就是标型物。因为文成公主庙（其实应该叫大日如来寺）中石刻题记表明，这几个佛塔应该和文成公主庙中的佛教摩崖是同时代的，也就是 9 世纪初的赤祖德赞时期的作品。而位于贝格村前方 600 米处路基下方的江边巨石上的三个窣堵坡（BG2 岩画），其形制与贝纳沟的佛塔既有区别又有承续，年代应该稍晚于或紧接着贝纳沟佛塔石刻的时代，应该在 10～11 世纪左右。有些时代更晚，比如歇武镇佛教摩崖 ZM2 岩画塔基下为一层仰莲的宋代佛塔。有些时代则明显早于贝纳沟，譬如南云社岩画群发现的 86 座佛塔，其中当然有早有晚，但早的应该早于贝纳沟佛塔摩崖。根据现在的摩崖题记以及青藏高原的考古资料，完全可以整理出一个从六七世纪开始，一直到近代的藏族岩画佛塔的演变序列，从而给以后的断代、传播以及形式演变研究提供一个可靠的参照依据。

第三，最后我还要专门谈一谈在更卓发现的迷宫图案。20 世纪末到 21 世纪初，四川大学与西藏自治区文管会联合在西藏阿里地区的皮央・东嘎遗址发掘了一处迷宫遗迹，据 AMS（加速质谱碳 14）测年数据分析其时代为距今（2370±80）年。与此形制相同的迷宫图案岩画，最近在玉树州称多县通天河边的更卓地区也发现了一幅。这两幅构图应该就是英文中的 labyrinth（迷宫），具体地说是克里特迷宫图案。该图案起源于公元前 1200

年的克里特岛米诺斯文化，流行于公元前 6 世纪以降的环地中海沿岸地区。公元前 327—前 325 年马其顿国王亚历山大大帝东征印度时将迷宫图案带入亚洲，并传入青藏高原。我有篇文章专门考证这个图案。2019 年 8 月我去现场核查和确认了一下，更卓岩画中的迷宫图案的确为克里特迷宫图案。如是，其年代就非常明确了，应该是公元前 325 年亚历山大大帝东征时从地中海传播过来，其年代应该晚于公元前 325 年。亚历山大大帝能将地中海文化传播到这里，将为我们另外打开一扇通往西方世界的大门，譬如称多地区岩画中发现的六芒星（两个倒置的三角形，即以色列国旗的图案）是否也从西方传来？等等。这将是一个非常有趣的问题。

当然，我不能越俎代庖地在这里一一讨论称多岩画的意义和特别之处，称多岩画不仅丰富了岩画的发现数量和扩大了岩画的分布地域，更重要的是它将以自身的特点与语言向我们讲述过去的称多、曾经的称多，以及我们不知道的称多。

2019 年夏天我专程去玉树称多考察岩画，索南稳骤是我们的向导。他对地理环境之熟悉，对每幅岩画的位置及其内容记忆之准确，尤其是他对岩画的那种热爱和迷恋的感情，让我感受很深，这些岩画就像是他画的一样。无论是以后的岩画研究、发现或保护，称多都需要这样倾注全部情感的人来做。我相信，这只是索南稳骤的第一本岩画书，但绝不是最后一本。

《岩石上的历史画卷》序

20 年前我在意大利的卡莫诺史前研究中心编写《青海岩画》时，我的导师阿纳蒂教授看着青海岩画分布图说，好像青海的岩画地点几乎都集中在海西，海西有多大？我告诉他海西州的面积和整个意大利的国土面积是一样的，都是 30 多万平方千米。他吃惊地看着我，说，那你只用 3 年时间做调查是远远不够的！他说对了，当时我们在海西只发现了 10 个岩画点，而在现在海西州的岩画分布图上，其已增加至 21 处。

在古代人留下的诸多精神文化物证中，岩画是最直接的。所谓直接，就是说很多时候画面便可直接告诉我们古代人在想什么，而不需要借助理论的诠释。比如卢森岩画中的狩猎图，有的猎人站在车上进行射猎，有的猎人躲在树后射猎，有的则骑马狩猎，等等。这好像是一部狩猎的教科书，用画面的形式直接告诉你古人的狩猎欲望、狩猎动物以及各种狩猎方式。所以自从 19 世纪末欧洲坎特布里安洞穴岩画被发现后，岩画便成为史前学的主要内容，而史前学则成为研究史前人类与社会的专门知识。即使后来发展起来的考古学，举凡涉及史前人类的精神文化时，仍始终如一地袭用史前学中的各种理论与方法。北京山顶洞人遗址发现旧石器时代晚期的艺术品后，当时山顶洞人遗址发掘的主持人，我国著名的旧石器时代考古学家裴文中先生请来了他的老师——法国著名的洞穴岩画学家，同时也是法国史前学会会长步日耶。在他的指导下，1948 年裴文中出版了《中国史前时期之研究》，其中颇富特色的就是对于中国旧石器时代艺术方面的研究。这是我国第一本涉及史前艺术研究的著作，因为深受步日耶为代表的法国史前学研究的影响，所以其中关于史前艺术的研究理论与方法，完全来自岩画的研究。裴文中先生的史前艺术研究不仅成为中国史前艺术研究的嚆矢，而且从此被奉为圭臬。半个世纪以后，裴文中先生有关山顶洞人艺术品的研究编辑成专册，名《旧石器时代之艺术》，由商务出版社再版，可见其影响之巨。

多少年之后，我在读裴文中先生的《旧石器时代之艺术》时，每每有一种似曾相识之感，后来才幡然想到：原来裴文中先生和阿纳蒂教授都是步日耶神父的学生！史前研究中的岩画学风是其共同之处。我之所以在此翻检出陈年旧事，只是为了说明岩画之于史前的重要性；同时也想再次强调这一点，因为在中国，岩画已经被史前研究和考古研究遗忘和忽略得太久了！

《岩石上的历史画卷》这本画册还令我想起我在海西进行岩画调查的那些艰苦却快乐的日子——寻找的艰苦和发现的快乐。海西州地广人稀，山高水长，而且岩画似乎都处在荒无人烟的偏远之地，加之交通不便，调查时的艰苦程度如同《西游记》中的“九九八十一难”一样！也正是有了这些磨难，所以每当发现岩画时才会有如唐玄奘获得真经一样的喜悦。由此我也感受到海西州文化局和博物馆的文物工作者在调查岩画时所付出的艰辛和努力。这本画册不仅是对我个人海西情结的慰藉，更是对学界岩画研究的一个贡献。事实上就青铜时代而言，整个欧亚大陆的岩画，包括考古学文化，都属于北方草原文化体系，大同小异，其共同之处远远大于时空上的差异；人群和社会也都属于游牧部落和酋邦社会，其精神文化更是有着很多的共同之处。所以在这样一个文化背景下，无论对考古学还是岩画研究，都需要一种综合比较的研究方法，亦即要求区域资料的丰富性和完整性。这正是这本画册的学术价值所在。

虽然海西岩画点增加到 21 处，但肯定还有更多尚未被发现的岩画点；除了寻找和发现更多的岩画外，我想更为重要的是对已发现岩画的保护。保护中更重要的不是技术，而是管理；而管理中最为重要的，是保护意识。这本画册能引起世人对岩画的重视，增加世人对岩画的保护意识，诚所愿也！

岩画考古：花山岩画研究的新进展

——《左江花山岩画与相关考古遗存的关联性研究》序

接到了杨清平先生的大作《左江花山岩画与相关考古遗存的关联性研究》。这是一本岩画著作，更是一本考古著作，不，这是一本岩画考古著作。那些高高在上，自诩为正宗的考古学家们可能不赞同这个说法，因为岩画一直被他们所忽视。据说进入21世纪以后，《考古学报》《考古》和《文物》有约或默契，一律不发岩画稿件。不知真假，但事实上确乎如此。21世纪以来三大杂志刊载的岩画文章日益减少，以致近10年来岩画文章几乎绝迹。艺术刊物也很少发岩画文章，因为在艺术界，岩画被认为是考古界的门类。就这样，岩画成了爹不疼娘不爱的苦孩子。

但在欧洲或澳洲，岩画却有着与考古分庭抗礼的地位。如在澳大利亚，有四所大学拥有四年本科的岩画专业。在英、法、西班牙等国就更不用说了，岩画直接就是考古的一个门类，就叫岩画考古（the archaeology of rock art）。20世纪上半叶，法

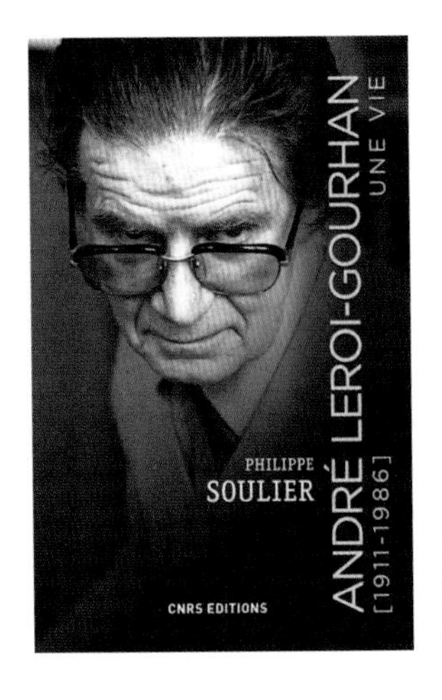

法国著名岩画学家安德烈·雷洛伊–古尔汉

国就已开始发掘洞穴遗址来研究洞穴岩画了。法国著名的岩画学家安德烈·雷洛伊–古尔汉（A. Leroi-Gourhan）同时也是“一位田野考古学家，是水平发掘以及将发现的物品纳入详细规划的理论家”，认为在马格德林文化期，人类群体之间的交流进入全新的扩张阶段，风格和主题的标准化倾向显示了史前艺术逐渐从洞穴扩展到小型的装饰物品上，从而将遗址与岩画联系在一起。

通过法国多尔多涅省、比利牛斯山脉以及西班牙的坎特布里安的主要岩画遗址，可以清楚地看到这种联系，看到洞穴岩画与马格德林文化之间强烈的同质性。以野牛转动头部这一特征为例：数只被雕刻在比利牛斯山脉的拉巴斯蒂德和阿济岭岩洞的石板上，一只被雕刻在佩里戈尔的玛德莱娜岩棚的驯鹿鹿角上。该主题同时也出现在阿尔塔米拉洞穴窟顶上，而且施彩色绘制而成。

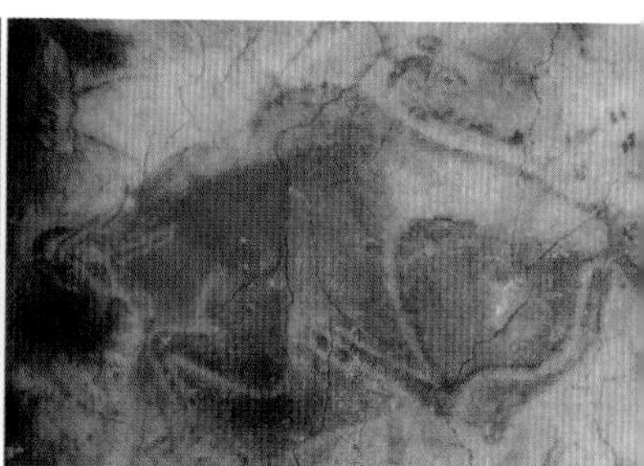

驯鹿鹿角上雕刻的野牛（左）与阿济岭岩洞岩画中的野牛（右）

1998 年剑桥大学出版社出版了一部书，名字就叫《岩画考古》（*The Archaeology of Rock-Art*）。无论对岩画学还是考古学而言，两者结合在一起都标志着一种学科发展的进度，就如同动物考古、植物考古、水下考古等学科一样。《文物》2013 年第 3 期刊载了任萌和王建新的《岩画研究的考古学方法》一文，倡导以考古地层学和类型学的方法来研究岩画，后来王建新又提出遗址、墓葬、岩画三位一体的理论体系，从而把岩画列入考古学的研究范畴。所以《左江花山岩画与相关考古遗存的关联性研究》，无论对岩画还是考古来说，都是一种有深度的研究。

岩画一词在汉语中既可以视作艺术（岩画艺术），也可以看作是科学（岩画科学），因为在汉语中岩画是一个中性词。不过英语中的 rock art（岩画）却不然，澳大利亚岩画学家罗伯特·贝德纳里克（Robert G.Bednarik）的《岩画科学》（*The Science of Rock Art*）出版后，立刻引发质疑：岩画到底是 art（艺术）还是 science（科学）？ 2014 年印度岩画协会第十九

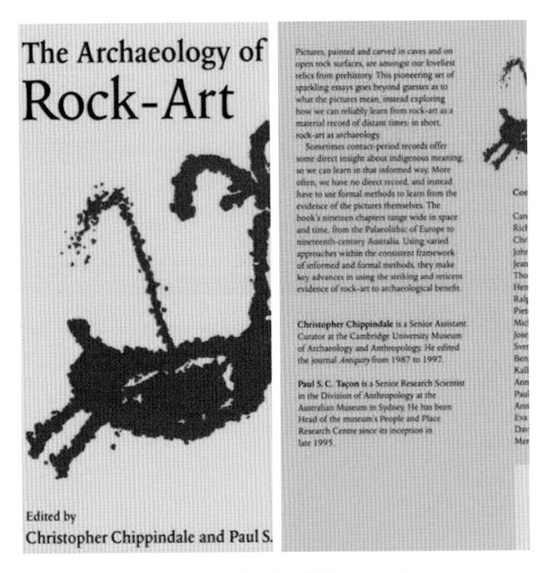

1998 年剑桥大学出版社出版的《岩画考古》

本书作者于 2014 年参加在本地治里召开的印度岩画协会第十九届全体大会

届全体大会在印度的本地治里（Pondicherry）召开，其主题就是“Rock Art：Art or Science？”（岩画：艺术还是科学？）在这个主题后面隐藏的是另外的一系列问题，如如何认定岩画是一门科学，其学科的理论与方法论是什么，等等。

就整个世界范围来讲，20 世纪 60 年代以前，特别是二战以前，人文研究所奉行的科学方法即指实证的方法。过程考古学兴起之后，实证主义方法受到挑战，甚至被认为在很多情况下这种研究方法并不客观和真实，特别是涉及统计学范畴的概率问题时，既不实也无证，于是后实证主义（post-positivism）便应运而生。后实证主义方法的关键立场之一是承认解释性的假说（如关于岩石艺术的起源和意义）与物理性的假说（如关于宇宙的性质）实际上是同样能够进行科学评估的。不过有一个先决的条件，即所有解释或假说必须在科学的范畴内。换句话说，所谓科学假说对现实世界的主张是可以被验证的，譬如地球是圆的；而非科学的假说是无法被验证的，譬如好人上天堂，坏人下地狱。此外还有最重要的一条，鉴于所有的验证都不可能是最终的，所以假说也应该不是绝对和唯一的，而是有竞争性的。如果是这样，关于岩画解释性的假说就可以和化学家提出的假说一样是科学的。

然而即便是科学的假说，有时其界限仍是模糊的，所以岩画学者们如塔松又提出了信息法（informed）和形式法（formal）两种解释方法。所谓信息法是指那些基于使用民族学或民族志证据的方法。他们使用了一个本位（emic）视角，或内部信息，来解释岩画。相比之下，形式法在分析中通常使用定量或位置数据，或某种生物模型，它们是客位（etic）视角，或局外人的解释。因此它们往往更涉及隐含的社会功能，而不是象征意义。在实践中，许多好的岩石艺术研究结合了这两种方法的元素，并用科学方法来评估相互竞争的解释。

不过使用美国岩画学家怀特利（David S. Whitley）的概念可能更便于理解，即民族学方法、图像学方法以及类比方法。民族学与上面塔松的信息法相同。图像学则与形式法一样，即通过对整体画面风格技法的一致性（consistency）、内容的连贯性（coherence）和图像的逻辑性（logic）的分析来进行。最后一条类比法（analogical reasoning）则来自考古学，也是岩画研究中最为重要的方法，特别是在使用类比方法时一定要能分辨形式类似（formal analogies）、同源类似（genetic analogies）以及功能性类似（functional analogies）之间的区别，因为同源类似才有比较的意义，才能说明文化上的传播与影响。这方面最典型的例子就是南非刘易斯–威廉姆斯（James David Lewis-Williams）对南非布须曼人岩画运用桑人（San）民族学材料的解释研究。形式类似的比较则需具体问题具体分析。功能性类似则遵循均变原则（uniformitarian principle），就像其他任何科学定律一样，是以客观环境作为根据的，仍以刘易斯–威廉姆斯为例，即其神经心理学（Neuropsychology）为典型。

有了这样一个国际岩画研究的大致背景作为参照，我们再来读《左江花山岩画与相关考古遗存的关联性研究》一书时，便有了一个参照系。

该书全面、系统阐述了左江花山岩画与相关考古遗存之间的关联。首先在具体文化元素上，岩画中的众多图像在考古遗存中都可以找到实物，如铜鼓、羊角钮钟、铜铃、铜剑、环首刀、船及渡船、羽人及其舞蹈、面具、狗、鸟等图像。不过这并不是该书的首创，因为这项工作早就有人做过。没有人说明为什么要去做这样的类比研究，二者之间的相似是种什么性质的相似。杨清平的研究就是在前人类比的研究基础上再往前走一步，找出二者之间的同源和结构关系。该书指出，从文化习俗、人群分布、考古学文化的独特性等方面来看，左江花山岩画与左江流域其他早期考古遗存都是同一族群即骆越及其先民所创造；从文化内涵来看，亦复如是。左江花山岩画所反映的祭祀场景是考古材料所反映的当地早期原始宗教观念与祭祀传统的延续和发展。同时，岩画与考古发现的同期其他祭祀内容共同组成了骆越民族丰富的精神世界和原始宗教观念。左江花山岩画所反映的祭祀内容在祭祀的传统、祭祀的形式、祭祀的

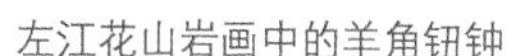

左江花山岩画中的羊角钮钟

岩画中的羊角钮钟与考古发掘出土的羊角钮钟线图的比较

对象、祭祀的目的等方面，与广西骆越分布区域内早期考古学材料所反映的祭祀内容基本一致；左江花山岩画与左江流域的台地贝丘遗址、洞穴遗址、城址等不同类型的遗址或多或少存在一定的关联；左江花山岩画与同期考古材料一样，反映了当时社会的复杂化趋势，即二者从不同侧面反映了当时相同的社会性质。

蹲踞式人形图案的“发展演变轨迹是由再现（模拟）到表现（抽象化），由写实到符号化”。也就是说，花山岩画的分期是建立在“循着从写实向抽象化”（覃圣敏语）这样一种进化发展的路径进行的。虽然这样一个根据图像所进行的分期符合我们上面所提及的画面风格技法的一致性、内容的连贯性和图像的逻辑性的原则，但这样一个纯粹根据进化论进行的分期是否符合历史的真实，即假说的科学性，则是需要验证的。杨清平验之于史实，认为“岩画从西汉中期开始衰弱的事实，正好与庭城遗址反映的汉代早期左江流域纳入汉王朝管理和汉文化深入影响这一区域的事实相吻合。一进一退，二者共同反映了在汉文化影响下，当地土著文化逐渐衰弱的事实”。风格的写实与抽象反映的是岩画的盛衰，同时也折射出骆越文化在汉文化的影响下由盛而衰的转变。

《左江花山岩画与相关考古遗存的关联性研究》同时也很好地运用了塔松的形式法或怀特利的图像学分析法，尤其是在花山岩画的分期断代上。覃圣敏、覃彩銮、卢敏飞、喻如玉等研究花山岩画的前辈学者将左江花山岩画分为四期，或四个阶段：“第一期为春秋至战国；第二期为战国中期至西汉早期；

第三期为西汉中期至西汉晚期；第四期为东汉时期”。第一期较为写实，人物形象圆头细颈正面描绘，第二期是头颈不分的粗方形，第三到第四期就越来越抽象，最终是细线绘制的高度简化的人形。

至于民族学或信息法，该书也作为基本方法之一。运用这种方法的关键在于关联性，刘易斯－威廉姆斯成功运用布须曼人的民族学材料来解释布须曼人岩画的秘诀，就在于二者的关

建立在由具象到抽象这种
定向发展理论基础之上的花山岩画分期

岩画中的环首刀与考古发掘出土的环首刀线图的比较

联性。那么利用民族学材料来解释花山岩画的关键，就在于二者之间的关联性。花山岩画的主题图案是蹲踞式人形，对于文化象征也有很多援引民族志或民族学资料予以解释和假说。宋代《太平御览》中提到“俚僚贵铜鼓，惟高大为贵，面阔丈余，方以为奇。……有是鼓者，极为豪强”，以及明史中的“鼓声宏者为上，可易千牛，次者七八百，得鼓二三，便可僭号称王”等文献，都有助于我们对岩画的解读。清代邓显鹤《铜鼓歌》云：“獠狑犵獞畏都老，获鼓胜获十万军。”这可以说是直接关于古代骆越人的民族志材料（ethnography），铜鼓及其铜鼓纹饰、壮族的蚂拐舞以及端公等民间宗教可以说是现代民族学材料（ethnology）。该书利用历史上的骆越民族志材料和现代壮族的民族学材料编织成一张网，用以打捞岩画的文化象征和社会意义。

比之国外的民族学或信息法，也就是中程理论，我们国家还多了一种文献法，或称二重证据法，无论之于考古学还是岩画学，都可以算是我国学术的特色。关于这种蹲踞式人形，我国古代文献中不乏各种记载。《诗・小雅・伐木》中“坎坎鼓我，蹲蹲舞我”的诗句，似乎就是针对花山岩画中蹲踞式人形和铜鼓画面的解说词；白居易《郡中春宴因赠诸客》诗中“蛮鼓声坎坎，巴女舞蹲蹲”，直到明代唐寅的《招辞》中“坎坎兮伐檀，蹲蹲兮舞盘”，不仅是对《诗经》古风的传承，应该也是对骆越人这种蹲踞舞蹈和铜鼓的观察记录。古代汉语文献对蹲踞式舞蹈的记载，要么属于本位信息类的民族志资料类比，要么属于客位功能性类比。结合南美公元前800年的哥伦

坎坎鼓我，蹲蹲舞我：壮族的蚂拐舞

比亚时期奥尔梅克风格（Olmec style）的蹲踞式人形，这种功能性的类似就更有说服力了。

奥尔梅克风格的蹲踞式人形被认为是一种象征着萨满入迷（trance）处于意识的改变状态时（altered states of consciousness，简称 ASC）的姿态（transformation pose）。换句话说，蹲踞式人形是一种通神的姿势，是一种与上天沟通的姿态。如是，这种类比便具有了客位功能性的相似。

所谓学术研究往往是扭秧歌式的迂曲前行,解决了一个问题，却又带出一堆问题。小到命名问题：譬如，花山岩画主题形象该称“蹲踞式人形”还是“蹲式人形”？如果岩画改称为“蹲式人形”，“蹲踞式墓葬”是否也该改称为“蹲式墓葬”，“蹲踞式起跑”是否改称为“蹲式起跑”？问题在于考古学家和体育界是否同意。大到理论问题：虽然从图像学的角度或进化论（具象到抽象）的观点来看，四期说或四段分期自圆其说，自洽自足，但假说的合理性并不等于真实性，这种定向发展是否为进化论？这种发展逻辑是否是历史的真实？由此而归结为汉文化影响所致，其关联性与真实性究竟几何？等等。也许，这将是下一个研究课题，也正是花山岩画研究需要更为深入的地方。

《大兴安岭岩画与环太平洋岩画带研究》序

“棒打狍子瓢舀鱼，野鸡飞到饭锅里。”这是我上小学时课本中《可爱的草塘》里的一句话，是黑龙江籍作家刘国林描写他家乡的一句俚语，形象而概括地道出大兴安岭物产的特点。大兴安岭不仅是一个地理上的分野，也是一个文化上的地标。万千表里，决定了大兴安岭自然风貌的壮观与丰饶；文化绵邈，大兴安岭的细石器、陶器和岩画等考古学文化所代表的农耕、渔猎和采集经济等众多文化，反映出大兴安岭文化的多样性和历史之悠久。

自 20 世纪 70 年代中期以来，大兴安岭已经发现近 60 处岩画点，单体画幅达 4000 余幅。这是一种极富特点的新的岩画类型。之所以称新，不仅仅有岩画自身的特点，即独具特点的红色颜料绘画与森林地带的分布特征，亦即如此技法特殊、风格独具、内容别样、分布在别处的大规模岩绘画群，还有这种森林岩画代表着的狩猎-采集的现代采集者的生活方式、经济形态及宗教形式。正是在这个意义上，我们将大兴安岭的森岭岩画视作一种全新意义上的岩画发现。

一

大兴安岭岩画发现之后，有些学者将其称为森林岩画。当然，称森林岩画不能说错误，但这个概念让人感到些许疑惑或不确定。草原岩画的经济形态为游牧，这一点确定不疑，但森林岩画这一称呼中所指称的经济形态是不是渔猎文化，至少学术界尚未达成共识。所以该书认为，通过俄罗斯学者的分析，与黑龙江（阿穆尔河）上游左岸岩画内容、风格近似的大兴安岭岩画，或许应称北方森林狩猎岩画系统更为合适。“森林狩猎岩画”是对大兴安岭岩画的精确定性，这个定性是对大兴安岭岩画时空框架的设定和学术认知。正是有了这种设定与认知，学术研究才能深入开展。其实仅认为大兴安岭岩画是狩猎-采集者的艺术作品也还是不够的，最初发现大兴安岭岩画的赵振才就说：“大兴安岭岩画当是古代室韦人的某些部落以及后来鄂温克族的某些狩猎和牧鹿人的艺术杰作。”但这更多是一种猜测或推理，而历史问题往往需要证据才能解决，要从学术的角度向我们解答为什么是现代采集者的作品。这也正是庄鸿雁《大兴安岭岩画与环太平洋岩画带研究》一书给我们带来的答案。

所谓狩猎人群就是以采集和狩猎为生的食物搜寻者。阿纳蒂教授曾经将猎人艺术欧洲旧石器时代洞穴岩画称作早期猎人艺术（archaic hunters' art），而将中石器时代以后特别是与细石器遗址相关的一些岩画称作晚期猎人艺术（evolved hunters' art）。不过按照目前学术界的术语，有人将其称作现代食物搜寻者（the modern foragers）。需要注意的是，这里的“现代”

一词指的是现代智人。

狩猎-采集是几十万年前的旧石器时代便已出现的经济形态，而旧石器时代晚期出现的现代食物搜寻者与其前辈的区别则是以移动为主。狩猎-采集是人类社会最早的经济形态，不过旧石器时代晚期的大多数狩猎-采集经济已经转变为农业、牧业或消亡，只有极少数持续到今天。而大兴安岭的现代食物搜寻者便是其中之一。考古学材料显示，以狩猎-采集为特征的食物搜寻在大兴安岭森林地区从 4 万 ~5 万年前的旧石器时代晚期便已开始，直到 20 世纪，食物搜寻和狩猎依然是大兴安岭人的生活方式和经济形态。不过问题似乎没这么容易回答：文化的演变并非简单的一加一等于二，历史的进程也不是单纯的推理演绎，今天大兴安岭森林地区的现代食物搜寻者是否就是几万年前旧石器时代晚期的狩猎-采集者？这个问题需要考古学证据来回答。

首先，大兴安岭地区几万年以来的考古学材料——从最早的漠河县老沟河遗址、塔河十八站遗址、哈克遗址、“扎赉诺尔人”与扎赉诺尔遗址、呼中北山洞遗址，到历史时期的东胡人、鲜卑人、突厥人、回纥人、契丹人、女真人及蒙古人等所有的考古学材料，都显示出一致的狩猎-采集的经济形态。正如考古学家赵宾福所说的：“位于呼伦贝尔草原以西的俄罗斯外贝加尔和贝加尔湖沿岸地区，是一个典型的以使用石镞、骨鱼镖、骨鱼钩和尖圆底罐为特色的渔猎型新石器文化区。”①其

① 赵宾福. 东北新石器文化格局及其与周边文化的关系［J］. 中国边疆史地研究，2006（2）：88-97,149.

次，现代分子生物学也证实这一点：学者在对嫩江流域吉林大安后套木嘎遗址中石器时代至铁器时代的104例样本中成功获取的20个样本的全基因组测序后，认定“嫩江流域自11000年以来人群遗传结构表现出高度的区域连续性，没有经历外来基因的流入及人群的替换”。在这样的考古学和分子生物学的强大证据之下，作者关于大兴安岭岩画的推论才能具有科学意义上的学术价值：“在文化上，这些信奉古老的原始宗教——萨满教的族群，在精神信仰上也保持着连续性，直到近代。因而，在萨满文化视域下，这些东北古族文化以及近现代鄂伦春、鄂温克等民族文化都能在大兴安岭岩画中找到其民族文化的符号和原型。”

岩画作者的身份确定以后，第二件事就是年代问题。这同样是个棘手的问题。既然大兴安岭的渔猎–采集者起源于4万多年前的旧石器时代晚期，那么作为渔猎–采集者艺术作品的岩画也很有可能是旧石器时代晚期的文化遗迹；或者说，既然以狩猎–采集为经济形态的现代食物搜寻者延续到了20世纪，那么岩画的时代也很可能非常晚近。换句话说，尽管最近对大兴安岭岩画的铀系测年有春秋时期、魏晋鲜卑等时代，但这也应该只是大兴安岭彩绘岩画的部分年代。既然大兴安岭地区有着如此悠久和绵延的狩猎–采集文化传统，其岩画的年代也定然是一个长时段的数据，需要更多更科学的测年数据。该书的作者肯定充分地认识到了这一点，所以在岩画年代的认识方面，尽可能地保持一种科学的保守又开放的态度：“大兴安岭岩画不是孤立存在，它是大兴安岭历史文化有机组成部分，它承载着大兴安岭先民的集体记忆。根据岩画的叠压关系，大兴安岭岩画不是同一时期同一族群的作品，它可能是生活在大兴安岭地区的有着共同的萨满教信仰的不同族群在不同时间段的作品，其时间延续很长。对大兴安岭岩画进行确切的断代和族属的认定，还需要借助考古文化学成果以及更有效的更科学的断代方法。”

二

《大兴安岭岩画与环太平洋岩画带研究》一书带给我们最大的惊喜是在萨满教语境下对大兴安岭岩画的研究。

20 世纪 60 年代，德国史前学家劳梅尔（Andreas Lommel）出版了他的被称为世界艺术的地标性著作(landmarks of the world’s art）的《史前与原始人类》(*Prehistoric and Primitive Man*)，在该书中他首次将岩画与萨满教以及史前文化联系起来研究，从而成为萨满主义流派的最早学者；稍后特别是在《萨满教：艺术的开端》(*Shamanism: The Beginnings of Art*）一书中，他第一次将旧石器时代洞穴岩画中的萨满形象与萨满教因素（迷狂，即 trance，ecstasy）归纳出来，甚至将 X 射线的萨满风格图像的传播路线归纳出来。劳梅尔第一次认为萨满教是猎人社会的宗教形式，他说猎人的世界是一个无法控制的世界，所以发展萨满教作为防御和控制，将世界划分为物质世界和精神世界，然后声称控制了精神世界。而岩画，正是萨满控制精神世界的手段之一。劳梅尔的萨满教学说后来成为坎贝尔（Joseph Campbell)《动物的超能力之路》(*The Way of the Animal Powers*)

一书的理论来源。也正是在劳梅尔的基础上，坎贝尔在书中直接沿袭了劳梅尔关于岩画的起源、特征和传播路线的全部观点。如果说劳梅尔的《史前与原始人类》是用萨满教研究岩画的创始的话，那么坎贝尔的《动物的超能力之路》则是20世纪下半叶用萨满教理论研究岩画的顶峰，其影响之巨，远不止神话、史前学以及岩画。张光直在其《考古学专题六讲》中曾说："萨满式的文明是中国古代文明最主要的一个特征。"有趣的是，这样的判断正是受到坎贝尔《动物的超能力之路》一书的影响。

进入21世纪后，萨满教再次以新的姿态迈入史前研究，使史前学，尤其是岩画，又焕发出崭新而迷人的风采，这就是刘易斯–威廉姆斯（James David Lewis-Williams）的以神经心理学模式（Neurpsychological model）为特征的萨满教理论模式。刘易斯–威廉姆斯试图建立一个现代觅食者宇宙学信仰和宗教实践的广义模型，即现代食物搜寻者的宇宙观（modern forager cosmologies）或食物搜寻者岩画的萨满教模式（the Shamanism model of forager rock art），用以解释包括岩画在内的考古遗迹的意义，尤其是全球狩猎–采集者岩画艺术的解码器。他试图对岩画中那些几何或无法辨识的抽象图案做出神经心理学上的解释。神经心理学模式的学说由三个基本要素或阶段组成：

第一个基本要素包括七个内幻视类型（有时也称作光幻视或常量形式，即 form constants）。这些都是人类视觉和神经系统在意识的改变状态（altered-states of consciousness，简称 ASC）在交互作用下所产生的光影（亦即在偏头痛时所产生的影像，或者瞬间盯着一个明亮的光源，然后闭眼轻揉眼皮也会产生这种光影)。这种内幻视图像通常分为七种：方格、点、圆圈（或斑点）、多重同心圆（或涡旋）、平行线（或钩状）、波折线、波纹（或网状）。

第二个基本要素与 ASC 状态有关，而且这种状态通过三个阶段而加剧。第一个阶段仍是内幻视图像。第二个阶段即这些内幻视图像被解释成某些对个人或文化特别重要的标志性形象。威廉姆斯说：我们相信，“萨满教”有效地指向人类的普遍性——理解意识转化的必要性——以及这种转化实现的方式，特别是（但不总是）采集-狩猎社会中。在第三个阶段，这些标志性形象似乎作为内幻视的投影而出现，而最后出现的则完全是幻觉了。

迷狂图像虽不完全但多半是我们大脑的产物，所以这会导致我们的心灵图像不会遵守或遵从真实世界的视觉标准。第三个基本要素便反映出这个特征。它包括导致迷狂图像在心灵展示的七个认知原则，无论这种图像是否牵涉内幻视或光幻视。这七个原则是：简单复制、多重再复制（multiple reduplication）、分裂（fragmentation）、旋转（rotation）、并列（juxtaposition）、重叠（superimposition）、集成（integration）。

鉴于刘易斯-威廉姆斯的神经心理学萨满主义在岩画研究领域所取得的碾轧性成功（the overwhelming success），它已经越来越多地被运用于研究非洲南部以及世界各地的岩画艺术，成为这些研究的主要理论范式[1]，所以有人包括刘易斯-

---

① BAHN P. Membrane and Numb Brain：A Close Look at A Recent Claim for Shamanism in Paleolithic Art［J］. Rock Art Research，1997（1）：62-68.

威廉姆斯自己也认为他的神经心理学加萨满教理论是现代觅食者的宇宙观，具有普世性（universal）。

不过碾压性成功并不意味着完美无缺或金刚不坏。其实刘易斯-威廉姆斯将其带有强烈后过程主义色彩的萨满教认同为所有跨越时间和空间的觅食社会的普遍特征的理论拓展，从一开始就遭人诟病：随着将萨满教扩展为所有跨越时间和空间的觅食社会的普遍特征，对岩画年代的重要性和关注已经消失了。[①]难道旧石器时代和现代的食物搜寻者之间没有区别吗？进化在这里消失了吗？时间在这里不起作用吗？有些学者还有更为细致和具体的诘问与指责，比如被艾利亚德归结为萨满教普世主义特征的迷狂（trance，ecstasy）和刘易斯-威廉姆斯笔下的“意识的改变状态”并不是普遍见诸各流行岩画的史前和原始部落，澳大利亚有些土著没有，甚至有些学者认为刘易斯-威廉姆斯萨满教理论赖以产生的南非桑人（San）也没有，桑人的萨满教缺乏历史背景[②]。刘易斯-威廉姆斯的普世主义招致学者们对这种理论和方法论的技术路线产生怀疑：世界上真有像葵花宝典一样的武功，一旦学会就可以独步武林，一统天下吗？若是，世界的多样性将如何解释？通过使用现代叙事来理解过去，刘易斯-威廉姆斯的理论模式错过了任何了解过去社会历史的偶然性和个性。萨满教模式冒着掩盖考古材料多样

---

① YATES R. Frameworks for An Archaeology of the Body［M］//TILLEY C. Interpretive Archaeology. Oxford：Berg Press，1993：31-72.

② MCCALL G S. Add Shamans and Stir? A Critical Review of the Shamanism Model of Forager Rock Art Production［J］. Journal of Anthropological Archaeology，2007（2）：224-233.

性的风险，用岩画艺术图像模式将人种学或民族历史真实图景变成现代情景①。

刘易斯–威廉姆斯被质疑最多的地方，却是《大兴安岭岩画与环太平洋岩画带研究》一书值得肯定之处。大兴安岭或者说东北靠近北极圈的森林地带不仅是经典萨满教盛行的地方，也是萨满教起源并至今流行的区域。所以用萨满教来解读岩画，应该是大兴安岭岩画最正确的打开方式。

在我国目前的岩画研究中，用萨满教理论来研究岩画已经蔚然成风；但系统使用萨满教理论来研究大兴安岭岩画者，《大兴安岭岩画与环太平洋岩画带研究》一书为首例。而且无论就地域、族群、文化、传统、历史各方面来看，大兴安岭岩画最适合使用萨满教来解释。因为从某个层面来看，岩画与萨满教就是一块硬币的两面，岩画就是萨满教文化的产品，是萨满教观念的图像化表达。该书专门辟出“萨满文化视域下的大兴安岭岩画与中国北方民族文化渊源”一章来讨论萨满教和岩画的关系，譬如在世界树–宇宙树–氏族树–社树的诠释方面，使用考古、神话、民俗以及文献等各种材料在萨满教视域内对岩画图像多方位、多层次加以解读。有了一个完整的理论体系，各项论证和诠释方面便融会贯通，更具说服力。在岩画诠释方面虽然在方法论上是客位（etic），但视角上已经是本位（emic）研究了。

---

① WOBST H M. The Archaeo-Ethnography of Hunter-Gatherers, or the Tyranny of the Ethnographic Record in Archaeology［J］. American Antiquity, 1978（2）: 303-309.

人物与符号。大兴安岭岩画一般都位于露天岩面上，年深日久，风吹雨淋，故大多都漫漶不清，极少有图像清晰者。有的即便使用了色彩增强软件修复，仍难以辨识

大人与孩子。该图像被解释为两边两个大人和中间两个孩子。左上角为用色彩增强软件 D-stretch 进行色彩增强后的图像

方框与十字

人物与十字

十字

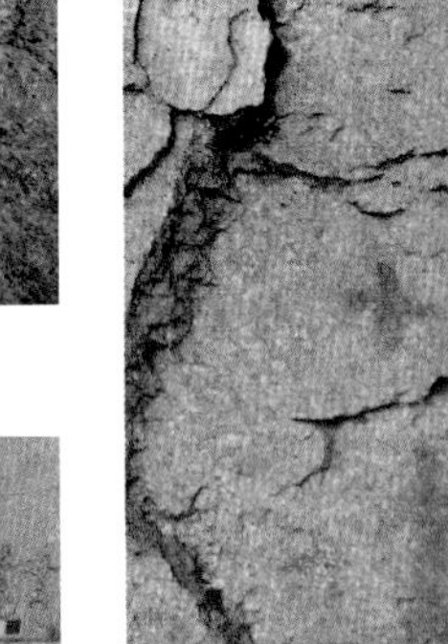

人物与十字

《大兴安岭岩画与环太平洋岩画带研究》一书的着力之处还在于人面像和环太平洋岩画带等方面的分析与讨论。我相信读者会品鉴出其中的奥妙和得失，此处我就不多说了，否则有剧透之嫌。

大兴安岭彩绘岩画时日久远，长期暴露在外遭受风吹雨淋，大多图像都已漫漶不清，殊难辨识，大多已经丧失了进一步研究的基础。看着这些色彩漫漶、图像损泐和时间远去的岩画，突然想起前段时间风靡网上的歌曲《漠河餐厅》。伤感的旋律令人哀肠百转，歌词也如刀锋般砭人肌骨：

我从没有见过极光出现的村落

也没有见过有人　在深夜放烟火

晚星就像你的眼睛　杀人又放火

你什么都不必说　野风惊扰我

三千里　偶然见过你

花园里　有裙翩舞起

灯光底　陨落了晨曦

……

你会来看一看我吧

看大雪如何衰老的

我的眼睛如何融化

歌词写的是1987年大兴安岭的大火，但我听着却像是大兴安岭岩画的挽歌，让人痛惜。如何通过现代科技手段，对岩画图像做一些清晰的复原与辨识，并且尽可能多地做一些直接断代，是对大兴安岭彩绘岩画进行更为深入研究的基本保障，是所望也！

科学缘自好奇，活着为了死去

网上有个段子。学生：老师，你教的都是没用的东西。老师：我不许你这样说自己。我不赞同一个老师用这种逞口舌之快的方式反击，我也许会借用亚里士多德的话告诉他们：求知只是人的本性，是借以区别于动物的手段，而不是为了使用。我的确经常被问到：考古有什么用？我也以同样的方式来回答。按古希腊人的说法，科学是用来满足我们人类的精神需求，而不是生活中实用的。换句话说，科学，你若不感兴趣就没用，若感兴趣就有用。以有用或无用的实用主义来评判和衡量一门学科，这是对科学的世俗理解，在实用主义眼中，学术还不如技术。在没有宗教的社会里，实用主义必定盛行；没有了精神信仰，物质崇拜与功利思想必将大行其道。

不过这不能怪提问者，这只能说我们对科学的普及还远远不够。“五四”以后我们就一直在追求科学，然而到今天仍不知科学为何物！2016年科技部和宣传部联合颁发的《中国公民科学素质基准》将“阴阳五行、天人合一、格物致知等中国传统哲学思想观念”作为其132个基准点之一。按中国科学院天体物理学家张双南教授的话来说，当他看到这个“基准”时，他的内心是崩溃的。我不想冒犯谁，但至少60%以上的中国人搞不清什么叫科学，大街上随便问问，中医是科学吗？至少一半的人都会说是或者说至少有科学的因素和成分，但古希腊人是不会同意的。即便是中医里有很多合理的验方，中国古代甚至出现许多貌似科学的“天文学”（如东汉的《四分历》、南北朝的《大明历》等）、“数学”（圆周率等）、“化学”（炼丹、酿酒、制陶、烧窑等）等，但这都属于经验和技术类，不能将其归类为科学，毕竟我们的传统是重继承而不重创新的。

“科学”不是表示进步和合理的形容词，而是名词，指发源于古希腊的人类认识大千世界的一整套思辨的理论和方法。亚里士多德在他的《形而上学》（*Metaphysics*）这部重要著作的第一卷中就区分了经验、技艺和科学。开篇第一句：“All men by nature desire to know. An indication of this the delight we take in our senses; for even apart from their usefulness they are loved for themselves; and above others the sense of sight.”（求知是所有人的本性。我们乐于使用我们的感觉就是一个说明；即使并无实用，人们总是喜好感觉，而在诸感觉中，尤重视觉。）把“知”的问题摆在了最为突出的地位。他认为，低等动物有感觉，高等动物除了感觉还有记忆。从记忆中可以生成经验，从经验中可以造就技艺。技艺高于经验，故技艺者比经验者更有智慧，懂得更多。但是技艺还不是最高的“知”，最高的“知”是“科学”（episteme）。多数技艺只是为了生活之必需，还不是最高的知。只有那些为了消磨时间，既不提供快乐也不以满足日常必需为目的的技艺体系，才是科学；也就是说，只有那些上升到理论知识的经验和技术才能成为科学。亚里士多德表明，理论知识与经验知识的不同就在于，理论知识研究事物的原因和本原，而经验知识只是为了运用和实践。

很明显，这个上升到理论的过程是一个从个别到一般的抽象过程，是一个脱离了个案，与实用无关的究其原因和原理的思辨过程。亚里士多德将这种思辨过程又称为辩证过程，即正反两方一问一答或一驳一辩的论证过程，所以英语 “dialectics”（辩证）一词的词根就是语言、对话的意思，而不同于现在我们用于表述马克思主义之辩证。亚里士多德包括苏格拉底等人认为，只有在这种循环往复的一问一答（辩证）的不断诘问质

拉斐尔于 1510—1511 年创作的《雅典学院》。该画以古希腊哲学家柏拉图举办雅典学院之逸事为题材，以极为兼容并蓄、自由开放的思想，打破时空界限，把代表着哲学、数学、音乐、天文等不同学科领域的文化名人会聚一堂，以回忆历史上黄金时代的形式，寄托了作者对美好未来的向往，表达了他对人类中追求智慧和真理者的集中赞扬

疑中，才能将一事物之理穷尽，才能获得一个圆满的答案，这就是“真知”。苏格拉底认为，假如我们是为了使用和有用去“辩证”一个问题，这种“用”会局限这种一问一答不断的诘问质疑（辩证），因为“用”是存在的，而这种一问一答不断的诘问质疑（辩证）要满足的是逻辑，也就是不再有矛盾才算“真知”。这也就是亚里士多德后来所说的“关于事物的原因与原理的知识”，简单地说是“思辨的智慧”。正如笛卡尔所说：只有我们的知识像几何学那样，从个别绝对正确的、逻辑上牢不可破的、人人不得不接受的公理出发，人类才能建立起真正的知识。所以 2000 多年来，西方的学术是在“辩证”主宰下视“方法优先于结论”的读书方式和传统，这个传统一直超然于社会、政治及经济现实而存在。

苏格拉底因主张无神论和言论自由，当局给他开出两个选择：要么放弃自己的学说，要么死。苏格拉底选择了死亡，最后被判处服毒自杀。当时苏格拉底的亲友和弟子们都劝他逃往国外避难，均遭他严正拒绝，他当着弟子们的面从容服下毒药。下页图中所描绘的就是苏格拉底服毒自杀的情景。画面在一个阴暗坚固的牢狱中展开，苏格拉底庄重地坐在床上，亲人和弟子们分列两旁。牢门半开，从门缝中射进一束阳光，使画中人物在黑暗背景的衬托下格外突出。苏格拉底位于视觉中心位置，他裸露着久经磨难的瘦弱身子和坚强的意志，高举有力的左手，继续向弟子们阐述自己的见解和观点，同时镇静地伸出右手欲从弟子手中接过毒药杯，面临死亡毫无畏惧。弟子们个个聚精会神地倾听老师的演讲，竟忘了老师死亡将至。

《苏格拉底之死》（*The Death of Socrates*）是法国画家雅克·大卫在 1787 年创作的油画，描绘了哲学家苏格拉底死时的情景

雅典哲学家们的辩证，即一问一答的思辨论证，完全出自兴趣与好奇，没有任何功利的实用，此称为科学。这是打开科学之门的正确姿势

亚里士多德最后对科学定性说：人出于本性的求知是为知而知、为智慧而求智慧的思辨活动，不服从任何物质利益和外在目的，因此是最自由的学问。人的本性在于求知，跟任何物质利益和外在目的无关！超越任何功利的考虑，为科学而科学，为知识而知识，这就是古希腊对科学的精神与定义。当然，时代发展到今天，也许我们完全可以扬弃它，但这是另外一个话题了。

最近有部纪录片很火，叫《徒手攀岩》（*Free Solo*），该片是攀岩运动员亚历克斯·霍诺德（Alex Honnold）于 2017 年 6 月 3 日共用时 3 小时 56 分钟无辅助徒手攀爬登上美国约塞米蒂国家公园 3000 英尺（约 900 米）高的酋长岩（El Capitan）

美国塞米蒂国家公园 3000 英尺高的酋长岩（El Capitan），红色的线条是霍诺德攀爬的线路

的全过程记录。网上的电影预告很煽情："在影片的最后 20 分钟，让我们一起见证他登顶酋长岩的奇迹！"什么奇迹？攀登奇迹吗？是，但不全对，应该再加个定语：没摔死的攀登奇迹！按一般理解这是一次可能只有 10%存活率的攀爬，或者说，这是一次理应摔死的攀爬，但他却没有被摔死，所以是奇迹。

霍诺德的好友、攀岩家汤米的说明更形象："想象一下，假如有一项奥运会级别的运动项目，如果你得不到金牌你就会死，那么徒手攀登酋长岩就是这项运动。你必须做到毫无差错。"汤米还说："真正喜欢攀岩的人，大多已经不在了，在残酷的现实面前依然义无反顾，并非看淡生死，而是追求之心所

光看看摄影师浑身的攀登绳，你就会感到小便失禁。而在这种对比之下，你能想见徒手攀登是一件多么恐怖的事情！难怪有的网友看完电影后评论道：这是我看过的最可怕的恐怖片

向。”通过他的摄影团队来体验这次攀爬的危险性可能会更有感觉。如果意外发生，对拍摄团队来说就是：“你的镜头活生生记录了他死去的过程。”不过这还不是最难以承受的，最难以承受的是你非常明确地知道下一步他可能将踩入深渊，摔得粉身碎骨，心揪到疼，可你不但无可奈何，还要若无其事地假装只是一块石头掉了下去，不动声色地端稳摄像机继续拍摄。这对摄影师心理的煎熬，远远超过攀爬者本人。所以摄影团队说，霍诺德徒手攀爬酋长岩那天是他们生命中最恐怖的一天，再也不想经历第二次了。

对于这样一个即便是随便望上一眼都可能会小便失禁的高度，居然有人会为之迷恋！所以有些人从医学角度来解释他们，说攀岩者内啡肽分泌水平往往偏低，平常运动根本没法刺激到他们，只有随时和死神对峙，他们才会感到快乐。或者说，在人类大脑中，主要由杏仁核控制恐惧情绪，而霍诺德的杏仁核阈值较高，对恐惧的感觉很迟钝。这样一来，我们和霍诺德之间似乎只是体质上的差别，而攀岩运动中所体现出的勇敢、执着、坚毅、专注、磨砺、约束等散发着人文光辉的体育和探险精神也由此被抹杀殆尽。

然而看完电影后让我感到震撼的并不是摄人心魄的攀爬和令人窒息的峭壁镜头，而是霍诺德对待登山的态度。霍诺德不知道危险吗？他当然知道，摔下去一样得死。他不怕危险吗？当然怕：“Um，look at this，I mean，you know，think about it，it’s freaking scary！”（看看这山，我是说想象一下，太吓人了！）所以在技术上要做到万无一失。“我也怕掉下山崖摔死，但你挑战自己并且做到极致时，你会有一种满足感，这种感觉在你面临死亡时更加强烈。你必须做到万无一失！”

爱一项运动不仅超过了爱女友，也超过了爱自己和爱生命：“如果我有要活得久的义务，显然我得放弃徒手攀岩，但我觉得，我没有这个义务。”这个说法太扎心了，简直到了残酷的地步！但作为一个中国人，他的问题这时就来了：这是为什么？图什么？建立在这个问题上的思维是典型中国式的，那就是攀岩有什么用。假如是为国争光，宣传机构会树你为榜样；假如你是为了挣钱，至少有一部分人会赞同并羡慕你；假如是为了爱情，诗人会写诗歌颂你。结果你什么都不为，只是为了自己喜欢，值吗？网上有很多留言，其中有不少都涉及这个问题：

“更多的人心存疑惑：因为热爱，因为梦想，这一切到底值不值得？”

“看完后，我心里真的是好堵。不愿去赞扬，甚至不想评价。我想很多观众都是一样的感受吧，再多的赞扬在那个凡躯的双手和3000英尺的酋长岩面前，都太轻太敷衍，图什么？”

“在东方，一方面说，有的死重于泰山，有的死轻于鸿毛，追求死的结果，利己还是利他，关注生命有用没用；另一方面，又‘好死不如赖活着’，‘父母在不远游’，基本上是不鼓励冒险的精神和行为。在东方，不提攀岩本身的危险，光是主人公从伯克利分校辍学就会让家人伤心欲绝，唠叨个死。有几十个人在攀登过程中死亡，这在中国，政府早就竖立起严禁攀爬的牌子。如果有人因攀爬死亡，公众会说，没必要的冒险，

唯有专心和专注攀岩，心无旁骛。万法同源，生活、科学和攀岩一样，都需要纯粹，不要预设太多的用途和意义

政府不让去还去，死了活该。想起小时候学校组织去春游，最怕出发前某个学校春游出事比如车祸之类，然后教育局必然下通知，全市所有学校的春游都取消了。可可西里不许冒险横穿了，但那里挖金采矿等经济活动照样进行，为什么？因为前者被认为没有意义，毫无用处。所以很多禁令中的珍惜生命，只不过是实用主义的借口。”

…………

大家都知道他一定会死于攀岩，这次没摔死，那就一定是下次，这只是时间问题。他也没想着为了活得更久一些而不攀岩或推迟计划。请一定不要按照我们的理解而去扭曲地拔高，这不是个勇气问题，只是态度问题。事业不一定伟大才值得牺牲，平凡卑微的追求同样值得献身！正是霍诺德这种看似毫无意义的冒险之举，才是对生命的最好诠释，才是一种真正的独立和自由精神。也正是这种精神，引领着整个社会和文化走向永不休止的探索和生机勃勃的创新。

攀岩什么都不为，就是喜欢。理想无须令别人仰视，只要让自己感到愉悦。为此放弃伯克利分校，为此放弃城市生活，为此放弃女友，甚至为此放弃生命，值吗？实用主义的琐碎和婆婆妈妈显然不在霍诺德的考虑范围之内，攀岩不仅是他的爱好和工作，而且是他唯一的生存方式。如不攀岩，他将一无所有；如不攀岩，他将了无生趣。孤身绝壁，以命相许只是为了换取短暂交流的快感。“比做爱的翻云覆雨还刺激。”霍诺德说。

所以当攀顶之后，霍诺德高兴得像个捡到糖豆的孩子一样，没有自豪，没有骄傲，翻来覆去只说一句话：So delighted!（太高兴了！）

To be or not to be?（生存还是毁灭？）不过对霍诺德来说，这并不是个问题，活着正是为了死去。

考古·岩画·萨满教：我的考古历程与学术认知

郭淑云教授嘱我写一些关于考古、岩画和萨满教之间关系的文字，包括我对这三者的认识。她给我拟了一个大纲，提出了很多问题，其中一些不仅涉及学术，也涉及我的家庭，包括一些个人的生活问题。本来我是老老实实地按照郭教授的提问一项一项地回答，但到了后面发现，其实问题本身就是按照一条诱敌深入的路线预设的，最后结果就是引人入彀，全军覆没。郭教授思虑之深、谋略之远，最后去掉提问，就成了这篇文章。所以感谢郭教授，感谢她的设问，感谢她的催促。

我的祖籍在江西萍乡东桥边，东桥原名草桥，草河经此流入湖南醴陵境内，古为边县重要集贸场所，名曰草市。汤氏为乡邑望族，世以诗礼传家，一如现存的汤氏宗祠楹联所称："精英钟萍水，诗礼绍夏阳。"但江西萍乡与我无关，我没去过老家，甚至没去过萍乡。到我这一代，萍乡汤氏家族已是五代书香门第。按理说，五代书香，应该是文脉流长，泽被后世，但这种耕读传统已经遭到斩草除根式的摧毁。记得在 20 世纪 70 年代初我上中学时，先父根本不敢提家世，生怕累及后人。不过先严作为一介文人，他的行为举止包括价值观，肯定是耳濡目染，不知不觉中深深地影响着我。用两件很明显的事例来说明。我大学毕业后被分到青海省考古研究所工作，其实这是一个我非常喜欢的职业和工作，我就喜欢做田野工作，从来没觉着什么辛苦劳累，而是充满享受。无论是发掘还是调查，只要是考古的田野工作，我总觉得是玩，是一种特别享受的工作方式，从不认为这是辛苦的工作。但在我 45 岁的时候，我转到大学里当老师了，这就是受家父的影响。其实我舍不得离开可以全天候做田野工作的考古所，但当大学教授是童年时便根植在我心中的梦，这个梦正是来自父亲。价值观的影响也是无形中的，先严算是“五四”后的新青年，不信鬼神，不信中医，不信佛道。他患前列腺癌后，有多少人建议他试试中医，甚至给他送来中药，但他从未曾尝一尝或试一试。在这一点上我深受其影响，可以说就是他的翻版。信仰指的是相信什么，而不信，则几乎成了我们父子的信仰。多少年以后，当我忆及先严时突然意识到，曾经特别不想成为父亲那样的我，最终还是不出意外地成为父亲那样了。这世界上没有巧合，也没有意外，文化规定好历史的进程，家庭也为你铺设好通往未来的轨道。

因为到了这个岁数，无论哪方面的回忆都是漫长的，我的学术之路自然也是漫长的。其实 1979 年上大学时，考古为何物我根本不知道，但我所在的青海锻造厂有很多老三届北京学生，比起我来，他们是见多识广的。我的一个好朋友，也是 66 届北京高中生，后来成为中央民族大学的领导。我报志愿时他建议我报考古，说搞考古可以全国各地到处跑，说不定还能去希腊、罗马或埃及。仅此一句话，就决定了我的一生。不过在大学期间，我并不喜欢考古，因为接触的都是那些僵尸般的坛坛罐罐和了无生气的遗址文物，尤其是类型学的研究方法，让我绝望。考古远没有中文系的文学课程有意思，甚至不如那些花花草草的植物学。所以我经常跑到其他系去听课，是一个很不被老师看上的考古系学生。

1983年刚毕业分到青海考古所后，那年的秋天就参加了湟源县大华中庄卡约墓地的发掘。刚毕业的大学生，不知道在考古发掘过程中该做什么或注意什么，只是按教科书或老师教的，只注意发掘的流程和规范等技术问题，以及如何运用类型学对陶器进行分类等问题。那会儿还是相信"一招鲜吃遍天"的年代，觉得只要把一部《九阴真经》练到九重便可独步武林、一统天下了。只要把类型学学好，就可以解决所有的考古学问题了。但也有疑惑，青海省考古研究所标本室里有一座复原的卡约墓葬，一副仰身直肢葬的人骨架，手执一把铜斧，脖子上戴着一串贝壳项链，身上饰有许多铜铃、铜泡和铜镜，说

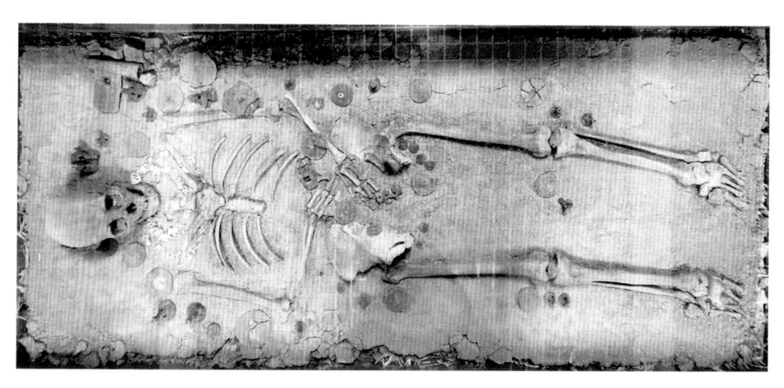

青海省考古研究所标本室收藏的卡约墓葬

明牌上写着：卡约文化的萨满巫师。当时觉得这座标本墓太令人着迷了：这是谁？为什么浑身的铜铃、铜镜？脖子上的贝壳哪里来的？手里的铜斧为什么会象征权力和神性？萨满巫师看上去简直太酷了！

后来墓地出土了一件瘤牛斗犬的青铜杖首的青铜器，按照考古类型学的分类方法，实际上这都可以归类到北方草原青铜器的大类中，这些都属于兽搏主题和草原风格。但这件青铜器引起我强烈的兴趣：瘤牛是印度的东西，如何跑到青藏高原来了？为什么草原风格会崇尚兽搏主题？它所表现的是什么意思？有什么文化象征？然而这些问题显然不是类型学所能解决的。也正是那年，购得一本三联出版社出版的张光直先生的《中国青铜时代》，记得很清楚，一方面艰涩难读，另一方面又读得我如饥似渴，如饮甘露，第一次知道原来考古可以这么有趣地去做，而不用像幼儿园小朋友摆积木一样枯燥地摆弄那些埋葬了千年的陶片。特别后来读到张光直关于虎食人卣的论述，

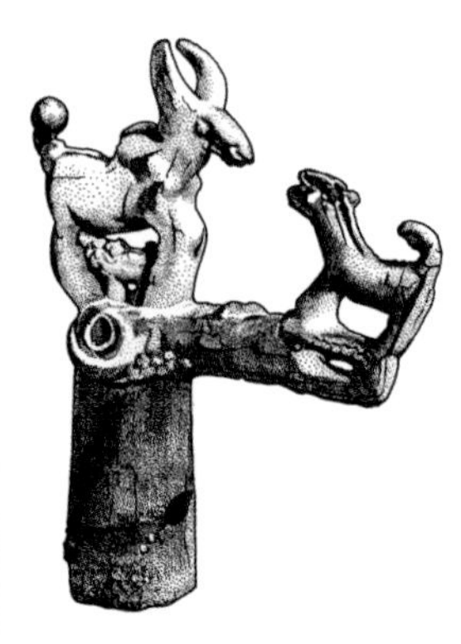

青海湟源大华中庄卡约墓地出土的瘤牛斗犬的青铜杖首

看到张先生引用美国神话考古学家坎贝尔（Joseph Campbell）的《动物的超能力之路》（*The Way of the Animal Powers*）中所运用的萨满教理论来解释虎食人的图像，这是我第一次了解到萨满教，而且立即就像萨满一样，为之迷狂——可能前生就是个萨满吧。课堂上的考古是一个逝去了的僵死世界，而萨满教则令其鲜活生动起来；课堂上的考古对象是物，而张先生的考古对象是人。

但是20世纪80年代初期像坎贝尔的这种书在中国是很难看到的，不过从此，我就力所能及地开始研读与萨满教相关的各种资料。在20世纪80年代中国学术的春天里，我们播下释放自我和张扬个性的种子，希望开出来的花无论绚烂或妖异，就是不想平凡。所以对一切不落窠臼和标新立异，或者说与传统教科书不同的学说理论，都趋之若鹜，认为是侑我芬苾。但国内的狭义萨满教研究远远不能满足我的兴趣，直到1992年我去意大利卡莫诺史前研究中心进修，多少年以后才明白这是一个升级换代的跳跃。这个中心连炊事员加一起，只有6个人，然而它在世界岩画界的地位却是众所周知的。这个中心有个图书馆，其中关于史前艺术方面的藏书，是非常可观的，这一点一般人并不知道。正是这个图书馆为我打开了萨满教之门，同时也打开了世界之门。

在这个中心我一开始读的就是坎贝尔的书，也就是他得以成名的《千面英雄》（*The Hero with A Thousand Faces*）。实际上坎贝尔是个从事比较神话学和比较宗教研究的人类学家，只不过是更多地运用人类学材料与考古学材料做对比研究，也就

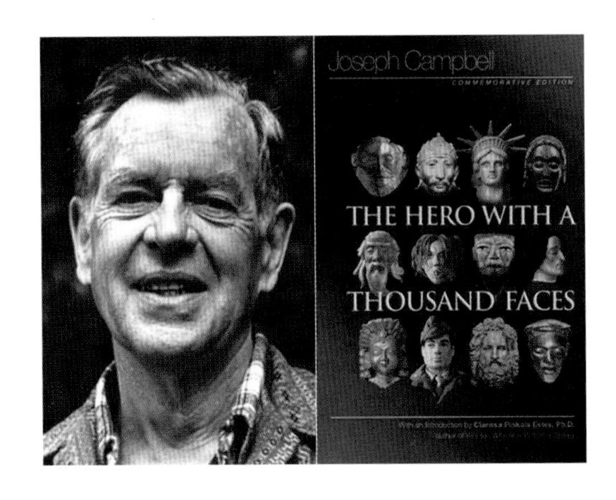

坎贝尔和他的《千面英雄》

是用人类学来解释考古学，在考古学中这种研究被称作中程理论，也相当于我们国家考古学中所谓“替死人说话，把死人说活”的考古境界。坎贝尔的学派可以称作萨满学派。1949年他出版了他的成名作《千面英雄》，其中“元神话”的神话理论确立了他在比较神话界和比较宗教界的学术地位。坎贝尔的“元神话”即把所有的神话叙事看作是一个伟大故事的变体，在大多数伟大神话的叙事元素之下，存在着一个共同的模式，而不管它们的起源或创作时间。坎贝尔研究最多的中心模式通常被称为“英雄之旅”（monomyth），并在《千面英雄》中首次被描述。

不过坎贝尔的神话观绝不是一成不变的，他的著作详细地描述了神话是如何随着时间而演变的，是如何反映出每个社会所必须适应的现实。不同的文化发展阶段有不同但可识别的神话系统，这就是他的神话进化论（evolution of myth）。《动物的超能力之路》涉及的是狩猎－采集社会的神话，涉及很多萨满

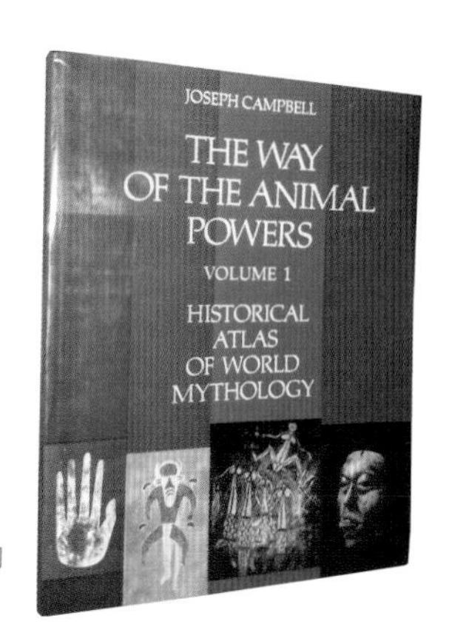

坎贝尔的《动物的超能力之路》

教内容；《播种的土地之路》（*The Way of the Seeded Earth*）谈的是早期平等社会的神话（early agrarian societies）；《天光之路》（*The Way of the Celestial Lights*）讨论的是早期文明社会的神话；《人类之路》（*The Way of Man*）则是对关于中世纪神话、浪漫爱情以及现代精神的诞生等主题的分析。

坎贝尔同时也是个现代思想家和哲学家，他的名言“让幸福牵着你”（follow your bliss），成为一个时代的流行语，甚至影响到好莱坞。乔治·卢卡斯称赞坎贝尔的思想影响了他的《星球大战》。所以我在卡莫诺史前研究中心读坎贝尔的书时，都是非常愉快的，感觉“让幸福牵着走”。不过就萨满教的人类学研究而言，坎贝尔显然不是最早的。《动物的超能力之路》出版于 1984 年，而在 20 世纪 50 年代德国史前学家劳梅尔（Andreas Lommel）就出版了他被称为世界艺术的地标性著作的《史前与原始人类》（*Prehistoric and Primitive Man*）和《萨满教：艺术的开端》（*Shamanism: The Beginnings of Art*）。

书中强调了萨满教作为艺术起源的概念，将萨满的新比喻引入洞穴艺术的研究和更广泛的解释，即精神病萨满或有痛苦预见能力的艺术家。他将旧石器时代洞穴岩画中的萨满形象与萨满教因素（迷狂，即 trance，ecstasy）系统归纳出来，甚至将 X 射线的萨满风格图像的传播路线也归纳出来。劳梅尔认为萨满教是猎人社会的宗教形式，他说猎人的世界是一个无法控制的世界，所以发展萨满教作为防御和控制，将世界划分为物质世界和精神世界，然后声称控制了精神世界。而岩画，正是萨满控制精神世界的手段之一。劳梅尔的萨满教学说后来成为坎贝尔《动物的超能力之路》一书的理论来源；也正是在劳梅尔的基础上，坎贝尔在此书中直接沿袭了劳梅尔关于岩画的起源、特征和传播路线的全部观点。如果说劳梅尔的《史前与原始人类》是用萨满教研究岩画的创始的话，那么坎贝尔的《动物的超能力之路》则是 20 世纪下半叶用萨满教理论研究岩画的顶

法国拉斯科洞穴中巫师与野牛的经典画面。戴鸟头面具的人物形象被认为是萨满，他身旁有一支装饰着鸟杖头的权杖

北欧地区戴着鹿头面具的现代萨满巫师（来自坎贝尔）

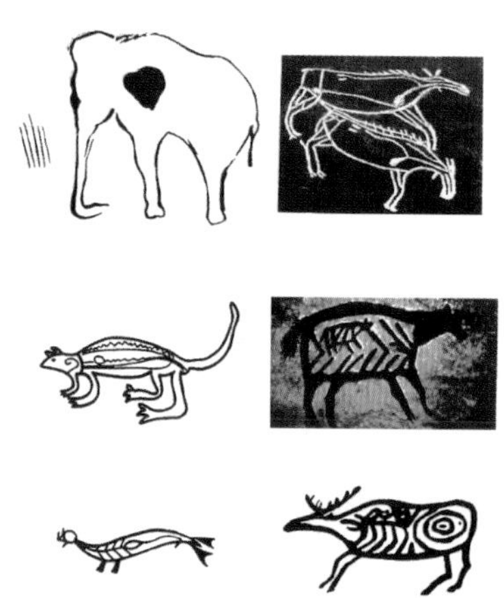

世界各地岩画中X射线风格的图像，着重表现动物的心脏和肋骨（摘自劳梅尔《史前与原始人类》）

马家窑文化彩陶中的X射线风格的人形纹饰。在劳梅尔的理论中，这就是标准的萨满，是正处在迷狂状态的萨满

峰，其影响之巨，远不止神话、史前学以及岩画。张光直在其《考古学专题六讲》中曾说："萨满式的文明是中国古代文明最主要的一个特征。"有趣的是，这样一个判断正是来自坎贝尔《动物的超能力之路》一书的影响。随着印度尼西亚苏拉威西

4万年前的洞穴岩画的发现，劳梅尔的岩画起源和传播路线显然也不合时宜了，但其文化传播论和萨满教的学术思想却依然有影响。

最初是因为萨满教而开始研读劳梅尔和坎贝尔的著作，而最终受到致命影响的是他们的文化传播论。在传播论的语境中来理解萨满教，才是这个学派的理论范式和认识精髓。有一件小事令我非常震撼。我在青海的东部农业区也就是湟水河流域长大，小时候玩一种游戏叫解绷绷，也就是用一条大概一米长的细线，将两头拴在一起形成绳圈，一人将绳圈套在双手手指上形成各种图案，然后另一人用双手通过挑、穿、勾等方法改变原来的图案，这样二人或多人轮流解绷，巧妙地绷出各种图案。在网上查了一下，也叫翻花绳，并说是一种流行于20世纪60至80年代的儿童游戏，又叫解股、翻绳、线翻花、翻花

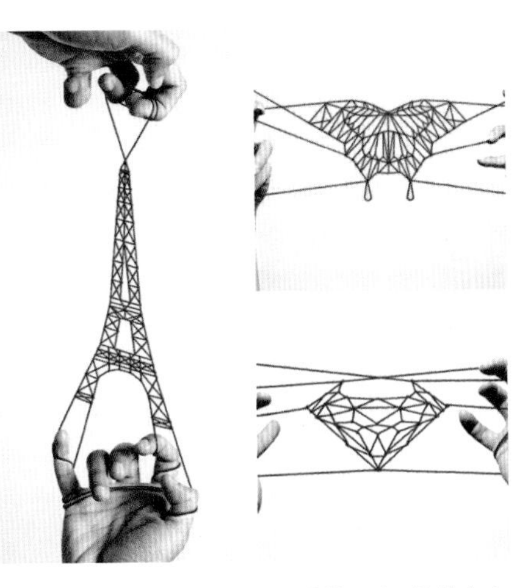

东欧的翻绳游戏

翻绳游戏能翻出如此随心所欲的图案，始信有必要成立国际绳图协会

澳大利亚（左）和非洲（右）玩翻绳或解绷绷游戏的女孩（采自坎贝尔）

鼓、编花绳等。这显然是小瞧了这个小小的儿童游戏后面所蕴含的巨大而深邃的文化意义。

这种玩绳圈的游戏在英语中称作 string figure games（绳图游戏），或者又叫 cat's cradle（猫的摇篮）。根据坎贝尔的研究，这是在全球范围内普遍传播的文化现象。上面的两幅图片所展示的是澳大利亚阿拉姆高地土著（左）和南非布须曼人（右）在玩翻绳或解绷绷游戏。譬如右边布须曼人所展示的这种绳子图案，在爱尔兰叫作梯子或篱笆，在尼日利亚叫作葫芦网（calabash net），而在美国的欧赛奇（Osage），印第安人则称其为欧赛奇钻石。看到非洲土人和澳洲土人也在玩我们从小就熟悉的解绷绷，心中震骇：It's a small world!（世界太小了！）

澳大利亚土著和南非布须曼人中所流行的文化现象一定是旧石器时代全球范围内都曾盛行的。19 世纪，人类学家詹姆斯·霍内尔（James Hornell）对绳图游戏进行了广泛的研究，他试图以此追踪文化的起源和发展。与萨满教一样，绳图游戏也被认为是单一地区起源的（monogenesis）。坎贝尔认为正是由于萨满教在全球范围内的传播，从而致使这种绳图游戏也在世界范围内流行。关于这种绳图游戏的最早描述也可追溯到古希腊时代，当时著名的内科医生赫拉克斯在他关于外科绳结和吊索的专著中提到了已知最早的绳图，并对其进行了描述。1978 年，国际绳图协会成立（International String Figure Association，简称 ISFA）。由此可见这种小游戏所体现的人类大文化与大运动。

既然谈到卡莫诺史前研究中心，就应该谈谈它的创始人，也就是我的导师阿纳蒂（Emmanuel Anati）教授。关于阿纳蒂教授，我国岩画界非常熟悉，他的岩画著作、理论范式、研究路线、思想观念都有专门的介绍，我在《青海岩画》一书中对他的结构主义句法论的岩画研究范式也有专门的介绍。阿纳蒂教授不仅是位享誉世界的岩画学者，同时也有着与其学术等量齐观的传奇，譬如他可以说 8 种语言（古希腊语、古罗马语、意大利语、西班牙语、葡萄牙语、英语、法语、希伯来语），他一生出版的著作截至去年已经近 150 种了（2018 年在梵尔卡莫诺山谷举行的国际岩画组织联合会大会上，他亲自告诉我的）。著作等身对他而言不是形容词，而是一个科学数据。还有，他做的一手好菜，与其学术路线一样，厨艺不仅精湛，而且还是跨文化的。他的学习历程同样可以反映出他文化的多样性和传奇色彩：1952 年在当地希伯来大学获得考古学学士学位；1959 年，在哈佛大学专攻人类学和社会科学，获硕士学位；1960 年，在巴黎索邦大学，师从著名的步日耶神父和古生物学家沃弗莱，获得文学博士学位。博士毕业后不久他就出了一本书，书名叫《卡莫诺山谷》（*Camonica Valley*），该书的扉页上写着："To my teachers：Professor R. Vaufrey，The Abbé H. Breuil." 这个 The Abbé H. Breuil 就是大名鼎鼎的发现北京周口店遗址的法国著名史前学家步日耶神父，也就是裴文中的老师。R. Vaufrey 是法国非常著名的史前学和古生物学家沃弗莱，他的许多文章是关于更新世晚期大象、猛犸等大型古生物的。这样一来，步日耶神父就成了我的师爷！出身名门啊，顿时觉得自己也身价百倍了！1964 年，为了研究史前和部落艺术，阿纳蒂开始专注于意大利梵尔卡莫诺山谷的岩画研究，并在这里建立了卡莫诺史前研究中心，这里后来成为国际上研究史前岩画和部落艺术的圣地。

2018 年在意大利与意大利学者阿纳蒂（左二，世界岩画艺术委员会原主席）、劳拉（左三）和法国学者克罗特（左一，阿纳蒂之后的世界岩画艺术委员会主席）合影

其实在卡莫诺史前研究中心的一年，最主要的收获不是读了多少书、学到多少东西，而是打开了眼界，知道世界上其他学者是如何在做考古和岩画，除了方法，还有态度与精神。最初都是一些不起眼的小事，最终都铸成人生中的里程碑。我在该中心的图书馆有个专门的座位，我每天早上 8 点准时坐到那个座位上，晚上 6 点离开。我每次去图书馆都要经过阿纳蒂的办公室。他办公室的门永远是开的，无论我上班还是下班，只要路过他办公室，总会看见阿纳蒂坐在他办公室的书桌旁。有一天我路过他办公室时发现有些跟平常不一样，哦，原来阿纳蒂出差了，不在办公室。没有了阿纳蒂的办公室让我突然明白了学问是怎样炼成的：在桌子和椅子之间，把自己坐成一件家具！一年以后我离开了该中心，但办公室秘书 Nives（尼维斯）开始时还会时不时地朝着我的座位喊一声"Tang"！听到这个故事，居然有一种暖暖的成就感：我成了别人眼中的家具。

当然，开悟仍需启蒙。我的启蒙书仍是《萨满教》，就是艾利亚德（Mircea Eliade）的《萨满教：古代迷狂术》（*Shamanism: Archaic Techniques of Ecstasy*，该书的汉译本《萨满教：古老的入迷术》已于 2018 年由社会科学文献出版社出版），无论是给我在感性上的震撼、理性上的升级、知识上的更新以及认识上的颠覆，可以说都是无与伦比的。第一次读到艾利亚德的《萨满教：古代迷狂术》的感觉跟我第一次听到斯特拉文斯基的《春祭》（*The Rite of Spring*）的感觉是一样的。第一次听到斯特拉文斯基《春祭》时如遇鬼魅，被其震慑得"魂飞魄散"。我去访友，朋友开门后让我进屋，但这次迎面而来的不是视觉画面，而是听觉上的冲击：和着打击乐的小提琴单音跳弦齐奏，固执而粗暴，排闼而来！一时之间我竟然犹豫了，不敢迈入，害怕进入的是一个原始丛林中的食人部落。

金庸的武侠小说也存在着一个元神话的结构，即某个根骨奇佳的武学奇才碰巧获得一本《九阴真经》类的武林秘籍，然后就遭遇一系列的机缘巧合，最终练成独步武林的大侠。《萨满教：古代迷狂术》应该就是学术界的《九阴真经》，虽不至于独步武林，但也可通任督，行周天，令黄河逆流，功力大增。“要有光”，这些书为我打开了一个崭新的世界，像一盏灯穿过心中的迷雾，照亮前程。在黑暗中看到前方的光明，恍然悟解什么叫启蒙，由衷地感到“真美呀，请等等我”。

早期萨满教研究往往被纳入民族学、人类学、原始文化、历史学、社会学、病理学的研究范畴，特别是心理学研究范畴，将萨满教的迷狂看成是危机心理甚或退行性心理的表现，并总会将其与某种异常的精神表现形式进行比较，或将其归为癔症或癫痫一类的精神疾病。艾利亚德第一次将其放在宗教史

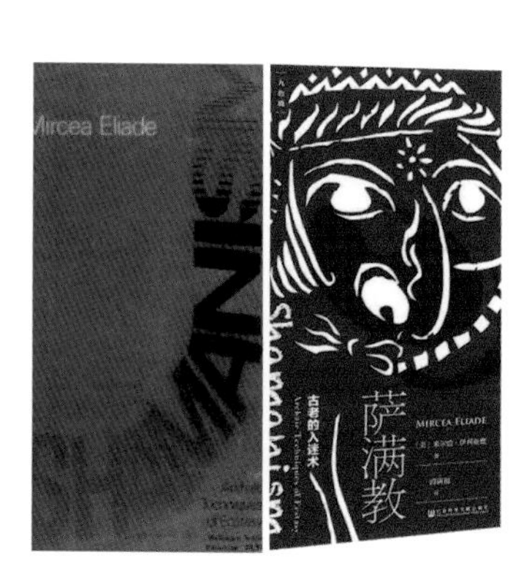

艾利亚德的英文本 *Shamanism: Archaic Techniques of Ecstasy*（左）和该书的汉译本《萨满教：古老的入迷术》（右）

的视域下来研究，尤其是将萨满教视作一种具有全球意义的史前或原始宗教，并总结出萨满教在全球性传播过程中所具有的文化模式和思维定式。这本书的副标题 *Archaic Techniques of Ecstasy*（古代迷狂术）突出了艾利亚德对萨满教的关键理解，他把三界宇宙观、灵魂、灵魂再生与转世、迷狂、通天、二元对立思维等核心概念塑造出一个萨满教模式，将其作为人类最早的世界观、宇宙观和认知模式，然后在全球范围内进行跨文化考察，从而为萨满教的研究打开一片崭新的天地。

不过艾利亚德之于我，最大的收获是运用萨满教的眼光来观察和理解考古学。正是在艾利亚德的萨满教视域下，从前疑惑的卡约墓葬问题开始变得有答案了：在西伯利亚的萨满服饰中，挂在衣服上的铁（或铜）质圆片是最为引人瞩目的。一般认为，这些圆盘象征着太阳，而其中会有一个中间有穿孔的圆盘，这个则被称为“太阳之口”或是“大地之口”，萨满借助这个圆盘进入地下世界或与天神沟通。除此之外，衣服上还有许多铜泡，以及象征萨满力量的铁链。一些精致的萨满服饰中，还会有一些象征人体骨骼、器官的小金属饰品。这些金属装饰都具有相应的“灵魂”，绝不会生锈。在满洲人生活的地区，萨满的镜子具有特殊的意义——“看到世界（入定）”“辨认神灵”“反映人类的需要”。在满-通古斯语中，镜子（panaptu）的词源为灵魂（pana），镜子就是用来储存灵魂之影的容器。

不知道法国精神分析学家雅克·拉康（Jacques Lacan，1901—1981）的镜像理论是否来自镜子与灵魂的萨满教世界观，而徐峰最近在他的《“凝视——镜像”视角下的萨满教》一文中，则将拉康与萨满教联系在一起。拉康以婴儿照镜子为例，认为婴儿在镜中看到了自我，更确切地说，镜中的映像助成了婴儿心理中的自我的形成。婴儿认为是其自我的，只是一块了无一物的平面上的一个虚像。人的自我形成的第一步就是建立在这样一个虚妄的基础上的，在以后的发展中自我也不会有更牢靠、更真实的根据。从镜子阶段开始，人始终是在追寻某种性状、某个形象而将它们视为是自己的自我。这种好奇寻找的动力是人的欲望，从欲望出发去将心目中的形象据为"自我"，这不能不导致幻想，导致异化。拉康在镜像理论中提出的镜像中自我的不完整、虚假以及分裂的现象在萨满初始阶段的疾病与梦魇中也存在。用拉康的镜像理论来看萨满教的迷狂（或入迷，即 ecstasy），我们便可从精神分析的角度获得新的理解："入迷仪式对于成为萨满而言是至关重要的，入迷是一种深度的精神体验。借此，萨满能够超越边界，进入神灵的世界。此一入迷正是一个镜像过程，如同水、梦、镜子是通灵的介质一样。同时，匪夷所思的是，入迷者在此过程中，是全程看着自己的断身仪式发生的，他并没有因为这个过程的残酷而回避（譬如人们做噩梦，梦见惊心之事时通常会醒来）。"萨满不仅利用各种神器，如鼓、镜来包装自己，增加仪式的效果，更重要的是，镜这个法器实在是萨满身份的一项重要表征。《墨子·非攻中》曾曰："镜于水，见面之容；镜于人，则知吉与凶。"萨满正可被视为特定社会中的一个可以被凝视的镜像装置。①

---

① 徐峰."凝视——镜像"视角下的萨满教[J].百色学院学报，2015(5)：96-100.

前面谈到X射线风格，劳梅尔和坎贝尔让我们知其然，而艾利亚德则让我们知其所以然：因纽特萨满“凝视自己的骨架”这一行为类似于“白骨观”，因纽特萨满能够凭借想象来见证自己被肢解的整个过程，如同拉康镜像理论中的凝视。骨骼是中亚及西伯利亚萨满仪式中被剥离的最后部分，大多数时候甚至只有骨骼得以保留，似乎对于萨满来讲，骨骼是肉体中最接近本源的事物，他无须替换，便已经存在神秘的能力。可能对于萨满来讲，骨骼本质上就是“非肉体”的真实生命。

艾利亚德的迷狂术强调其“古老的”（archaic），指的是其起源的古老性，而不限于古代的时间。虽然起源古老，但至今仍然盛行。藏传佛教中也常见这种白骨元素（白骨舞、中阴状态下的神灵），其与东北亚的萨满中白骨的象征有着极大的类似。藏传佛教壁画中的嘎巴啦（梵文的音译，即头盖骨）、尸陀林（梵文的音译，即葬尸场）的人骨架，包括密宗仪式中向恶魔“舍身”的仪式、利用人骨做成的法器以及召唤迦梨女神或者空行母等，其实都是死亡－重生的仪式象征。骷髅乃是灵魂的寄所，在壁画中绘制骷髅头颅，就是去故而就新，是对生命再生的表达。

我的《青海岩画——史前二元对立思维及其观念的研究》一书，就是在这种向往世界，追逐光明中写成的。这部书实际上在去意大利之前就已基本定稿，也准备付诸梓版，但因我要到意大利进修，所以就说等回国后再出版。然而到了卡莫诺史前研究中心，才知道井底之蛙，不可以语大海，于是几乎全部推翻重写。从二元对立这个书名便可看出我受阿纳蒂影响之

藏传佛教中表示灵魂转世往生的尸陀林主，又称墓葬主，是梵文葬尸场的音译

巨，受结构主义影响之甚。众所周知，尽管在20世纪90年代，后过程主义和后结构主义的思潮在世界考古界已经汹涌而至，但对于中国考古界特别是岩画界来说，仍安享于文化–历史学派的窠臼之中。19世纪以来理论创新的宏大叙事风格在岩画界依然非常盛行，阿纳蒂结构主义的句法论当时在岩画界正是旗帜高扬的时候，麾下粉丝无数，众志成城，我也是其中之一。步日耶是结构主义的鼻祖，句法论就是对结构主义的发展，正如阿纳蒂对步日耶的继承。二元学说是结构主义的核心，但西方的结构主义不了解东方的二元论还有着截然相反的

内容，所以有必要对结构主义的二元论进行重新认识和界定，从而使远东也可以纳入结构主义的理论框架之中。这样便有了结构主义在东方的发展，即二元对立，这也就是《青海岩画——史前二元对立思维及其观念的研究》这一书名的由来。二元对立的思维形式也正是原始萨满文化的思维方式。经常有人问：你这明明是岩画书，为什么要取个哲学名字？简而言之，岩画只是一个文化表象，而事实上是观念的产品，文化观念则又是思想和思维的产品，所以讨论岩画，实际上是在讨论思维、思想及其观念。

考古是以物质形式来缀合古代拼图的，也就是说如果涉及古代的精神世界，我们需要看到思想的形状。我们就以一幅鸟啄鱼图的结构模式，来看看思想是如何在历史的过程中通过不同的形状来表达自己的，看看它在时空范围内的延续性及其变异。

鸟啄鱼（或蛇）是一种构图，一者为鸟（或鹳或鸭或孔雀

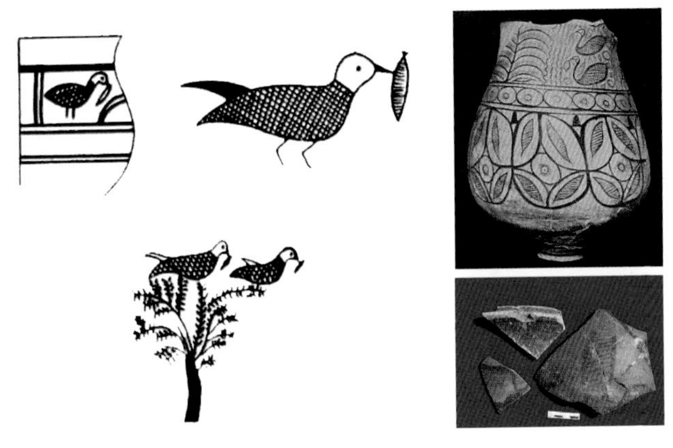

哈拉帕文化早期彩陶上的鸟啄鱼图

等），一者为鱼、蛇、虫等。鸟嘴里衔着鱼，从而形成一幅鸟啄鱼图。我们可以从一个更为广阔的时空范围来观察一下这个构图或思想主题的演化与变异。这个图案最集中和最频繁地出现在印度河谷的哈拉帕（Harappa）文化彩陶上。

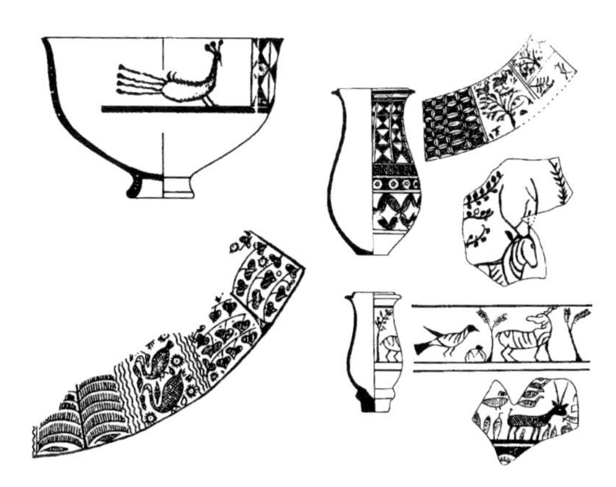

哈拉帕文化成熟期彩陶上的鸟啄鱼图

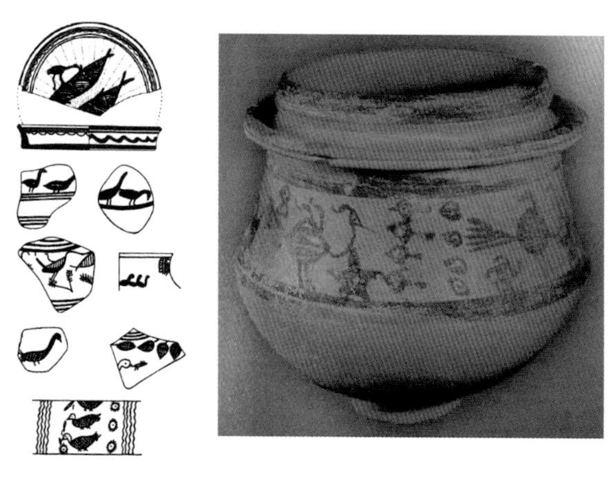

哈拉帕文化晚期彩陶上的鸟啄鱼图

印度河流域哈拉帕文化彩陶上的鸟啄鱼图案时代在公元前 2800—前 1700 年左右。不过这并不是印巴次大陆发现的最早的鸟啄鱼彩陶图案，最早的应来自马哈伽文化（Mehrgarh，公元前 7000—前 2000 年），马哈伽文化目前是印巴次大陆发现的最早的新石器时代文化。

而这种鸟啄鱼图案同样也是我国自新石器时代以来一直盛行的装饰图案，最早出现在公元前 4000 多年的仰韶文化。

关于鸟啄鱼图，尤其是河南阎村出土的这个鸟啄鱼图案，有很多解释，其中最为著名的就是严文明先生的观点。史前两个部落发生战争，鹳部落战胜了鱼部落。为了纪念这个意义重大的事件，鹳部落将胜利绘制在陶缸上。应该说没有什么理由

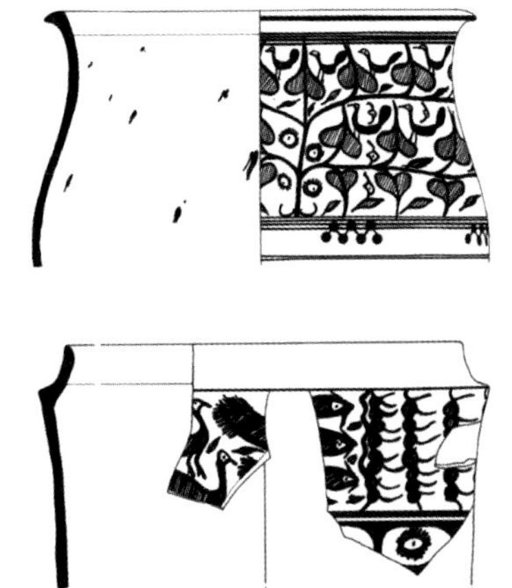

马哈伽文化出土的鸟（孔雀）啄鱼彩陶图案（公元前 3000 年）

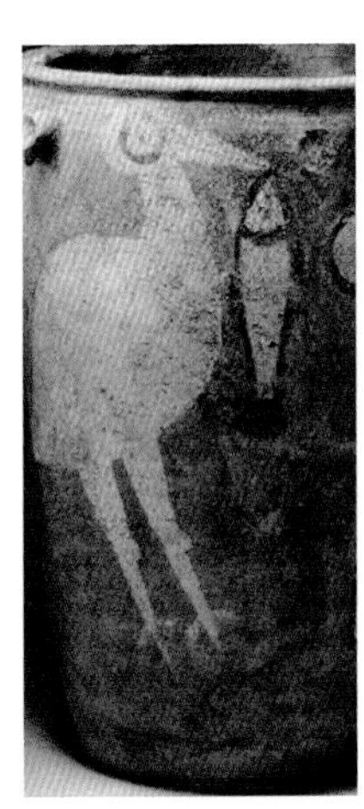

河南阎村出土的新石器时代仰韶文化彩陶上的鸟啄鱼图（左）；陕西宝鸡出土的半坡文化彩陶壶上的鸟啄鱼图（右）

柏林小亚细亚帕加马博物馆（The Pergamon Museum）藏萨玛拉文化彩陶碗上的鸟啄鱼图

或根据来加以反驳——如果我们只发现这一件的话。可问题在于无论是国内还是国外，无论是新石器时代还是青铜时代乃至现代，我们都发现了这种以鸟鱼争斗为主题的图案，而且其构图都是如此相似！这样的话，我们对事件性的历史解释就产生了怀疑，我们不得不考虑这个图案后面所要表述的具有普遍意义的人类学含义。检索世界范围内的史前考古材料，这种图案其实非常普遍。

如果我们把目光再从空间上扩大一些，就可以看到新石器时代彩陶上的鸟啄鱼图或鱼鸟争斗图最早出现在，除了前面我们提到的巴基斯坦俾路支斯坦的马哈伽文化之外，尚有公元前6000年的萨玛拉文化（Samarra）彩陶碗上。稍后在西亚地区也非常盛行，譬如与仰韶文化同时代的伊朗苏萨文化。

伊朗底格里斯河畔扎格罗山区发现的新石器时代苏萨 I 期文化彩陶片上的鸟吃蛇图（公元前 4200—前 3900 年）

苏萨 II 期文化彩陶片上的鸟吃蛇图（公元前 3900—前 3100 年）

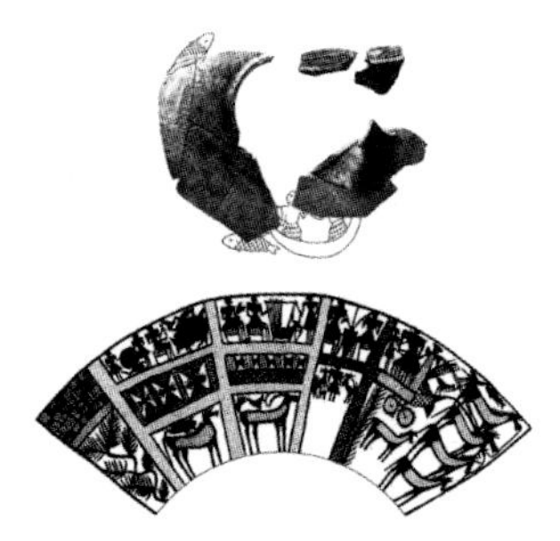

伊拉克卡法雅文化出土的陶器纹饰（公元前 3100—前 2500 年）

埃及图坦卡蒙法老（公元前 1352 年）金冠上的鹰搏蛇图

古希腊陶器上的鹰吃蛇图

伊拉克 Tell Agrab 遗址出土的彩陶瓮上的图案（公元前第三千年纪）

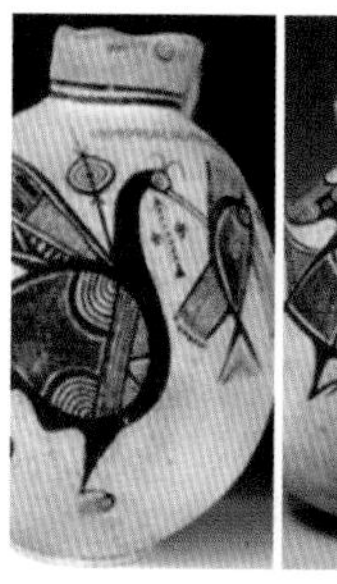

相当于中国春秋时期的塞浦路斯彩陶上的图案（公元前 750—前 600 年）

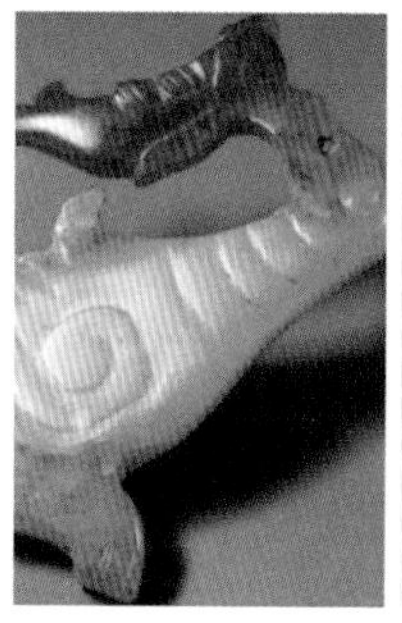

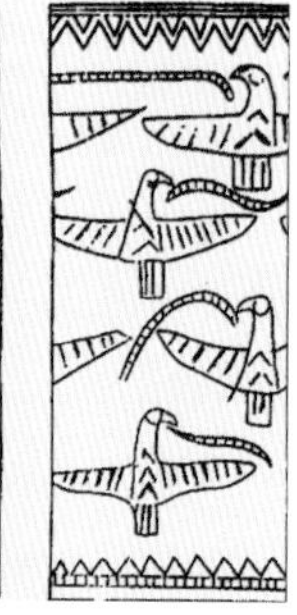

商代鸟啄鱼玉雕（左）；青海卡约文化（公元前 1000 年）骨笛上的鹰搏蛇图（右）

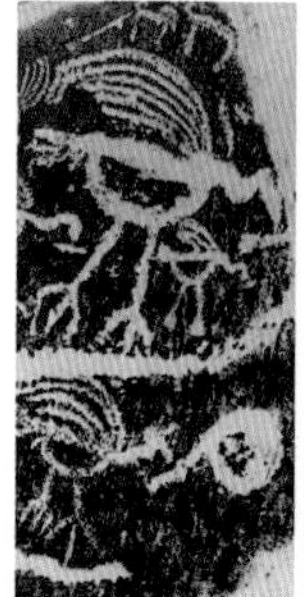

宁夏青铜峡四眼井岩画（左）和新疆阿尔泰岩画（右）上的鱼鸟图（公元前后）

除了考古器物和遗迹上的鸟鱼图或鹰蛇图案外，古代文献中也每每可以发现与其相关的描述与记载。《伊利亚特》（卷十二）：

“正当阿西俄斯和他的士兵们在这里进行遭遇战，并有许多人被打死的时候，其他的特洛伊人则步行通过壕沟，冲击希腊人的其他营门。亚各斯人不得不改变战略，集中力量保护战船。那些站在他们一边的神祇也十分忧伤地从奥林匹斯圣山上俯视着。可是，由赫克托耳和波吕达玛斯率领的一队却还迟疑着，没有冲过壕沟，这一队最英勇而人数又最多。这是因为他们看到了一种不吉利的预兆：一只雄鹰从左侧飞临上空，鹰爪下逮住一条赤链蛇。它拼命挣扎，扭转头去咬鹰脖子。雄鹰疼痛难熬，扔下赤链蛇飞走了。赤链蛇正好落在特洛伊人的中间。他们恐惧地看着蛇在地上挣扎，认为这是宙斯显示的征兆。”

“他们正急于要越过那条壕沟，就来了一个预兆：一只鹰高飞掠过队伍的左边，鹰爪抓住一条血红的大蛇。那条蛇还活着，在喘气，还在挣扎，扭转身来向抓住它的那只鹰的颈项咬了一口，那只鹰被咬痛了，把蛇放下，让它落到队伍的中央，于是叫了一声，就乘风飞去了。”①

很显然，希腊神话以清晰、明确的文字形式告诉我们：鹰和蛇在这里分别代表着宙斯和特洛伊人，从而象征着战胜与失败的正反二元。

从这些不同时代和不同文物载体上所表现的同样主题我们

① 柏拉图. 柏拉图对话录［M］. 朱光潜，译. 北京：人民文学出版社，1963：12.

可以看到，鸟啄鱼图案后面所要表达的人类的普遍认同的价值和认识模式。这种普遍认同的价值和认识模式被哲学家们以结构主义命名并加以归纳。简单地说，结构主义是以对立的二元逻辑形式为特征的，如黑白、好坏、上下、善恶、强弱、神魔等，二元之间的关系是绝对的对立，不存在丝毫的统一和转化，换句话说亦即 A 不等于非 A 的逻辑形式。诚如列维–斯特劳斯（C. Lèvi-Strauss）所说的：我们逻辑的运转便是通过二元对立，以及与象征主义最初的显示相吻合这种手段来进行的。二元对立不仅是我们人类基本的思维形式，也是整个古代社会共同的文化观念。仰韶文化彩陶上的鱼鸟争斗图就是用图像形象地表达了这种逻辑思维形式与文化观念。

尽管列维–斯特劳斯等人将中国的阴阳也纳入二元的结构内，但事实上这些结构主义的先驱们并不了解中国以老庄的阴阳哲学为代表的二元论，中国的阴阳学说或二元论与西方结构主义语境下的二元论有着本质的区别。如同西方一样，最初中国的思维也就是李约瑟、张光直等人所说的以萨满为特征的文化系统。

根据各国的神话、文献、民俗等材料，我们知道鸟（鹰、鹳、鹤、孔雀等）象征着太阳、天、天堂、光明、强大、胜利等，而鱼（或蛇）则象征着地下、地狱、黑暗、弱小、失败等与前者相反的对立面，这样便构成了一正一反或肯定与否定的

西周青铜器上的鸟啄鱼图

山东（左）和徐州（右）出土的汉代画像砖（拓片）

山东邹城（上）和四川南溪（下）出土的汉画像砖拓片

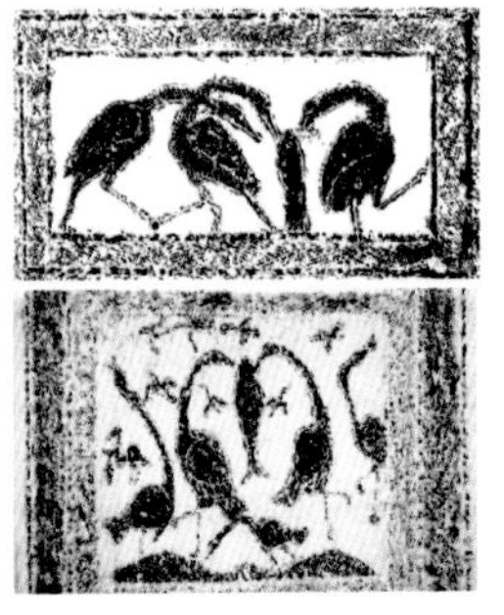

山东邹城出土的汉画像石拓片

二元结构。在这个结构中，前者象征着正和肯定因素，而后者则代表着反和否定因素。所以《淮南子·天文训》云："毛羽者，飞行之类也，故属于阳；介鳞者，蛰伏之类也，故属于阴。"郑玄《礼记·昏义》注："鱼，水物阴类也。"《蜀都赋》："阳鸟回翼乎高标。"《经籍纂诂》云："鱼为阴物"，"鸟者，阳也"。虽然我国汉代的文献不足以直接说明这些几千年前新石器时代的彩陶图案，但总可以说明历史时期比如周代的鸟啄鱼图吧！或者，再苛刻一些，总能说明汉画像砖上面的鱼鸟争斗图吧！从理论的层面来看，也可以用中程理论来参照。

不过《周易》之后，中国自身的哲学开始发达。《周易》云："一阴一阳之谓道。"用哲学语言来讲，"道"是产生二元的统一体，或谓二元思维产生之前的人类社会和人类思维状况，亦即神话中的混沌。后来盘古开天地，黄帝判阴阳，意味着建立在二元对立思维基础上的人类理性和文化的产生，原始混沌被打破，文明秩序被引入，这正是《周易》所说的"一生二"。到了春秋战国时期，出现了一个最终使中国与西方在思维、哲学以及文化上分道扬镳的新变化，即原来旨在强调对立的萨满教二元对立思维，开始向统一的二元论转变，其标志主要是《老子》一书的出现。《老子》一书的宗旨就是抹杀二元之间的区别、对立和斗争，使二元之间彻底地转化和全然地统一，这就是众所周知的阴阳哲学。老子认为正是由于天地被判开，阴阳被对立后产生的社会秩序与文明，才导致了整个社会的堕落，如战争、人们之间的敌对与尔虞我诈、世风的浇薄等。那么要改变这一切，首先要回到过去的混沌社会中去，其根本途径便是在哲学上消除二元对立。老子认为美丑、难易、长短、高下、前后等诸二元之间的关系根本不存在对立，而是相互关联、依存、统一以及转化，所谓"有无相生，难易相成，长短相形，高下相倾，声音相和，前后相随"。老子采用贬抑肯定因素、褒扬否定因素的办法来抹杀二元之间的区别和对立。也唯其如此，才能达到天下大治："不尚贤，使民不争；不贵难得之货，使民不为盗；不见可欲，使民心不乱。"

到了庄子，这一做法被发挥到了极致，他通过一系列寓言或故事来否认和抹杀业已存在的二元之间的区别，从而使阴阳哲学从文人士大夫和贵族阶层普及到平民老百姓，使哲学通俗化，这就是道家思想。《庄子·山本第十二》云："阳子之宋，宿于逆旅。逆旅人有妾二人，其一人美，其一人恶。恶者贵而美者贱。阳子问其故，逆旅小子对曰：'其美者自美，吾不知其美也；其恶者自恶，吾不知其恶也。'"这就是通过抹杀美丑之间的区别来消除美丑之间的对立。其许多著名寓言如庄周梦蝶、濠上羡鱼等都是通过抹杀真实与梦境之间、主客观之间等一系列事物之间的区别来强调二元之间的统一，庄子把这种折中主义称为"齐物"，所以"齐物论"是《庄子》的点睛之笔。

在阴阳哲学家们看来，阴阳之间不存在对立，更谈不上道德价值取向，二者之间至多是一种自然的交替和变化而已。《吕氏春秋·大乐》云："阴阳变化，一上一下，合而成章，浑浑沌沌，离则复合，合则复离，是谓天常，天地车轮，终则复始，极则复反，莫不咸当。"

其中，二元之间不再有区别和对立，二元融为一体，像车轮一样无始无终，像水一样无法判剖。正如太阳做圜形运动一样，虽有白天和黑夜，但它们之间的关系是相互转化和相互代替，而不是对立。这种哲学认识后来用图像来表示，即太极图，亦可称为圜道。从纯粹的数字关系来看，既然"道"是二元论之前的东西，那么转化成数字关系就应该是"一"，也就是哲学上所谓的"太一"。既然二元论使整个社会堕落，我们就应该抛弃二元对立，合二为一，再回到以前的"一"去。《老子・三十九章》云："天得一以清，地得一以宁，神得一以灵，谷得一以盈，万物得一以生，侯王得一以为天下正。"

"二"是"一"的对立之物，既然"一"的价值取向是肯定，那么"二"的价值取向就是否定。汉字"贰"除了表示数字外，其他主要义项都是围绕着分离、分开而衍化的，但这时的"贰"多用于贬义，如背叛、不忠、分裂等。

也正是从老子开始，中国的哲学、文学、艺术、医学、宗教等，便逐渐与西方分道扬镳了。"太一"与"二元"之间的区别，正是中国与西方之间的区别，这首先是来自哲学和思维上的不同。与西方相比，中国古代社会是一个哲学的社会，而不是科学的社会；古代中国更注重主观的精神世界，而不是客观的物质世界。

在汉代，老庄的二元统一的阴阳哲学已经深入民间，普及到底层社会和日常生活。原来象征着二元对立的鸟啄鱼或鹰吃蛇图案，现在变成鱼鸟一体图，象征阴阳和合。《山海经・西山经》："又西百八十里，曰泰器之山。观水出焉，西流注于流沙。是多文鳐鱼，状如鲤鱼，鱼身而鸟翼，苍文而白首赤喙，常行西海，游于东海，以夜飞。"胡文焕图说："鸟翼苍文，昼游西海，夜入北海。其味甘酸，食之已狂，见则大稔。"文鳐鱼是丰年的象征，所谓"见则天下大穰"。郭璞注说："丰稔收熟也。"郝懿行注云："鱼见则大穰者，诗言众鱼占为丰年，今海人亦言岁丰则鱼大上也。"郭璞《图赞》曰："见则邑穰，厥名曰鳐。经营二海，矫翼闲（一作间）霄。惟味之奇，见叹伊疱。"

《山海经》中长翅膀的文鳐鱼

《山海经》中鱼鸟一体的蠃鱼

还是《山海经·西山经》的记载，其曰："邽山……蒙水出焉，南流注于洋水，其中多黄贝。蠃鱼，鱼身而鸟翼，音如鸳鸯，见则其邑大水。"

无论叫蠃鱼还是文鳐鱼，实际上都是长翅膀的鱼，象征阴阳和合与正反统一的鱼鸟合体之概念，所以两种长翅膀的鱼鸟，一者代表丰产（文鳐鱼），另一者则代表相反的对立概念：水灾（蠃鱼）。通过《山海经》关于文鳐鱼和蠃鱼的描述与记载，我们可以看到早期对立的二元结构是如何在汉代开始转化和统一的。

汉代之所以出现阴阳和合、鱼鸟一体的描述与图案，直接来源应该就是《庄子·逍遥游》："北冥有鱼，其名为鲲。鲲之大，不知其几千里也；化而为鸟，其名为鹏。鹏之背，不知其几千里也；怒而飞，其翼若垂天之云。是鸟也，海运则将徙于南冥。南冥者，天池也。"前面我们谈到，整个《庄子》一书就是为了普及老子二元统一的哲学思想，使阴阳哲学通俗化，用寓言的形式抹杀二元之间的区别与对立。而《逍遥游》中的"鲲鹏说"就是为了说明飞与游、天空与水里、鹏与鲲、鸟与鱼之间是没有区别的，二者是可以转化的，是"齐物"，是一体的。

正是《庄子》中明确无误的描述和表述，汉代便明确出现了鱼鸟合体的蠃鱼、文鳐鱼以及后来的鱼凫等，都是合二为一、抱阴负阳、守一执中这些表达二元统一哲学思想的形状。

浙江省博物馆藏唐宋时期的青铜鱼凫（左）；河南南阳出土的明代画像石拓片（右）

汉代以后，道家思想虽未成为意识形态的主流，但在佛教、诗歌、绘画、政治等各方面，道家思想的影响都是巨大的。如佛教中的禅宗，其连生死、精神和肉体之间的区别都已抹杀，遑论二元之间的斗争和对立；政治上主张“中庸”，即在价值取向上既不“阴”也不“阳”，而取二者之间；医学上最根本的理论就是保持阴阳之间的平衡，使之不失调；等等。当然，我们在这里只能窥一豹斑，不可能详细解释。

因为我们谈的是图像，也就是艺术形式，所以对于艺术，特别是绘画图案中的二元统一，我们应该再多谈几句，尤其它是中国绘画美学原则的来源。中国绘画所讲究的“似与不似之间”以及“胸中竹”，到石涛的“一画论”等，即是对真实与想象、客体与主体、形似与神似、散点透视与焦点透视等对立二元的融合。成为实际上从图像学的角度来考察，其造型并不常见，不过其手法却是非常传统，甚至可以说是中国传统文人画中的可以称为标志性的东西，这就是中国文人画中以客观世界为基础来表现自我主观世界的禅画。例如王维的绘画作品中往往以桃李、芙蓉、莲花同出一景，这种时间失序和空间交叠的图景恰恰是王维内心对主客观世界的综合。这种建立在禅宗心性论（二元统一）基础上的主客观结构在后世理论中不断被诠释、运用、加强乃至放大，以至于成为中国文人画的一种准则与追求，如沈括的“神会”、倪瓒的“胸中逸气”、欧阳修的“忘形得意”、八大山人的“心物相接，心境合一”、郑燮的“胸中竹”，乃至石涛的“一画论”等，均属此列。于是这种时空错乱、主客交织、分类无序等一系列旨在表达与主观和客观世界沟通交融的构图，尤其是将鱼鸟这样对立的二元结合在一起的图案，便从此成为文人绘画实践的钟爱。在这种表现主客观的构图模式中，鱼和鸟往往成为具有代表性的图像，比如李鱓《花鸟册》中每每同时出现花和鸟。“翠羽时来窥鱼儿”，是李鱓对自己作品的题诗。但我们知道在客观世界中我们是很难见到这种自然场景的，这种雀类或学名称作雀形目鸟类(fringillidae)的鸟实际上与鱼是不相干的，这只是作者通过非自然的空间叠加把鱼和鸟合在一起。八大山人的《鱼鸟图》，说是鸟，但有鱼的尾巴；说是鱼，又有鸟的翅膀。这与自然景象毫无关系，这是哲学的图像、思想的形状，这已经发展成表达道家思想和精神的标准隐喻和传统象征。

郑燮画竹的“三段论”道出了中国文人禅画的精髓：“江馆清秋，晨起看竹，烟光日影露气，皆浮动于疏枝密叶之间。胸中勃勃遂有画意，其实胸中之竹，并不是眼中之竹也。因而磨墨展纸，落纸倏作变相，手中之竹又不是胸中之竹也。总之，意在笔先者，定则也；趣在法外者，化机也。”西方古典绘画描绘的是“眼中竹”，是客观影像；而中国画写的是“胸中竹”，亦即主客观结合在一起的影像。也就是唐代张彦远《历代名画记·叙画之源流》中所说的“外师造化，中得心源”。

实际上这也是“书画同源”“翰墨同门”这一中国画独有特征之缘起，亦即在画上题字。苏轼曾提出“诗画本一律”的观点来说明和解释书画同源，他在王维画作《蓝田烟雨图》上的题跋云：“味摩诘之诗，诗中有画；观摩诘之画，画中有诗。”以后的学者大抵都是在苏东坡的这个观点的基础上进一步完善

八大山人的《鱼鸟图》

郑燮笔下的竹已经与竹子无关，只不过是不下堂筵，坐穷泉壑，因心造景，以手运心，托物言志，写胸中逸气耳。正如郑燮自己题诗中所说的："衙斋卧听萧萧竹，疑是民间疾苦声。些小吾曹州县吏，一枝一叶总关情。"用索绪尔的结构语言学中的意指作用来说，竹子只是能指，而胸中逸气则是所指

或修正进行的。而钱锺书则不同，钱锺书《七缀集》中的《中国诗与中国画》和《读〈拉奥孔〉》两篇论文，谈论的都是诗歌与绘画的关系，或者说都是在论说诗歌与绘画的差异，都是在以某种方式反驳“诗画本一律”这种美学观念，都是对“诗中有画”“画中有诗”这样的命题的质疑。实际上钱锺书是对的，在画上题字，正是画龙点睛之举，题写出画面所不能表达的或表达不清的东西，所谓“宣物莫大于言，存形莫善于画”(《历代名画记》)。

不过“画胸中竹”有个问题。画竹子不用说，大家都知道，如若画一座山呢？譬如画家画的是华山，描摹出其险峻之态，但别人如何知道这是华山之险峻呢？我画李白，别人如何知道我画的是李白而不是杜甫？很简单，画上题字即可。正是宋晁说之说的：“画写物外形，诗传画外意。”因为中国画画的是心中的主观意象，外人不一定能明白，所以需要文字说明，画上的字和诗就是作者对画的说明。由此来看，所谓的“书画同源”，其实唐代以前特别是汉代以前的画上基本上没有题记，而只是意在“写胸中逸气”和“画胸中竹”的文人禅画兴起后，才滥觞了画上题诗或题词的传统。

鱼鸟图案就这样成为中国文化几千年来传承的主题，特别是中国绘画中，鱼鸟主题不仅被赋予各种各样的形式造型，还被寓以各种文化内涵。当代画家林逸鹏的《云南印象系列》中的鱼鸟和合图，可以理解为是汉代以来二元统一鱼鸟图的继承，尽管林逸鹏未必是有意识或明确地想通过鱼鸟这种返璞归真的经典图像来表达传统中国的二元统一思想，但无疑传统中

林逸鹏《云南印象系列》中的鱼鸟和合图

国的二元统一思想将林逸鹏导向返璞归真的经典图像。在中国传统文化的范式下，图像只不过是思想的形状。

既然是中国传统文化，那么所辐射和影响的范围当然不会仅限于绘画。齐秦和齐豫的《飞鸟与鱼》，电影《蓝色骨头》中崔健与谭维维唱的《鱼鸟之恋》，也是这千年之绪："故事太巧，偏偏是我和你。看看我们的身体，羽毛中的鱼。……我是孤独的鸟，你是多情的鱼。……海面像个动动荡荡的，大大的床。……一会儿是风，一会儿是水。"鱼鸟、阴阳、女男、水天、游飞，正在中国传统文化的范式下，天地既济，大道至正。风起于青苹之末，鱼鸟同体，武林一统，解放全人类，人类命运共同体，良有以也！

“羽毛中的鱼”就是中国二元统一思维及其观念的前世今生。虽然用现代特别是崔健那极富顿挫感的摇滚风格来诠释合二为一的鱼鸟和合，就好像吃热干面就面包一样，能把人噎死！这似乎是一个隐喻：传统文化与现代思维的冲撞。但中国文化的内核，则依然在彰显着自身包容性的一统融合力，显示出真正的无坚不摧和有容乃大，即便是浑身长有利刃和芒刺的摇滚。或者从另一个角度来看，崔健的摇滚在桀骜不驯的外表下，其实潜藏着一颗被驯化的内核，像一列行进中的高铁，虽动能十足，一往无前，但毕竟限制在轨道内，直撞而不横冲。

进入21世纪以后，在考古界曾经作为中程理论来理解的萨满教这时已经升级成为认知考古学的一部分了，也就是从过程主义发展到后过程主义了。21世纪初，普莱斯（S. Price）的《萨满教考古》（*The Archaeology of Shamanism*），皮尔逊（L. Pearson）的《萨满教与古代心灵：通往考古的认知途径》（*Shamanism and the Ancient Mind: A Cognitive Approach to Archaeology*），以及刘易斯-威廉姆斯（James David Lewis-Williams），包括他与其他岩画学者如法国的克罗特（J. Clottes）、道森（T. Dowson）等人合作，出版和发表了很多著述，如2001年出版的《头脑风暴的影像：神经心理学和岩画研究》（*Brainstorming Images: Neuropsychology and Rock Art Research*），和皮尔斯（D. Pearce）合著的《桑人精神：根脉、形式及社会影响》（*San Spirituality: Roots, Expressions and Social Consequences*），与克罗特合作的《史前的萨满：迷狂巫术和岩画洞穴》（*The Shamans of Prehistory: Trance Magic and the Painted Caves*）等，这些著作标志着这一升级转变的完成。从最初被考古学视作中程理论的萨满教，此时已经发展成为一种研究范式了，亦即萨满教的认知考古学。作为中程理论的萨满教只是为了解决考古学问题，而萨满教的认知考古学的范式则是将考古学材料作为证据和中介去了解萨满教语境下曾经的人类意识形态。这意味着萨满教不再是理论和方法，而是目的和对象，萨满教和萨满文化不仅是我们研究现代宗教的一个方面，也是我们研究史前精神文明的对象。由于岩画学科的研究对象就是早期人类的精神文明，就是人类的认知问题，所以后过程主义的岩画研究在认知考古学中占据着很重要的地位。可以说，刘易斯–威廉姆斯的新萨满主义是岩画研究中的后过程主义，即在萨满教等人文研究中结合跨学科的研究范式。

当然，这个转变过程和转变方式以及转变的学术思想不可能是我在这里能够说清楚的，但是，我们可以通过一个考古学的例子来领略一下这种变化。右页图中的左图是在我国阜南发现的商代虎噬人卣青铜器。关于虎噬人主题的解释很多，最著名的就是张光直运用萨满教理论，解释这是萨满巫师借助动物的超能力而与天沟通的表现，也就是说用萨满教来解释这件商代虎噬人卣青铜器。右图是 8 世纪玛雅人的陶塑，表现的是一只美洲虎正在吞噬一个人。关于这个虎食人陶塑的文化象征是非常明确和清晰的。印第安人萨满教在新萨满的入教仪式上（the initiation of neophyte-shaman）都要经过被美洲虎吞噬这样一个断身（dismemberment）表演仪式，用以象征去故而就新。譬如在艾利亚德的《萨满教》一书中就提到因纽特萨满的入教

安徽阜南发现的商代虎噬人卣（左）和8世纪玛雅人的陶塑虎食人（右）

式（initiation）：被想象肢解并吞噬准萨满的是一头巨熊（天空之神，通常形象为一只巨熊）。在身体重塑之后，还要经历老萨满的教导，得到“考马内克”（qaumaneq），即光明、启蒙。这是一种神秘的光，萨满可以在自己的身体中感受到它。这种光能够使萨满看透黑暗，预测未来，洞察秘密。

在萨满教中，法力最为高强的萨满巫师既不是祖传的，也不是学徒出师的，而是那种天命神授的。也就是说那些从悬崖上摔下来却未死，遇老虎、熊等猛兽袭击而未死，遭雷击而未死等大难不死的人，这种人的后福就是成为一名天命神授的萨满巫师，这样的巫师是法力最强的，是公鸡中的战斗鸡（机），是巫师中的巫师。所有的巫师都希望自己是这样一个大难不死、天命神授的巫师，所以墓葬中随葬像虎食人图案的器物不仅是为了表明其巫师的身份，而且更重要的是表明他曾经是一个遇虎、熊等猛兽袭击而未死的天命

法国“三兄弟”洞穴岩画中穿戴着动物伪装的半人半兽形象。步日耶认为这个就是穿着祭祀服装或处在变形时刻的萨满

神授的巫师。其实到最后，这种虎食人图案只是一个法力高强巫师的简洁而明确的身份标识。从个案到共性的解释，从用萨满教来说明虎噬人卣的文化意义到史前萨满文化普遍模式，就是中程理论到萨满教认知考古学的历程。

最早将旧石器时代晚期洞穴中某些岩画形象与萨满联系在一起的是被称为史前教皇（the Pope of prehistory）的步日耶神父。他认为法国“三兄弟”（Les Trois Frères）洞穴岩画中穿戴着动物伪装的半人半兽（thérianthropes）形象都应该是“a Shaman in ceremonial dress， or in the moment of shapeshifting”

（穿着祭祀服装的，或者处在变形时刻的萨满）。“这些图像是史前萨满存在的科学证据。”①

从20世纪50年代初开始，以欧洲为主的国际岩画界燃起了以萨满教研究岩画的学术热情，认为岩画是萨满教产物，②这主要表现在以贡布里希为代表的一系列萨满教岩画著作的出版。1950年贡布里希出版了他的《艺术的故事》（*The Story of Art*），这本学术著作卖出了畅销书的市场业绩。尽管这是一本“有史以来最著名、最受欢迎的艺术书籍之一，也是40多年来的世界畅销书”，售出了600多万册，直到2007年还在修订和更新，现在是第16版，但也招致不少批评，其最大的问题在于它的一个单一的和欧洲中心的“艺术故事”。③贡布里希故事的开头一章名为“奇怪的开始”，引起了人们对讨论对象明显神秘性质的极大关注，他将洞穴艺术视作艺术的起源：“我们不知道艺术是如何开始的，就像我们不知道语言是如何开始的一样。但我们追溯历史越久远，艺术的目标就越明确，但也越奇怪。”④稍后则又出现了前面我们谈及的劳梅尔和坎贝尔。

---

① TOMÁŠKOVÁ S. Wayward Shamans：The Prehistory of An Idea［M］. Berkeley and Los Angeles：University of California Press，2013：184.

② HOPPÁL M. On the Origin of Shamanism and the Siberian Rock Art［M］// SIIKALA A，HOPPÁL M. Studies on Shamanism. Helsinki：Finnish Anthropological Society，Budapest：Akadémiai Kiadó，1998：132-149.

③ DOWSON T. Rock Art：Handmaiden to Studies of Cognitive Evolution［M］// RENFREW C，SCARRE C. Cognition and Material Culture：The Archaeology of Symbolic Storage. Cambridge：McDonald Institute Monographs，1998：67-76.

④ GOMBRICH E. The Story of Art［M］. London：Phaidon，2007：39.

进入21世纪后，萨满教再次以新的姿态迈入史前研究，从而使史前学，尤其是岩画，又焕发出崭新而迷人的光彩，这就是刘易斯–威廉姆斯的以神经心理学模式（Neurpsychological model）为特征的萨满教理论模式。刘易斯–威廉姆斯试图建立一个现代觅食者宇宙学信仰和宗教实践的广义模型，即现代食物搜寻者的宇宙观（modern forager cosmologies）或食物搜寻者岩画的萨满教模式（the Shamanism model of forager rock art），用以解释包括岩画在内的考古遗迹的意义。

他试图对岩画中那些几何或无法辨识的抽象图案做出神经心理学上的解释，其神经心理模式的学说由三个基本要素或阶段组成：

第一个要素包括七个内幻视类型，有时也被称作光幻视或常量形式（form constants）。这些都是人类视觉和神经系统在意识的改变状态（altered-states of consciousness，简称ASC）在交互作用下所产生的光影（这也是在偏头痛时所产生的影像，或者瞬间盯着一个明亮的光源，然后闭眼轻揉眼皮也会产生这种光影）。这种内幻视图像通常分为七种：方格、点、圆圈（或斑点）、多重同心圆（或涡旋）、平行线（或钩状）、波折线、波纹（或网状）。

第二个要素与意识的改变状态有关，而且这种状态通过三个阶段而加剧。第一个阶段仍是内幻视图像。第二个阶段即这些内幻视图像被解释成某些对个人或文化特别重要的标志性形象。威廉姆斯说：我们相信，“萨满教”有效地指向人类的普遍性——理解意识转化的必要性——以及这种转化实现的方式，

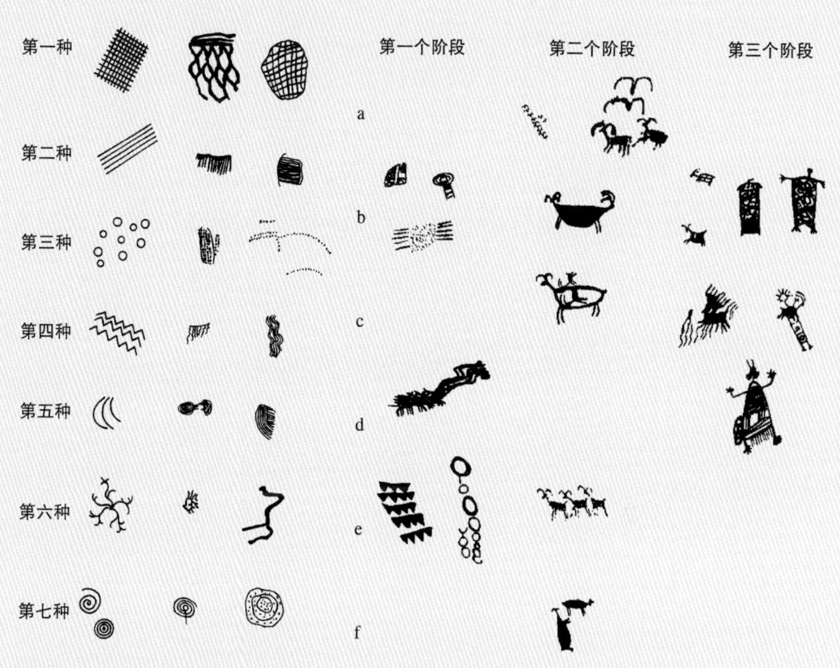

萨满进入迷狂时神经心理模式意象的第一个基本要素或阶段，包括七种最常见的内幻视图像。在意识的改变状态的第一个阶段，光学和神经系统中自发产生光感知（左边的一列说明了理想化的例子；中间和右边的两列是来自加州东部科索山脉的岩画）

神经心理学模式的第二个和第三个基本要素或阶段。一般意识的改变状态都要经过三个阶段，如图中三列所示，每一列都有自己特有的图像类型。在每个阶段，图像以各种不同的方式被感知。这些图均来自加州东部科索山脉的岩画特别是（但不总是）在采集–狩猎社会中。在第三个阶段，这些标志性形象似乎作为内幻视的投影而出现，而最后出现的则完全是幻觉了。

迷狂图像虽不完全但多半是我们大脑的产物，所以这会导致我们的心灵图像不会遵守或遵从真实世界的视觉标准。第三个要素便反映出这个特征。它包括导致迷狂图像在心灵展示的七个认知原则，无论这种图像是否牵涉内幻视或光幻视。这七个原则是：简单复制、多重再复制（multiple reduplication）、分裂（fragmentation）、旋转（rotation）、并列（juxtaposition）、重叠（superimposition）、集成（integration）。

鉴于刘易斯–威廉姆斯的神经心理学萨满主义在岩画研究领域所取得的碾轧性成功，其已经越来越多地被运用于研究非洲南部以及世界各地岩画艺术，成为这些研究的主要理论范式，[1]所以有人包括刘易斯–威廉姆斯自己也认为他的神经心理学加萨满教理论是现代觅食者的宇宙观，是普世性的（universal）。萨满教成为考古学研究的新范式，成为后过程认知考古学的一部分[2]，被认为是全球狩猎–采集者岩画艺术的解码器。

有区别的是，岩画的早期萨满教研究都是在一种传播论的理论范式下来研究世界范围内的共性，而在刘易斯–威廉姆斯

① BAHN P. Membrane and Numb Brain: A Close Look at A Recent Claim for Shamanism in Paleolithic Art［J］. Rock Art Research，1997（1）：62-68.

② WINKELMAN M. Shamanism and Cognitive Evolution［J］. Cambridge Archaeological Journal，2002（1）：71-101.

的神经心理学和新萨满主义理论框架中，萨满教则是一种跨文化现象。温克尔曼（M. Winkelman）认为萨满教是在狩猎-采集者和一些农业以及牧区社会中发现的跨文化的相关信念和实践的复杂作用下的结果，而不是扩散的结果。相反，这些跨文化的相似之处是来自共同神经心理学的独立发明或派生的结果。①

不过碾压性成功并不意味着完美无缺或金刚不坏。其实刘易斯-威廉姆斯将其带有强烈后过程主义色彩的萨满教认同为所有跨越时间和空间的觅食者社会的普遍特征的理论拓展，从一开始就遭人诟病：随着将萨满教扩展为所有跨越时间和空间的觅食社会的普遍特征，对岩画年代的重要性和关注便被削弱以致消失。②难道旧石器时代和现代的食物搜寻者之间没有区别吗？进化在这里消失了吗？时间在这里不起作用吗？有些学者还有更为细致和具体的诘问与指责，比如被艾利亚德归结为萨满教普世主义特征的迷狂（trance，ecstasy）和刘易斯-威廉姆斯笔下的意识的改变状态并不是普遍见诸各流行岩画的史前和原始部落，澳大利亚北部的土著没有③，甚至有些学者认为刘易斯-威廉姆斯的萨满教理论赖以产生的南非桑人（San）也

---

① WINKELMAN M. Shamanism and Cognitive Evolution［J］. Cambridge Archaeological Journal，2002（1）：71-101.

② YATES R. Frameworks for An Archaeology of the Body［M］//TILLEY C. Interpretive Archaeology. Oxford：Berg Press，1993：31-72.

③ 克罗特. 世界岩画艺术［M］. 唐俊，译. 呼和浩特：内蒙古人民出版社，2018：148.

没有，桑人的萨满教缺乏历史背景。[①]刘易斯–威廉姆斯的普世主义理论范式招致学者们对这种理论和方法论技术路线的怀疑：世界上真有像葵花宝典一样的武功，一旦学会就可以独步武林，一统天下吗？若是，世界的多样性将如何解释？通过使用现代叙事来理解过去，刘易斯–威廉姆斯的理论模式错过了任何了解过去社会历史的偶然性和个性。萨满教模式冒着掩盖考古材料多样性的风险，用岩画艺术图像模式将人种学或民族历史真实图景变成现代情景。[②]

不过仍然有越来越多的学者认识到萨满教与人类最初文明的关系，认为人类最初的文明就是萨满文明，萨满教是世界范围内唯一的原始宗教。例如从神话的角度来看，世界各地的创世神话，事实上都可以包括在萨满教神话之中，故萨满教创世神话亦称作世界神话。著名匈牙利萨满教学者霍帕尔（M. Hoppál）的观点可以作为这个时期国际萨满教研究的代表。他认为萨满教可以被称作是一个复杂的信仰系统，萨满教是一个中性的称呼，可以包括在任何学科中。古代萨满不仅作为一个神职人员在古代人的意识形态生活中占有极为重要的地位，还作为巫医、诗人、歌唱家、思想家、艺术家等在世俗日常生活中，扮演着极为重要的角色。同时，整个古代萨满教文明就是人类最初的文明。

---

① MCCALL G. Add Shamans and Stir? A Critical Review of the Shamanism Model of Forager Rock Art Production [J]. Journal of Anthropological Archaeology, 2007：224-233.

② WOBST H. The Archaeo-Ethnography of Hunter-Gatherers, or the Tyranny of the Ethnographic Record in Archaeology [J]. American Antiquity, 1978：303-309.

就中国的萨满教研究而言，学者只是针对狭义的萨满教，也就是我国北方少数民族地区的萨满教进行研究，从不涉及古代中国的萨满教文化。但海外的萨满教研究学者研究萨满教的时空范围则要大得多，且不说老一代如李约瑟、史禄国等人，现代学者如托马斯·迈克尔（T. Michael）、江伊莉（E. Childs-Johnson）等萨满教研究学者，都是将古代中国也纳入萨满教研究的范畴内。托马斯·迈克尔 2015 年以来发表的几篇专门论述中国古代萨满文化的文章，应该说是有一定深度的，如《萨满教理论与中国早期的巫》（“Shamanism Theory and the Early Chinese Wu”）和《萨满教是一种历史吗？》（“Does Shamanism a History?”），将许多历史与文学文献均纳入萨满教语境下审视，机杼别出，其结论也往往令人猝不及防。譬如在《中国早期的萨满式情色与九歌》（“Shamanic Eroticism and the *Jiu Ge*〈Nine Songs〉of Early China”）一文中，以《楚辞》中的《九歌》为起点，讨论作为萨满教世界中常见的元素——情色。《九歌》甚至成为东亚最早的语言语料库，由此让我们可以窥见一个通过描述萨满和灵魂之间的情色性别关系的萨满世界。该文通过比较，对《九歌》中所表达的仪式结构进行萨满性质的定位，用以揭示萨满教、情色、暴力和死亡之间更深层次的亲缘关系。美国女学者江伊莉主要研究中国古代宗教和金石学（甲骨文），她的研究也是独辟蹊径，不仅认为中国古代社会具有萨满教社会性质，而且还提出从商代到战国在意识形态领域占主流地位的“变形”（metamorphism）信仰，或者说“异”信仰。霍尔曼（D. Holm）的《识字的萨满：广西和北部越南壮泰的祭师“天”》（“Literate

Shamanism: The Priests Called Then among the Tày in Guangxi and Northern Vietnam"）一文所涉及的主题是壮泰民族的巫师"天"。霍尔曼在大量田野调查材料的基础上对"天"的角色、性别、仪式、起源、传播进行了跨文化研究，是在萨满教语境下对壮族传统文化的具体分析与研究。

尽管我国许多学者在 20 世纪末在研究岩画时曾比照萨满教，但最早在萨满教理论下系统地进行岩画研究的，应该是汤惠生，也就是我。20 世纪 90 年代早期，汤惠生首先在国际英语学术刊物上发表了一系列文章，讨论萨满教与岩画以及考古之间的关系，将岩画纳入萨满教视域进行研究。例如，《青海岩画的原型分析》（"An Analysis of Archetypal Elements in Qinghai Petroglyphs"，载《岩画季刊》1993 年第 3 期），《中国岩画研究的理论与方法论》（"Theory and Methods in Chinese Rock Art"，载《岩画研究》1993 年第 2 期），《中国象形文字与岩画》（"Chinese Pictographic Characters and Rock Art"，载《国际岩画艺术委员会通讯》〈*International Newsletter on Rock Art*〉1995 年总第 11 期），《原始艺术中的二元对立文化观念》（"Dualistic Cultural Concepts in Primitive Art"，载《国际岩画艺术委员会通讯》1997 年总第 18 期），等等。这个时期汤惠生的汉语文章虽然不多，但也对萨满教、苯教和青藏高原岩画进行对比研究，如《试论青海岩画中的几种动物形象》（载《西藏考古》1994 年第 1 辑）、《青藏高原的岩画与苯教》（载《中国藏学》1996 年第 2 期）、《萨满教二元对立思维及其文化观念》（载《东南文化》1996 年第 4 期）、《萨满教与岩画的比较研究》（载《泾渭稽古》1996年第4期）、《关于萨满教和萨满教研究的思考》（载《青海社会科学》1997年第1期）等。

进入21世纪后，汤惠生和张文华于2001年出版了《青海岩画——史前艺术中二元对立思维及其观念的研究》一书，该书的标题不仅透露出萨满教的语境，而且看得出其结构主义的师承。该书系统运用萨满教理论对青海岩画进行系统诠释，同时对结构主义二元论进行了理论上的逻辑区分：对立与统一。指出对立与统一除了我们所理解的作为辩证法的基本概念外，更是中西方思维方式的分野标志。对立的二元逻辑才构成了结构主义的内核，而统一形式下的二元逻辑便不是结构主义了，而这恰恰是中国阴阳哲学的奥秘之门。所以只有在区分了二元逻辑的对立和统一形式后，我们才能理解结构主义，才能理解萨满教，才能理解人类文明。理解这一点最简洁的方法就是各引一句中西方名人名句，我们就知道区别在哪里了。莎士比亚的《哈姆雷特》的开篇语：To be or not to be—that is the question（活着还是死去——那是个问题）。但字面上的意义为“是或不是——那是个问题”。《庄子·齐物论》云：是亦彼也，彼亦是也。莎士比亚认为彼此是非是需要严肃选择的大问题，而庄子认为二者没区别。等生死，齐万物，遑论彼此是非，这便是中西思维的区别。

进入21世纪20年代后，肖波等人运用萨满教理论对岩画的研究也是很有系统性的。他于2020年出版的《俄罗斯叶尼塞河流域人面像岩画研究》一书，结合中国文献、民俗、民族志、神话、考古等材料在萨满教视域下专门对人面像岩画进行分析和研究，认为人面像岩画是萨满教灵魂观的反映，是萨满教通天的表达。①该书特别是对西伯利亚萨满教岩画研究历史的回顾与梳理，言简意赅，材料翔实，脉络清晰，殊为可贵。

无论就地域、族群、文化、传统、历史各方面来看，岩画最适合在萨满教的语境下进行研究。从某个层面来看，岩画与萨满教就是一块硬币的两面，岩画就是萨满教文化的产品，是萨满教观念的图像化表达。最近庄鸿雁的《大兴安岭岩画与环太平洋岩画带研究》一书专门辟出"萨满文化视域下的大兴安岭岩画与中国北方民族文化渊源"一章来讨论萨满教和岩画的关系，譬如在世界树－宇宙树－氏族树－社树的诠释方面，使用考古、神话、民俗以及文献等各种材料在萨满教视域内对岩画图像多方位、多层次加以解读。这样便有了一个完整的理论体系，各项论证和诠释方面便融会贯通，更具说服力。在岩画诠释方面，虽然在方法论上是客位（etic），但视角上已经是本位（emic）研究了。

岩画是萨满教观念的产品，萨满教是岩画图像的蓝本。按照神经心理学萨满教岩画理论的理解，岩画描绘的是一个与现实平行的虚幻和象征世界，萨满则是在现实世界与精神世界之间穿梭往来的信使。岩画正是古代萨满对其精神之旅的图像表达，里面充满了奇幻、诡谲与真实。写到这里，又一次想到俄罗斯作曲家斯特拉文斯基的《春祭》。打击乐的简单与粗暴，

---

① 肖波. 考古新视野：俄罗斯叶尼塞河流域人面像岩画研究［M］. 北京：文物出版社，2020：321-337.

用世界岩画艺术委员会原主席、法国著名岩画学家让·克罗特的话说，岩画就是一次危险之旅，“是与另一世界异类的狭路相逢”

与打击乐配合在一起的小提琴演奏出凶险的节奏，犹如萨满迷狂舞蹈时蹒跚的脚步。小提琴的急促与慌乱，一种巨大的慌乱，用声音表现出萨满迷狂时的神游和凶险之旅。巴松管的幽咽与遥远，吹出历史的神秘。旋律的嘈杂与不和谐，听到的似乎是萨满服装上铜铃、铜泡、铜镜等撞击的金属声，感觉是在咬铁一般。最后加上小泽征尔萨满迷狂般的指挥风格，我深信斯特拉文斯基描述的是一位西伯利亚萨满的迷狂之旅，岩画亦然。用世界岩画艺术委员会原主席、法国著名岩画学家让·克罗特的话来说，岩画就是一次危险之旅，“是与另一世界异类的狭路相逢”。①

① 克罗特. 世界岩画艺术［M］. 唐俊，译. 呼和浩特：内蒙古人民出版社，2018：150.